芥川龙之介论稿

孙立春 著

浙江工商大学出版社
ZHEJIANG GONGSHANG UNIVERSITY PRESS

图书在版编目(CIP)数据

芥川龙之介论稿 / 孙立春著. —杭州:浙江工商
大学出版社,2018.6
ISBN 978-7-5178-2471-8

Ⅰ. ①芥… Ⅱ. ①孙… Ⅲ. ①芥川龙之介(1892—
1927)—小说研究 Ⅳ. ①I313.074

中国版本图书馆 CIP 数据核字(2017)第 304699 号

芥川龙之介论稿

孙立春 著

责任编辑	王　英	
封面设计	林朦朦	
责任印制	包建辉	
出版发行	浙江工商大学出版社	
	(杭州市教工路 198 号　邮政编码 310012)	
	(E-mail:zjgsupress@163.com)	
	(网址:http://www.zjgsupress.com)	
	电话:0571-88904980,88831806(传真)	
排　版	杭州朝曦图文设计有限公司	
印　刷	虎彩印艺股份有限公司	
开　本	710mm×1000mm　1/16	
印　张	13	
字　数	250 千	
版印次	2018 年 6 月第 1 版　2018 年 6 月第 1 次印刷	
书　号	ISBN 978-7-5178-2471-8	
定　价	42.00 元	

序

林少华

　　孙立春博士要出关于芥川的论文集,希望我写序。实不相瞒,我尽管译过芥川《罗生门》短篇集,也写过介于读后感和评论之间的半学术性文章,但并非芥川研究专家。但我不能拒绝。这是因为,立春博士于我不是泛指意义上的博士,而是在我这里读完硕士又去我所敬重的天津师大王晓平教授门下读博的博士——无论如何我不好摔耙子说俺不想写什么序。

　　好在我毕竟并非特别古板愚钝之人,如此纠结之间,蓦然想起村上春树的序——村上的朋友、其《奇鸟行状录》等作品的译者、哈佛大学教授杰·鲁宾(Jay Rubin)翻译了《芥川龙之介短篇集》,村上春树为之作序,而且应该不是应酬之作——由此切入岂非一条生路?至少介绍一下村上对芥川的看法也好嘛!一来似乎还没人介绍过,二来看日本今日最具声望的大作家如何看待日本往日极具声望的大作家这点本身就足够有趣。何况村上眼下盛极一时,无论说什么,人们都会赶紧侧耳倾听。

　　不出所料,村上这篇题为《芥川龙之介——一位知识精英的毁灭》的序洋洋洒洒长达二十二页,日文近两万言。两万言全面介绍似可不必,加之有喧宾夺主之嫌,所以只简要介绍三点:关于总体评价,关于文体,关于死因。

一、关于总体评价

　　村上到底是为文高手,没像我这样绕弯子,开篇单刀直入:"芥川龙之介是日本'国民作家'之一。若从明治维新以后的日本近现代文学作家中投票选出十位'国民作家',那么芥川毫无疑问占有一席。以私见言之,除了芥川,这张名单还将列出夏目漱石、森鸥外、岛崎藤村、志贺直哉、谷崎润一郎、川端康成。尽管不能明确断言,太宰治、三岛由纪夫大约尾随其后。夏目漱石无疑居首。弄得好,芥川可能跻身前五。如此列出十人,往下一人无论如何也想不出来。"村上随即谈到他的个人喜好:"在那样的'国民作家'当中,我个人喜欢的是夏目漱石和谷崎润一郎。其次——尽管多少拉开距离——对芥川龙之介怀有好感。森鸥外固然不差,但以现在的眼光看来,其行文风格未免过于经典和缺乏动感。就川端的作品而言,老实说,我喜欢不来。当然这并非不承认其文学价值,他作为小说家的实力也是被认可的。但对于其小说世界的形态,我个人则无法怀有共鸣。关于岛崎和志贺,只能说'无特殊兴趣'。除了教科书上出现的,其他几乎没有读过,读过的也没怎么留在记忆里。"对了,村上还说他读不来太宰治和三岛由纪夫。他在《为了年轻读者的短篇小说指南》一书的前言中写道:"所谓自然主义小说或者'私小说',我是读不来的。太宰治读不来,三岛由纪夫也读不来。身体无论如何也无法进入那样的小说,感觉上好比脚插进号码不合适的鞋。"

二、关于文体

如此看来,除了夏目漱石和谷崎,村上喜欢的"国民作家"即芥川。最喜欢芥川什么呢? 显然是其文体(style)或语言风格,而且理由未必出于众所公认的芥川乃艺术至上主义者的定评,而是出于不妨称之为"文体主义者"的村上对文体的特殊敏感和推崇。"那么芥川龙之介好在哪里呢? 在我看来,芥川文学的魅力首先是其文笔好,行文考究。至少就作为经典留下来的第一档次作品来说,其行文之美,令人百读不厌。"说到这个程度,村上仍未尽兴:"文气再好不过(まず何よりも流れがいい)。行文圆融无碍,如生命体一般进退自如。遣词造句自然优美,水到渠成。芥川深有教养,年轻时即精通英语和汉文,现代作家用不来的优雅绮丽的语言由他信手拈来,自由驱使,负重若轻。'才笔'这一说法或许最为接近。"村上为此列举几部作品为证,如《鼻》《密林中》《罗生门》《地狱变》《芋粥》或《六宫姬君》。"至少就文体和文学悟性(sense)来说,起步之初即已无懈可击。"不无遗憾的是,我国的芥川研究者关注芥川文体之美的似乎为数不多。说到底,文学是语言艺术,舍此,文学无以成立。正如村上起步之初所言:"文体就是一切。"

三、关于死因

死于文体。"文体与文学悟性——自不待言,这成了作为现实主义作家的芥川手中无比锋利的武器。但与此同时,也成了作为文学家的他的致命弱点(Achilles tendon)。这是因为,唯其这件武器是那般锋利和有效,以致多少妨碍了他对远大文学视野、方向性的设定。这同作为天赋才华获得超常技巧的钢琴手处境或许相似。由于其手指动作过快、过于干脆利落,致使他不时停下来凝视什么——位于音乐深层的什么——的努力不觉之间受到了阻碍。即使放任不管,手指也如行云流水般挥洒自如。因此,有时脑袋行进过快,手指亦随之行进过快。不,也可能相反。手指行进过快,脑袋亦随之行进过快。但不管怎样,时过不久势必在自己与世俗之间产生难以填埋的空隙。恐怕很难否认,这样的空隙加在芥川精神重负之上,就成了他自杀的一个原因。"行文至此,村上再次强调芥川文体,说他初期作品那种横冲直撞大刀阔斧的文体,分明具有几乎令人屏息敛气的咄咄逼人之美。"若援引外国作家为例,他和斯科特·菲茨杰拉德相似。"令人痛心的是,他自己创造的文体最后居然逼得自己敛气身亡。

村上还认为,芥川作为伟大的先行者、作为在某个方面怀有抱负的反面教员,他的死给当代日本作家——包括村上本人在内——留下了两个教训。一个是,"即使能够躲进技巧及虚构性故事之中,也总有一天会撞上硬壁。借用初期使用的器皿是可能的,但我们迟早必须将借来的器皿转换为自己自身的器皿。遗憾的是(或许可以这样说),芥川在这种转换作业上面旷日持久,以致最终要了他的命。尽管对于他短暂的人生而言,可能除此不存在其他选项"。在这个意义上,可以说,芥川始于文体,成于文体,亦败于文体,死于文体。这既是艺术至上主义者成功的原因和纯粹之处,又是其令人扼腕唏嘘的悲剧。

另一个应该称为教训的是,关于西方与日本两种文化交集方式上面的教训。"在这两种文化的冲撞中,'现代人'芥川不断摸索他作为作家或作为个人的自证性(identity)并为之苦恼、为之呻吟。最后诚然发现了二者融合的启示(hint),但这意外使他出师未捷而丢了性命。这点即使对于生活在当代的我们也不宜认为全然事不关己。这是因为,我们虽然远离了芥川那个时代,但我们至今仍(或多或少)置身于西方性质的东西同日本性质的东西相互冲撞的正中间。若用当下的说法,或许就是置身于全球化(global)风潮同本土性(domestic)乡愁之间。"

最后,村上说他自己作为小说家的出发点同芥川曾经的处境(position)可能多少有些相通。"我作为作家起步之初就在很大程度上朝现代主义(modernism)方向倾斜,一半是有意地同'私小说'这一本土小说样式正面交锋的立场创作小说,也一度想采用同现实主义保持距离的文体追求自己的小说世界。同芥川那个时代不同,现代存在'后现代主义'(postmodernism)这个相当便利的概念。而且我从外国文学中学得了小说技术的大部分。在倾向上,这方面也可能同芥川的姿态相似。只是,我和芥川不同,我基本上是长篇小说作家,并且从某一节点开始朝积极确立原创性(original)物语体系迈进。作为结果,我得以写种类同芥川截然有别的小说,打发与之截然有别的人生。可是在心情上,我至今仍为芥川留下的若干优秀小说所吸引。"

你看,人家叫我写序,我居然拿村上的序应付了事。不过非我辩解,我之所以这样做,从根本上说,也是想为中国作家提供一点参考性或启示性。不难看出,我们的处境同芥川、同村上都有相近相通之处。尤其文体,也许因为多少受网络文学冲击,似乎越来越为我们所漠视。芥川因文体而成为现代文学大家,村上因文体而成为当代文学大家。应该说,莫言得诺贝尔文学奖,也有文体因素。此外我们还有多少对文体怀有使命意识而苦心经营文体艺术的作家呢? 休说"两句三年得,一吟双泪流",连耐心修改一遍的心思恐怕都没有多少了。

回归主题。上面写的是日本作家村上眼中的芥川,而这本书的内容则是中国学者眼中的芥川。视角或许不同,分量亦不可同日而语。但是,大河有大河的风光,小溪有小溪的景色,各有存在价值。何况,立春博士早在十五年前跟我读硕士时就开始研究芥川,一路研究下来,总有一得之见。一得之见多了,就成了一家之言,就成了一本书。作为我,当然感到分外高兴和欣慰。于是移花接木,写了这篇不称其为序的序。

不再饶舌了。祝立春博士写出更有分量的芥川研究专著。后生可畏,是所望焉。

2017 年 3 月 9 日于窥海斋
时青岛风和日丽大地回春

目录

第一章　彗星般短暂的人生
——作家论

第一节　其人其文

一、生平小传

1.青少年时代

明治二十五年(1892)3月1日上午8点左右,在东京某个牛奶店里,一个男孩呱呱坠地。他出生的时间正好是辰年、辰月、辰日、辰时,因而他的名字就成了龙之介。这家已有两个女孩,长子的出生给这个家庭带来了喜悦。龙之介的父亲叫新原敏三,生于山口县,幕府末期来到东京,当时是一家名为"耕牧舍"的牛奶店经理,在新宿拥有广阔的牧场。龙之介的妈妈叫富久,旧姓芥川。

龙之介出生的时候,敏三虚岁43岁,富久虚岁33岁,都是他们的厄运年。这个时代有"弃儿"这样迷信的仪式行为,即事先找好养父母,然后假装把孩子扔到他们家。因此龙之介出生不久,就被"抛弃"在敏三的同事松村浅二郎家。龙之介有两个姐姐,一个是比龙之介大4岁的久子,另一个是在龙之介出生前一年死掉的长女初子。初子的早夭和长子龙之介被当作弃儿,因此而来的罪恶感让富久非常痛苦和烦恼。痛不欲生的富久在龙之介出生7个多月后的某一天,突然发疯了。敏三原想自己抚养龙之介,但龙之介还是个吃奶的孩子,心有余而力不足。于是,敏三就忍痛把龙之介送到龙之介的舅舅芥川道章家做养子，从此龙之介的人生有了转变。寄人篱下的龙之介一生都很敏感、自卑，可以说，家庭的变故给他幼小的内心留下了阴影，这样的身世也造就了他的作家命运。

芥川家是江户时代延续下来的名门世家。芥川道章是富久的哥哥，他和妻子没有孩子，便成了龙之介的养父母。当时道章在东京府的土木科工作。另外，芥川家还有一个终身未嫁的女人富纪，她是道章的妹妹，也是富久的姐姐、龙之介的大姨。因为芥川家没有孩子，所以龙之介就像独生子一样地被疼爱。富纪尤其喜欢年幼的龙之介，给他喂牛奶，照顾他的日常起居。

芥川家保存着江户时代的传统和风雅，全家人都爱好文学、艺术，经常举家去看歌舞伎。另外，道章也擅长俳句和盆栽。龙之介从懂事的时候开始就喜欢书，如饥似渴地阅读江户时代的通俗绘本，以及《西游记》《水浒传》等中国小说。小时候的龙之介身体虚弱多病、心理敏感，让养父母和富纪总是担心。

龙之介5岁时进入幼儿园，因为体弱多病，经常被同学欺负。可能是日俄战争的缘故，他这个时候的梦想是成为海军军官。不过，翌年他上小学后，梦想就变成了西洋画家。他小学时的朋友很多，对读书的热情也高涨起来。他经常去附近的租书店、大桥图书馆和帝国图书馆看书，广泛涉猎泷泽马琴、式亭三马、十返舍一九、近松门左卫门等江户文学家的作品，以及泉镜花、德富芦花、尾崎红叶等近代文学家的作品。小学五年级的时候，龙之介和朋友们创办了《日出》这本传阅杂志。他不仅积极在上面发表作品，而且负责装帧等工作。

龙之介虽然被托付给舅舅，但也经常去生父母家里玩。新原敏三在得二出生前，一直想要回龙之介，因为他没有继承家业的儿子。龙之介7岁的时候，同父异母的弟弟得二出生了。得二的母亲不是别人，正是龙之介生母的妹妹——富友。因此，有的学者认为龙之介有4个母亲，即生母、养母、实际抚养的姑妈（或姨妈）、继母这4个人。得二的出生使新原敏三安了心，于是敏三就多次和芥川道章商量，并经东京地方法院的宣判，由得二获得嫡长子继承权,而龙之介正式成为芥川家的养子,同时作为交换条件,富友正式入籍新原家。

芥川13岁时考入东京府立第三中学(现在的两国高中)。本来芥川在高小二年级时就获得了中学的入学资格,不过因为生病等,他晚了一年入学。初中时他最要好的同学是山本喜誉司和西川荣次郎,他也经常去山本家玩。芥川15岁时就认识了后来的妻子塚本文。当时她仅仅7岁,和妈妈、弟弟一起寄居在山本家。芥川非常喜欢这个女孩,亲切地叫她"小文"。这时的芥川是个非常认真的学生,在学习和体育方面表现突出,最擅长的是汉文和英语。特别是汉文,虽然是自学,他竟然能写出许多精妙绝伦的七言绝句。读书不仅限于日本作家的作品,而且涉及法朗士、易卜生等欧洲作家的作品。

18岁时,因中学毕业成绩名列第二,芥川被保送进第一高等学校(相当于大学预科,即现在的东京大学教养学部)。在那里,他结识了久米正雄、菊池宽、松冈让、山本有三、土屋文明、成濑正一、井川(后改姓恒藤)恭、石田干之助等同级同学,以及丰岛与志雄、近卫文麿等学长。一年级的时候,芥川没有住在学生宿舍里,二年级时才不得不和同学们同住,但他并不喜欢宿舍氛围和集体生活,显得有些不合群。同宿舍的井川恭是他当时最好的朋友,两人经常一起讨论哲学、艺术。

2. 走上文坛

1913年,21岁的芥川以第二名的成绩从一高毕业,考入东京帝国大学的英文系。他对大学的第一印象是同学中竟然有很多上年纪的人,并因此而吃惊不已。一高时最好的朋友井川恭去了京都帝国大学法学部,所以芥川和一高时关系并不太亲密的久米正雄和松冈让等人交往起来。而他们大部分都想当作家,受他们的影响,芥川也开始对创作产生兴趣。22岁时,芥川和这些朋友们一起创办了第三次《新思潮》。芥川用"柳川隆之介"的笔名,发表了《老年》《青年和死》等作品。但是,这时候的创作还仅仅是业余爱好,他还没有成为职业作家的想法。

22岁的夏天,芥川给一个叫吉田弥生的女性写了情书。据考证,弥生家与芥川家离得很近，而且他们小学时是同学，所以两人不知何时开始了交往。弥生长得并不算漂亮，但爱好文学，擅长英语。芥川真心想和弥生结婚，但遭到芥川家上上下下的反对，从小就宠爱他的姑妈富纪尤其不同意。原因在于弥生不是士族出身，而且是私生子，和芥川生日非常接近。这使芥川品尝到了失恋的痛苦，也可以说是他投身文坛的一个契机。这次失恋，使他看到即使父母至亲的爱也不是无私的，人性因自私而丑陋不堪。此后，为了走出失恋的阴影，他多次前往红灯区买醉，并在暑假时去井川恭的故乡松江散心，在当地的《松阳新报》上留下了《松江印象记》一文。这是他第一次用本名发表的文章。

1915 年 11 月，他在《帝国文学》上发表了取材于《今昔物语集》的《罗生门》。这是事实上的处女作，也是这次失恋的产物，它批判了人的自私本性。现在日本高中的所有语文课本都选了这篇名作，不过在当时的文坛却没有引起人们的注意。芥川并不以为意，他的创作热情越来越高涨。在大学同学林原耕三的介绍下，他参加了夏目漱石主办的"木曜会"。芥川原本就是漱石的崇拜者，能得到文豪漱石的指导，对他来说是求之不得的好事。

1916 年，芥川与菊池宽、久米正雄、成濑正一、松冈让等人再次创办《新思潮》，即第四次《新思潮》。他在创刊号上发表的《鼻子》得到漱石的称赞，漱石说这样的作品再写十几篇，就可以成为著名作家了。芥川受到极大的鼓舞，以此为契机，他决定走上文学创作的道路。此后，《虱子》这部小说让他第一次得到了稿费，《手巾》也在当时的知名刊物《中央公论》刊出。可以说，他正式被文坛认可并接受了。芥川的创作事业开始走上正轨，另一方面，恋爱也很顺利，他与山本喜誉司的侄女塚本文相恋了。塚本文当时刚好 16 岁，后来接受了芥川的求婚。芥川又以第二名的成绩从东京帝国大学毕业，之后去了海军机关学校担任临时的英语教师。

但是，这样一帆风顺的日子没有持续多久。1916 年末，芥川最尊敬的老师——夏目漱石因胃溃疡去世。这对芥川的打击相当大。因为稿费收入很少，他不得不过着作家与临时教师这不愉快的双重生活。

之后，他的创作还算顺利。报纸和杂志经常报道他这个文坛新人，他一跃成为时代的宠儿。1918年2月,芥川与塚本文结婚,然后开始了新的生活。同年,他成为大阪每日新闻社的社友,条件是除《大阪每日新闻》《东京日日新闻》外,不得为其他报纸写稿,杂志不在此限,每月报酬50日元,稿费照旧支付。5月,签约后的第一部作品《地狱变》在《大阪每日新闻》及《东京日日新闻》上连载。此后,《蜘蛛之丝》《基督徒之死》《枯野抄》等佳作不断问世。可以说,这是芥川人生中最充实的时期。

1919年3月,芥川辞去海军机关学校的教职,专注于创作。他回到田端的家,在名为"我鬼窟"的书房里读书、写作。在周日的见面会上,芥川不仅能见到关系好的文人,还能结识各种各样的文化人,芥川家变得和漱石山房一样热闹。他的人气高涨,成为文坛上偶像般的存在。另一方面,盛名也给芥川带来了压力和痛苦。他尝试创作了《邪宗门》《路上》等中长篇,但都以失败告终,同时他也为自己写不出王朝物以外的作品而痛苦。从1920年开始,情况有所改观,他发表《舞会》《秋》《南京的基督》等现代题材作品,以及《杜子春》等童话,不再局限于王朝物等古典题材,题材类型丰富起来。

与此同时,已婚的芥川和一位女性发生了不伦之恋。1919年,他在岩野泡鸣主办的十日会上,邂逅了一位名为秀茂子的女作家。芥川非常欣赏秀茂子的文学才华和容貌,就和她熟络起来。但后来他发现秀茂子不断纠缠,就借机离开了她。

1921年,芥川作为大阪每日新闻社的海外视察员去中国旅行。原本就喜欢中国的芥川以为这次旅行不仅可以领略中国的秀美风光,还能摆脱秀茂子的纠缠,一举两得。可实际上中国之旅并不是那么轻松愉快,他马不停蹄地东奔西走,走马观花般转遍了大半个中国。回国后,他又为神经衰弱和失眠症而烦恼。他的朋友宇野浩二及一些日本学者(如吉田精一、三好行雄)都认为回国后的芥川不仅身体日渐衰弱,而且作品风格也发生了变化。

3. 创作后期

1922年春天,他把书房的名字由"我鬼窟"改为"澄江堂"。这个名字与芥川从小就喜欢的墨田川有关,当然也有摆脱神经衰弱、走向新生的意图。但是,现实总是不能如愿。据说他和朋友小穴隆一去拜访志贺直哉时,曾说过"我终究不是会写小说的人"等沮丧的话。不仅是创作,他的健康状况也开始恶化,神经衰弱、胃痉挛、肠炎、痔疮等经常一起发作。

1923年,菊池宽创办《文艺春秋》杂志,芥川从创刊号开始连载《侏儒警语》。与此同时,他开始创作被称为"保吉物"的私小说。私小说原是他讨厌的小说类型,以前即使他以自己的生活体验为基础来创作,一般也要借鉴其他虚构性作品。但是,时至今日,谁也不能抗拒私小说的潮流了。芥川也知道这不是他想写的东西,但事实上,他想写的和自己已经写成的,以及读者需要的东西都不一样。这使他对自己的创作能力产生了怀疑。这一年的9月发生了关东大地震,虽然芥川家没有什么损失,但有些朋友和亲戚的家被烧毁,而且东京很多珍贵的古籍和美术品也毁于一旦。芥川对此感到很惋惜。

1924年4月,芥川去千叶县的八街采访,想把这个地方发生的纠纷写成《美丽的村庄》,不过没有写完。之后,由于健康状况不佳,这一年的10月以后就没有再发表小说。

1925年的秋天,芥川历时三年编成的《近代日本文艺读本》由兴文社出版。他从明治以来的450多个作家的作品中去粗取精、精挑细选,编成五卷本的皇皇巨著。不过,可能是因为内容太考究,销量不高。当然,版税也就屈指可数了。不仅是这样,有的作家竟然说"芥川擅自转载了我的作品"。芥川向作家们支付了一些版税,但事与愿违,仍然出现了"芥川独吞版税""芥川用版税盖了书房"等谣言。在这些人里面竟然有芥川的前辈、朋友等,芥川感到人心难测。此外,无产阶级文学开始兴起,芥川被扣上"资产阶级作家"的帽子。这些事情让他更加烦恼了。

芥川依然写不出令自己满意的作品。他在给斋藤茂吉的信中写道:"值得写的写不出,写得出的不值得写。有时真想去死。"为了获得救赎、重生,他也曾接受了牧师送的《圣经》,想靠信仰改变处境,但现在他连神都不再相信。

为了远离喧嚣的东京，找个安静的环境创作，他从改造社借钱，带妻子、孩子一起移居鹄沼，但鹄沼也不是个安静的地方。各种声音打扰着他，各地来的朋友也影响着他，都使他无法静下心来写作。正好在同一时期，芥川同父异母的弟弟得二想出家，这也让他烦闷不已。于是，安眠药的量越来越多，痛苦也越来越加剧。他忍着痛苦，以自己的亲生父亲、母亲、大姐为主人公，写下了《点鬼簿》。这个时候的芥川每天都离不开安眠药、肠胃药等各种各样的药，像吃饭一样吃药。

昭和改元后不久，芥川的二姐夫西川丰家遭遇火灾。西川原来是律师，因教唆别人做伪证而失业，还借了高利贷。他家的房子当时仅值 7000 日元，却上了 3 万日元的火灾保险，因此西川就有了纵火骗保的嫌疑。那之后，西川就卧轨自杀了。芥川为了处理后事，拖着病体东奔西走，而且要照顾二姐及其家人，生活、精神负担骤然加重，所以必须要写更多的作品换钱。从这个时候开始，芥川的右眼总是能看到半透明的齿轮在转动，因此创作了《齿轮》这篇小说；而且他对某些词异常敏感，因而产生幻觉、幻听、妄想等。这时，他虽然感受到各种各样的痛苦，但还是有活下去的意愿，因此接受了为兴文社编辑《小学生全集》的任务。

1927 年 4 月 7 日，芥川和妻子的朋友平松增子原计划在帝国饭店殉情，但当天增子没来，所以自杀就以未遂告终。大约从这时起，芥川的自杀愿望越来越强烈，甚至悄悄写下遗书和朋友告别。与此同时，他和谷崎润一郎展开了争论。谷崎认为故事情节决定小说的趣味，而芥川在《文艺的、过于文艺的》中以志贺直哉为例，证明没有情节的小说也是存在的。

5 月，芥川和里见弴一起去东北、北海道地区，为改造社的出版宣传造势。他乘火车，10 天内转了仙台、盛冈、函馆、札幌、旭川、小樽等地，白天演讲，晚上出席欢迎会，行程安排非常紧张。回到东京后，他的朋友宇野浩二精神失常了。这个时候，他一边和广津和郎照顾宇野，一边想起了自己的亲生母亲。他虽然已经过了母亲发疯时的年纪，但还是担心自己也会像母亲、宇野那样发疯。

7 月 21 日，芥川去了宇野浩二家，和宇野夫人商量他们一家之后如何生活,并送了宇野一件浴衣。7 月 23 日,芥川写完了《续西方的人》,并和家人一起愉快地吃了晚饭。这是他在人世的最后一餐,也可以算是和家人的饯别。当晚,他给家人、朋友分别写好遗书,然后就吃安眠药自杀了,一代文豪就这样毫无眷恋地离开了人世。

二、作品的世界

芥川的一生可以说像划过夜空、转瞬即逝的彗星那样短暂,但他却留下了太阳般璀璨的文学作品。据不完全统计,他在 1915 年登上文坛到 1927 年自杀的这 12 年间创作了 148 篇小说、55 篇小品文、66 篇随笔及大量的诗歌、评论、散文、游记等。一般认为,芥川的作品风格前后期是不同的,前期主要是历史小说,后期才转向现代题材。吉田精一认为他的历史小说根据材料和时代背景可以分为五类,即王朝物、切支丹物、江户物、明治开化期物、中国物,不过这些作品中也有部分现代题材小说,例如切支丹物中的《南京的基督》、中国物中的《湖南的扇子》等。

王朝物就是芥川从《今昔物语集》《宇治拾遗物语》等古典中取材的历史题材作品,主要有《罗生门》《鼻子》《偷盗》《山药粥》《地狱变》《竹林中》《往生画卷》等。这是最能体现芥川功力和特色的作品类型,常见于芥川初期的创作。这里的“王朝”一般指的是日本历史上的平安时代(794—1192),是贵族文化发达的时代。而《今昔物语集》就是这个时期最具代表性的说话文学作品,共 31 卷,其中 1 至 5 卷为天竺(印度)故事,6 至 10 卷为震旦(中国)故事,11 至 31 卷为本朝(日本)故事。这 1040 个小故事根据内容,可以分为佛教故事和世俗故事,对后世文学产生了深远的影响。《宇治拾遗物语》的成书年代虽然比《今昔物语集》晚 100 多年,但其中近一半的故事与《今昔物语集》相同。

芥川从童年开始就非常喜欢《今昔物语集》,可以说是他的启蒙读物,1927 年 4 月(自杀前 3 个月)还发表过题为《关于〈今昔物语〉》的评论文章。他首先说最喜欢本朝部的“世俗”和“恶性”部分,然后高度评价了《今昔物语集》的野性美:“这种鲜活劲儿在本朝部分之中,发出了更加野蛮的光芒。

更加野蛮？——我终于发现了《今昔物语》的本来面目。《今昔物语》的艺术生命并不仅仅止于鲜活的气息。借用红毛人的话讲，那应该是'brutality'之美，或者说是距离优美、纤细等最远的美。……闪耀着这种美的世界，也绝非只是在宫廷之中。因此，出没于这个世界的人物，上从万乘之君，下至平民、强盗、乞丐等，不，未必仅仅如此。甚至也涉及了观世音菩萨、大天狗、妖魔鬼怪等。假如再一次借用红毛的话来讲，这大概正是王朝时代的'Human Comedy'吧。"①他指出《今昔物语集》中人物的心理和现代人是相通的，因此他能感受到他们的喜怒哀乐。

切支丹物指的是基督教题材的作品，主要有《基督徒之死》《诸神的微笑》《烟草和魔鬼》《尾形了斋备忘录》《浪迹天涯的犹太人》《鲁西埃尔》《圣·克利斯朵夫传》《南京的基督》《阿吟》《丝女纪事》等。"切支丹"在日语中是"天主教""天主教徒"的借用字。这类作品内容丰富，在芥川的全部作品中有着鲜明的艺术特色和独特的艺术价值，占据着重要地位。"芥川在他的切支丹物中，糅基督教神学思想与当时的文艺理论于一体，以启示和超验观念来重审文学中的象征及诗性勃发，并以基督教的普世思想对外来文化做出了和合的阐释，体现出了对真、善、美的独到追求。"②

天主教是1549年由西班牙人方济各·沙勿略传到日本的，当时日本正是战火纷飞的战国时代。天主教给兵荒马乱中的日本人带来了精神上的解脱和安慰，因此在九州等西日本地区迅速传播开来，甚至出现了"天主教大名"。1603年德川家康统一日本、建立江户幕府后，相继颁布了"锁国令"和"禁教令"，断绝日本天主教教徒与罗马教廷之间的联系，迫使日本的天主教教徒改变信仰，因此长崎等西日本地区出现了很多圣徒殉教事件。明治维新后，以天主教为代表的基督教各教派重新在日本传播，《圣经》也

① 芥川龙之介著，高慧勤、魏大海主编，揭侠、林少华、刘立善译：《芥川龙之介全集（第4卷）》，山东文艺出版社2005年版，第322,325页。
② 王鹏：《芥川龙之介"切支丹物"的艺术性》，《东方丛刊》，2008年第2期，第75页。

被翻译为日文,对日本近现代文学产生了不可估量的影响。

具体到芥川,他在中学时受后来成为基督教学者的室贺文武及信仰基督的挚友恒藤恭影响,对基督教尤其是天主教产生了极大的兴趣。除了创作切支丹物外,他还经常阅读《圣经》,自杀时也把《圣经》放在枕边。芥川前期作品中的基督教情结主要体现在"南蛮趣味"、异国情调、殉教美学的创造上,这应该是受到了北原白秋诗集《邪宗门》的影响,同时他也尝试创作了同名的长篇小说,不过没有成功。芥川后期作品中的基督教情结比较复杂,呈现出二元特征:一方面希望通过信仰基督,求得精神解脱,另一方面又不断否定基督教。这种矛盾的情绪主要体现在芥川后期的《西方的人》《续西方的人》中。关于这类题材作品及芥川的基督教观,日本的关口安义、宫坂觉,韩国的曹纱玉,中国的王鹏等学者都做了许多研究。

江户物顾名思义,作品背景都设定在江户时代(1603—1867),主要有《戏作三昧》《大石内藏助的一天》《枯野抄》等。《戏作三昧》的主题和《地狱变》接近,体现了芥川"为了艺术的人生"这一艺术至上的创作观。《大石内藏助的一天》通过赤穗藩四十七个义士为主公报仇的故事,体现了主人公复仇成功后的幻灭感。《枯野抄》准确描写了松尾芭蕉临终时弟子们悲喜交加的复杂心理活动,折射出芥川本人为夏目漱石守灵时的微妙心情。

明治开化期物以明治维新后的日本社会百态为对象,描写的是受激进的文明开化政策影响的日本人的心路历程,主要有《舞会》《阿富的贞操》《将军》《手绢》《开化的杀人》《开化的丈夫》等作品。"文明开化"是明治维新的三大政策之一。从这些以文明开化为题材的作品中,我们可以看出芥川龙之介在肯定文明开化的积极意义的同时,又清醒地认识到激进的、表面的欧化政策并不能给日本带来真正的进步和发展。

《舞会》通过措写日本名媛明子与法国海军上校洛蒂的邂逅,批判了"鹿鸣馆时代"的虚伪和狂热。这篇小说参考了法国作家皮埃尔·洛蒂的短篇《江户的舞会》。《阿富的贞操》写的是明治元年支持幕府的彰义队反抗官军时小人物的精神状态。《将军》中的 N 将军原型是日俄战争中日军最高指挥官乃木希典,他为明治天皇殉死,死后被封为军神。芥川在这篇小说中讽刺了这个落后、愚昧的军神。《手绢》表现了现代西方价值观对日本传统价值观的冲击，讽刺了主人公长谷川谨造（原型是新渡户稻造）坚信的武士道精神。

中国物指的是取材于中国古典文学、传说或以现代中国为背景的作品，主要有《秋山图》《女体》《黄粱梦》《英雄之器》《杜子春》《尾生的信义》《仙人》《酒虫》《奇遇》《湖南的扇子》《马脚》《掉头的故事》《第四个丈夫》等。关于这些作品依据的中国古典文学内容，邱雅芬、吉田精一、海老井英次等中日学者已经查实。下面的表格就是根据他们的研究成果整理的。

芥川的作品所依据的中国古典文学内容

芥川的作品	出　　典
《仙人》	《聊斋志异》的《鼠戏》《雨钱》
《酒虫》	《聊斋志异》的《酒虫》
《黄粱梦》	唐代传奇《枕中记》
《英雄之器》	《通俗楚汉军谈》卷十二
《掉头的故事》	《聊斋志异》的《诸城某甲》
《尾生的信义》	《庄子·盗跖》
《杜子春》	唐代传奇《杜子春传》
《秋山图》	《瓯香馆集补遗画跋·记秋山图始末》
《奇遇》	《剪灯新话》的《渭塘奇遇记》
《女仙》	《太平广记》或白川鲤洋《中国仙人列传》

除此之外，《金瓶梅》《王嫱》等芥川没有写完的稿件也属于此类作品。据高洁的研究①，芥川的《魔术》《崂山道士》及另一篇《仙人》，和《聊斋志异》中的《佟客》，细节有相似之处。另外，须田千里将《唐代丛书》收录的《士人甲》与《马腿》进行了详细对照并指出："历来，有关中国文学对芥川的影响，

---

① 高洁：《芥川龙之介与〈聊斋志异〉》，《日语学习与研究》，2002 年第 1 期，第 76-79 页。

一般都认为到《杜子春》（1920 年 6 月）为止，但我们可以肯定实际上一直持续到其晚年的《马腿》等作品。"①

芥川能创作出这么多中国题材的作品，主要与他的阅读经验密切相关。根据日本近代文学馆编的《芥川龙之介文库目录》，芥川的藏书中有汉籍 188 种、1177 册，竟然超过日文图书（645 册）和西文图书（809 册）。他曾在《爱读书籍印象》一文中提到："我儿童时代爱读的书籍首推《西游记》。此类书籍，如今我仍旧爱读。作为神魔小说，我认为这样的杰作在西洋一篇都找不到。就连约翰·班扬著名的《天路历程》，也无法同《西游记》相提并论。此外，《水浒传》也是我爱读的书籍之一。如今一样爱读。我曾将《水浒传》中一百单八将的名字全部背诵下来。我觉得即使在当时，《水浒传》和《西游记》也比押川春浪的冒险小说有趣得多。"②在《写小说始自朋友煽动》中，他也写道："高中毕业进大学，读的小说多为中国的作品。我如醉如痴地读了《珠邨谈怪》《新齐谐》《西厢记》《琵琶行》等。"③

芥川的这些言论应该不假，因为在他的自传体小说《大导寺信辅的半生》和《中国游记》里，有很多例子表明了他对《水浒传》等中国古典文学的热爱。在《大导寺信辅的半生·书》中，他写道："信辅从上小学时就开始喜欢看书了。让他对书产生兴趣的是在他父亲书箱底的帝国文库本《水浒传》。只有脑袋长得大的小学生在昏暗的灯光下把《水浒传》看了好几遍。这还不算，就是不看《水浒传》的时候，他心里也在想象着替天行道的大旗、景阳冈的猛虎、菜园子张青在房梁上挂着的人腿。是想象吗？可那种想象比现实更加现实。他还曾手提木剑在挂着晾干菜的后院里与一丈青扈三

---

① 须田千里：「芥川龍之介『第四の夫から』と『馬の脚』：その典拠と主題をめぐって」，『光華日本文学』，1996 年第 4 号。

② 芥介龙之介著，高慧勤、魏大海主编，揭侠、林少华、刘立善译：《芥川龙之介全集（第 4 卷）》，山东文艺出版社 2005 年版，第 683 页。

③ 同上，第 672 页。

娘和花和尚鲁智深拼杀过。这样的热情在 30 年间一直支配着他。"①在《中国游记》里，他也多次提到《水浒传》。例如在西湖边的楼外楼吃饭，他看见有人在垂钓，便想起了阮小二、阮小五和阮小七；在苏州玄妙观看见有人练武卖艺，便想起病大虫薛永和打虎将李忠。另外，他中学时还非常爱读《聊斋志异》，并把家人、同学提供的故事素材编成了《椒图志异》。芥川对中国古典文学的熟悉程度和热爱程度由此可见一斑。这不仅使他具备了深厚的中国文学修养，创作了大量的中国题材作品，而且对他的文学观、人生观也产生了不可忽视的影响。

　　以上介绍的就是芥川主要的历史小说。至于他为什么如此热衷于创作历史小说，可以用他在《澄江堂杂记》中说过的一段话来解释。他说："我现在捕捉到一个主题，将之形诸小说，为了最有力地艺术性地表现主题，需要一个离奇的事件。唯其离奇，难以将之作为当代日本发生的事件来记述。若勉强为之，多数场合会令读者萌生不自然之感。……为排除这个困难，只能或者求助于'古昔'（求助于'未来'的很少）发生的事件，或者求助于异国发生的事件，或者求助于古昔日本以外的土地上发生的事件。……此外的另一个必要因素就是（我愿意说'我们'）对离奇的事物颇感兴趣。"②对于这种历史小说观，鲁迅曾经这样评价道："多用旧材料，有时近于故事的翻译。但他的复述古事并不专是好奇，还有他的更深的根据：他想从含在这些材料里的古人的生活当中，寻出与自己的心情能够贴切的触著的或物，因此那些古代的故事经他改作之后，都注进新的生命去，便与现代人生出干系来了。"③鲁迅的这段话概括了芥川历史小说借古喻今、针砭时弊的本质特征，也是鲁迅历史小说创作的理想。受芥川历史小说的启发，1922年 12 月鲁迅发表了他的首篇历史小说《不周山》，至 1935 年陆续又写了 8

---

　　①　芥川龙之介著，高慧勤、魏大海主编，宋再新、杨伟译：《芥川龙之介全集（第 2卷）》，山东文艺出版社 2005 年，第 512 页。

　　②　芥川龙之介著，高慧勤、魏大海主编，罗兴典、陈生保、刘立善译：《芥川龙之介全集（第 3 卷）》，山东文艺出版社，2005 年版，第 323-324 页。

　　③　鲁迅：《鲁迅全集：第 10 卷》，人民文学出版社 1981 年版，第 226 页。

篇同题材小说,编成《故事新编》一书。

如前所述,芥川前期主要从中日古典文学中汲取素材,创作具有曲折情节、精巧结构、高超叙事技巧的历史小说,发现古典文学中与现代人心灵相通的部分。他1921年从中国回来后转向现代题材,受当时流行的私小说及好友萩原朔太郎的影响,开始从现实生活中寻找素材,创作了被称为"保吉物"的自传体小说、心境小说、诗意小说、无情节小说等,形成了与前期作品截然不同的风格。他不再批判他人的利己主义,转而凝视自己的内心世界和灵魂。后期的现实题材小说主要有《保吉的手记》、《文友旧事》、《大岛寺信辅的半生》、《点鬼簿》、《一个傻瓜的一生》(又译为《某傻瓜的一生》)、《橘子》、《一块地》、《玄鹤山房》、《海市蜃楼》、《十元纸币》等。

在这些作品中,以堀川保吉为主人公的作品被称为"保吉物",接近于私小说,包括《保吉的手记》《一篇恋爱小说》《文章》《少年》《鞠躬》《小儿乖乖》《寒意》《十元纸币》等。堀川保吉的身份是海军军官学校的教师兼专栏作家。这正与芥川本人的经历相同,他大学毕业后在横须贺海军机关学校担任英语代课老师,三年后便辞职,成了专职作家。"作家没有施以烦琐的艺术加工,只是撷取了诸多碎片似的简单场景,以第三人称的叙述方式加以记录,表达面对人生时内心的不安和危机感。于是我们看到了作家对母性的质疑、对人性的探究,读出了作家过度的自尊、敏感的灵魂,也体会到作家在文学之路上前行的曲折艰难。"①这组小说相当于"破灭型"的私小说,之后的《大岛寺信辅的半生》《点鬼簿》《一个傻瓜的一生》更是把这种"破灭"发挥到了极致。另外,后期的现代题材小说还有"调和型"的心境小说,《橘子》是最典型的作品。

芥川后期的文学观主要体现在他自杀前发表的《文艺的,过于文艺的》和《续文艺的,过于文艺的》两篇文章中,这是与谷崎润一郎围绕小说的情节论战的结果。他指出:"决定一篇小说价值的尺度,绝非'故事'的长短。

---

① 杜文倩、高文汉:《"比抒情诗还要复杂的主观性的文艺"——简论芥川龙之介的私小说创作》,《湘潭大学学报(哲学社会科学版)》,2006年第3期,第32页。

不言而喻,'故事'的奇特与否,更应是小说评价标准范围之外的事。……一如前述,我不认为没有'故事'的小说或没有像样'故事'的小说是最佳之作。但我认为这种小说可以存在。毋庸置疑,所谓没有像样'故事'的小说,并非指一味描写身边琐事的小说,而是指所有小说之中最接近诗的小说。它比散文诗更接近小说。……从'纯粹'的角度看,从没有通俗趣味这一角度看,它是最纯粹的小说。"①芥川明确提出小说家应该具备"诗的精神",小说的真正价值取决于"诗的精神"。可以说,这完全颠覆了他前期追求"怪异""野性"的小说观,接近了志贺直哉的心境小说。

第二节　自杀及影响

1927 年 7 月 24 日凌晨,芥川在二楼的书房里吃了致死量的安眠药(巴比妥),当时家人都已熟睡。等他的妻子注意到有情况时,为时已晚,上午 7 点医生下了死亡通知书。《圣经》就放在芥川的枕边。一代文豪芥川龙之介就在这个闷热的、一直下着雨的星期日早晨死去了,享年 35 岁。

其实,1927 年 4 月 7 日,芥川和妻子的朋友平松增子就计划在帝国饭店殉情,但当天平松增子没来,所以自杀就以未遂告终。大约从这时起,芥川的自杀愿望越来越强烈,经常和荻原朔太郎、小穴隆一等朋友聊起自杀的话题。在给久米正雄的遗书《给一个老友的信》中,他说近两年一直在思考自杀的方式、地点及对家人的影响等。芥川的家人也知道芥川想自杀的事,特别是他的妻子芥川文和姨妈富纪尤其有这种强烈的感觉,所以从当年春天开始就没有放松戒备。当这一天终于来临时,他的妻子看到丈夫安然地死在了自己身边,认为丈夫总算从积聚已久的苦痛中解放出来,也就平静地接受了这个事实。

---

① 　芥川龙之介著,高慧勤、魏大海主编,揭侠、林少华、刘立善译:《芥川龙之介全集(第 4 卷)》,山东文艺出版社 2005 年版,第 327-328 页。

一、遗书及葬礼

在芥川生命的最后两年,自杀的想法一直萦绕心间,所以他不仅做了周全的准备,还给久米正雄、小穴隆一、儿子们、妻子芥川文、菊池宽、姨妈富纪、外甥葛卷义敏等人留下了遗书,不过现在能看到的只有前四种。

第一种发表时的题为《给一个老友的信》,是写给久米正雄的。尽管芥川在信的末尾说在他死后几年内先不要公开发表,因为他还没想好是否告诉公众自杀的真相,但是久米正雄经过和芥川家属、朋友协商,7月24日晚上就在媒体面前宣读了这封遗书。第二天,这封遗书就出现在各大报纸上。《给一个老友的信》以"至今还没有一个自杀者,如实地记录过自己的心理活动"一句开头,叙述了芥川对自杀的思考过程。别的自杀者可能有"复杂的动机",但他说"我之所以要自杀,仅因有种隐约的不安,对我的未来隐约有某种不安",而且自称"近两年来,我一直考虑的净是死的事"。① 因为他觉得上吊、溺水、撞死、用枪或刀、跳楼等自杀方式痛苦而且死相丑陋,所以决定服药自杀。他进一步考虑了自杀场地、自杀契机及如何死得巧妙而不被家人发现。从这封遗书中,我们还能感受到芥川对生的些许眷恋及对家人深深的爱。

致小穴隆一的遗书开头就交代了芥川的自杀动机:"我们人类是不会因为一件事情而轻易自杀的。我是为了对以往的生活来个总清算才自杀的。"②至于清算的内容,主要包括与有夫之妇秀茂子的私通、身为养子的不自由及作为疯子之子的厌恶。给儿子们的遗书不长,充满着芥川对儿子们的谆谆教导和殷切关爱。特引用如下:

一、不应忘记:人生始终是战斗,直至死亡。

---

① 芥川龙之介著,高慧勤、魏大海主编,林少华、张云多、侯为译:《芥川龙之介全集(第5卷)》,山东文艺出版社2005年,第683页。

② 同上,688页。

二、因此,勿忘要靠你们自己的力量。应以培养你们自己的力量作为宗旨。

三、要把小穴隆一当作父亲。因此,应遵循小穴的教导。

四、当你们在自己的人生战斗中失败的时候,那就学习你们的父亲自杀吧。但要像你们的父亲那样,避免祸及他人。

五、茫茫天命虽难知,然应努力自立,不依靠家人,要抛弃你们的欲望。这反倒能使你们日后步入坦途。

六、请怜悯你们的母亲。然不要因这怜悯而改变你们的志向,这反倒是可让你们母亲日后享福之途径。

七、你们恐难免会神经质,如你们父亲那样。你们要特别当心这事。

八、你们的父亲是爱你们的。(要是不爱你们,或者会抛开你们而置之不顾,则或许我还有活路也未可知。)①

芥川写给妻子的遗书没有流露出依恋之情,交代的都是后事如何处理。首先,因为尊敬夏目漱石,他把自己的版权由新潮社转给岩波书店(夏目漱石的著作由岩波书店出版);然后告诉妻子遗物如何处理、分配,书籍封面和墓碑要由小穴隆一设计;最后再三交代不要救活他,烧掉遗书,不要声张。

芥川的葬礼于 1927 年(昭和二年)7 月 27 日上午 10 点开始,从这天早上开始,来芥川家吊唁的人就络绎不绝。下午 3 点举行告别式,新潮社的中根驹十郎、改造社的山本实彦、中央公论社的岛中雄作等与芥川有关的出版社社长,久米正雄、佐佐木茂索、南部修太郎、山本有三、久保田万太郎、丰岛与志雄、川端康成、横光利一等芥川的朋友、同学、后辈也纷纷忙前忙后。列席的人数约有 750 名,一名记者评论当日的葬礼是"文坛总动

① 芥川龙之介著,高慧勤、魏大海主编,林少华、张云多、侯为译:《芥川龙之介全集(第 5 卷)》,山东文艺出版社 2005 年版,第 690 页。

员"。泉镜花代表前辈,菊池宽代表友人,小岛政二郎代表后辈,里见淳代表文艺家协会,分别致了悼词。作为芥川的同学和好朋友,菊池宽致辞时多次泣不成声,他的悼词感人至深,特引用如下:

> 芥川龙之介君啊!
> 　你自己选择、自己决定死亡,我们能说什么呢?只是,看到你泛着平和的微光的遗容,我们也就放心了。朋友啊,安息吧!你的夫人很贤惠,必然会好好照顾你的孩子们。我们会尽绵薄之力照顾他们的,你就安然长眠吧。只是悲伤的是,你的离去使得我们身边突然变得寂寞凄凉了。这让我们如何是好啊?

告别式于下午 5 点结束,芥川的亲属及友人将其遗体送往日暮里的火葬场。28 日上午,芥川的骨灰由亲属及几位朋友放进骨灰盒,埋在慈眼寺的墓地里。慈眼寺距山手线巢鸭站只有 5 分钟左右的路程。从寺庙的正门进入,左手边就是芥川家的墓地。芥川墓碑上的字由小穴隆一亲笔写下。时至今日,墓前经常供有芥川文学爱好者送来的花。

二、自杀的原因

关于芥川自杀的原因和"隐约的不安"(或译"漠然的不安""恍惚的不安"),中日很多学者都做了详细的研究。一般认为,这一悲剧是芥川的身心疾病、家庭负担、社会环境、女性困扰、创作枯竭等因素长期、共同作用的结果。下面结合芥川的遗稿——《一个傻瓜的一生》,简要介绍一下这几个因素。

芥川的身心疾病指的是对像母亲一样发疯的恐惧心理和后期的多种疾病。芥川的生母生下他 7 个多月后精神失常,在他 10 岁时就去世了。母亲发疯这件事一直困扰着他,而且他的好友宇野浩二在芥川自杀前刚刚发疯,因此他担心自己会遗传母亲的精神病而发疯。他后期在《点鬼簿》中开篇就写道:"我的母亲是个疯子。我在母亲那里,从没感受过母亲般的慈爱。"①他作为"疯子的儿子",似乎一直有自卑的心理,他在给小穴隆一的遗书中写道:"我也与所有的青年一样,有过种种梦想。可是至今日看来,也许我毕竟是疯子所生的儿子。"②至于后期的多种疾病,芥川在《一个傻瓜的一生》中写道:"他患了失眠症,而且身体也开始衰弱。几个医生对他的疾病做出两三种不同的诊断——胃酸过多、胃下垂、干性肋膜炎、神经衰弱、慢性结膜炎、大脑疲劳……"③这的确是后期疾病缠身的芥川的写照。除了上面的疾病,他还患有痔疮,1921 年 9 月 13 日寄给下岛勋的信有"恰如阿修罗百臂执刃,一举劈裂便门"之语。其实他从小就身体羸弱,1921 年走马灯似的中国之旅也损害了他原本脆弱的健康,回国后他一直被肠胃病、痔疮及神经衰弱所折磨,直至逝世。

　　关于家庭负担,一般指的是他的养父母、姨妈和姐姐给他带来的压力。他的生母发疯后,他就被生父送给舅舅芥川道章抚养,12 岁时正式成为膝下无子的舅舅之养子,改姓芥川。他的养父除了芥川的生母富久,还有两个妹妹,一个是终身未嫁的富纪,另一个是后来嫁给芥川生父的富友。富纪尤其喜欢他,照顾他的日常起居,把他当作亲生儿子。芥川的养父从东京府土木科退休后,经营不善,最后要靠芥川来赡养。对于这种家庭,芥川在《一个傻瓜的一生》中写道:"他的伯母④在这二楼房间里经常和他吵架,也因此接受过他养父母的仲裁。但他从他的伯母身上感受到最大的爱。……他在二楼的房间里经常思考这样的问题:相爱的人就要相互使对

---

　　① 芥川龙之介著,高慧勤、魏大海主编,宋再新、杨伟译:《芥川龙之介全集(第 2卷)》,山东文艺出版社 2005 年版,第 603 页。

　　② 芥川龙之介著,高慧勤、魏大海主编,林少华、张云多、侯为译:《芥川龙之介全集(第 5 卷)》,山东文艺出版社 2005 年版,第 688 页。

　　③ 芥川龙之介著,高慧勤、魏大海主编,宋再新、杨伟译:《芥川龙之介全集(第 2卷)》,山东文艺出版社 2005 年版,第 839 页。

　　④ 实为姨妈。

方痛苦吗?"①他在给小穴隆一的遗书中写道:"我是个养子。在养父母家里,从未说过任性的话,做过任性的事(与其说是没说过、没做过,倒不如说是没法说、没法做更合适)。我甚至有点儿后悔,我自己对养父母怀着一种近似于孝顺的感情。"②由此可知,他寄人篱下、谨小慎微的养子生活是不自由的,他甚至把自己比喻为小丑偶人。23岁时芥川与吉田弥生相恋,但遭到养父母尤其是姨妈的强烈反对而被迫分手。芥川结婚后和养父母、姨妈住在一起,他的姨妈经常干涉他们的生活,而且在他去世前一天还和他吵架。这一切都使他感到生活的重压和不安。雪上加霜的是,1927年初,他唯一的姐姐家失火,他的姐夫被怀疑是自己放火以骗取火灾保险,因而卧轨自杀。芥川开始为姐夫的后事和姐姐家的债务而四处奔波,这也加重了芥川的心理负担。在《一个傻瓜的一生》中,他写道:"姐夫的自杀一下子把他打垮。今后他必须照顾姐姐一家人。他的未来至少也如黄昏一样暗淡。"③芥川经此打击,变得更加消极厌世,一心只想求得解脱,无法专注于创作。

社会环境因素主要指芥川生活的时代风云变幻,动荡不安。这期间,世界上不仅发生了第一次世界大战,还爆发了十月革命。虽然日本国内资本主义经济迅猛发展,大正民主主义运动蓬勃展开,但是1927年正处于全球性的金融危机爆发的前夕,昭和时代才刚刚开始,因此当时的日本社会弥漫着喧嚣不安的情绪。作为敏感的知识分子,芥川更深刻地认识到了国内外形势的变化。他一方面痛恨资本主义制度,在《河童》中批判了日本社会的种种乱象,表达了对当时社会的不满和绝望,另一方面对社会主义时代的到来持既欢迎又担忧的态度。这种矛盾的心态加剧了他思想上的痛苦,也是他小资产阶级软弱性的一个表现。

---

① 芥川龙之介著,高慧勤、魏大海主编,宋再新、杨伟译:《芥川龙之介全集(第2卷)》,山东文艺出版社2005年版,第824页。
② 芥川龙之介著,高慧勤、魏大海主编,林少华、张云多、侯为译:《芥川龙之介全集(第5卷)》,山东文艺出版社2005年版,第688页。
③ 芥川龙之介著,高慧勤、魏大海主编,宋再新、杨伟译:《芥川龙之介全集(第2卷)》,山东文艺出版社2005年版,第841页。

女性困扰指的是有着"动物性本能"的疯子的女儿秀茂子,以及平松增子等女性给他带来的烦恼。1919年他在岩野泡鸣主办的十日会上,邂逅了一个名为秀茂子的已婚女作家。芥川非常欣赏秀茂子的才华和容貌,就和她发展成情人关系。但后来他发现秀茂子不断纠缠,就借去中国旅行的机会离开了她。平松增子是芥川妻子的朋友,1927年曾与芥川相约自杀,但都以失败告终(参见《一个傻瓜的一生》之《她》《玩火》《死》)。关于这两个女人,芥川在《一个傻瓜的一生》多次或直接或隐晦地提及,并在《疯子的女儿》《复仇》那两节表达出对秀茂子的强烈憎恶。在给小穴隆一的遗书中,他写道:"我二十九岁那年,曾与某夫人犯下了罪。我对此犯罪行为,并无良心受责之感,只是有不少后悔之意。因没有选准对象而给我的生存带来了消极因素(某夫人的利己主义及动物性本能实在过于强烈)。另外,与我发生恋爱关系的女性并非仅有某夫人。"①可见,秀茂子的纠缠也与芥川的自杀有很大关系。芥川妻子对其情人的忍让和对他的宽容,也使他心理上产生了罪恶感和幻灭感。

关于创作的枯竭,他1920年以后多次向友人表达这方面的苦恼。例如,1920年在《东洋之秋》中,他表达了对卖文生活的厌倦;1922年他曾对志贺直哉说自己写不出小说来了;1926年在给佐佐木茂索、泷井孝作的信中,他说自己的创作速度变慢,写出来的东西没有价值。在私小说和无产阶级文学的冲击下,芥川从1920年开始关注社会现实,创作现代题材作品,不过并没有取得预想的成功。芥川的创作态度是艺术至上的,"为了艺术的人生"是他的信条,创作的停滞和失败是他最不能容忍的。因此,日本的很多学者认为这是芥川自杀的最重要的原因。例如,吉本隆明1958年提出:"芥川龙之介之死是纯粹的文学之死,也是文学作品之死,并非'人'的现实性死亡,因此不是时代思想性死亡。"②三好行雄继承了这一观点,认

---

① 芥川龙之介著,高慧勤、魏大海主编,林少华、张云多、侯为译:《芥川龙之介全集(第5卷)》,山东文艺出版社2005年版,第688页。

② 转引自邱雅芬:《芥川龙之介学术史研究》,译林出版社2014年版,第63页。

为"隐约的不安"既不是来源于无产阶级文学的压迫,也不是来源于对未来的恐惧,芥川死于创作的枯竭。村上春树在为杰·鲁宾翻译的《芥川龙之介短篇集》写的序言中提到,芥川死于自己创造的文体。

总之,芥川所置身的社会、家庭、躯体、心灵都给他带来了巨大的压力,使他悲观厌世、痛苦不堪,看不到前途和出路,因此才走上了不归之路。但精神上的痛苦远远大于肉体上的痛苦,尤其是创作欲望的枯竭才是他自杀的最主要原因。

三、中日两国的反响

芥川龙之介的死不仅给整个日本文坛,甚至是给整个日本社会都带来了巨大的冲击。7 月 25 日,各报纸用《文坛之雄芥川龙之介 赞美死亡遂自杀》(《东京日日新闻》)、《芥川龙之介先生服毒自杀》(《东京朝日新闻》)等大标题,全面集中地报道了芥川逝世的消息。不仅是中央报纸,连地方上的报纸也全都将其作为一条重大新闻来报道。有关芥川逝世的报道从 7 月 25 日开始一直持续到 8 月末。周刊包括《周刊朝日》及《周日每日》也就芥川龙之介的自杀做了专题报道。其中,芥川生前任职过的大阪每日新闻社在 7 月 26 日晚报上的评价最为恰当:

> 大正昭和文坛上的芥川龙之介是无与伦比的独特的光辉与存在。今后,其整个艺术价值会被重新认识,会被推高到今天的评价之上吧。
>
> 芥川代表了文坛的理智派,但其本身已是理智的体现。永远用理智凝视一切的热情与兴趣,特别是最近异乎寻常地旺盛,这表现在他最近旺盛的创作热情中,令观者赞叹不已。事实上,那是异常的兴奋,现在它像线一样地断了。
>
> 但是,这种兴奋绝不能说是病态的。他越是用理智凝视一切,就越感到现实的虚妄,死反而变成安慰了吧。
>
> ……

从大方向来讲,一切都是时代的影像。就像山顶首先接受第一缕曙光一样,文学者尖锐的神经总是最早感受到时代的苦恼。我们还是从北村之死、有岛之死、芥川之死中感到了大时代的影像。①

1927年9月份的杂志竞相推出芥川龙之介纪念专号。《文艺春秋》《中央公论》《新潮》《改造》《女性》《文章俱乐部》《妇人公论》《三田文学》等纷纷出版专刊、专辑,从各式各样的角度评价了芥川龙之介及其文学。由于芥川的自杀,人们对他及其文学的看法变得客观起来,而且评论文章的数量也超过了其生前。"芥川的自杀震撼了那个喧嚣不安的社会。在军国主义日渐猖狂的时代,在大正、昭和改元的时代,在金融、企业界还在'昭和金融危机'的风雨中飘摇不定的时代,这确实成为某种'茫然的不安'的象征,暗合了人们心中不祥的预感,媒体的报道铺天盖地,芥川文学研究由此迈出了坚实的第一步。"②

根据邱雅芬的《芥川龙之介学术史研究》,芥川龙之介研究史可以分为以下四个阶段:文坛明星诞生的大正时代(1912—1926),追忆、批判与回忆的昭和前期(1927—1944),从批判中解放出来的昭和后期(1945—1989),走向世界的20世纪90年代以后。芥川自杀后的几年内,追忆文章和批判文章是并存的,前者主要有菊池宽(1935年为纪念芥川设立了芥川奖)、佐藤春夫、岛崎藤村、志贺直哉、荻原朔太郎等文坛好友,后者主要来自大山郁夫、宫本显治、唐木顺三和井上良雄等站在马克思主义立场上的评论家。在批判文章中,宫本显治发表在1929年8月号《改造》上的《"败北"的文学——关于芥川龙之介的文学》最有名,这篇文章获得了《改造》杂志征文一等奖。从那以后,"'败北'的文学"这个标签就贴在芥川身上了。宫本的结论如下:

---

① 转引自邱雅芬:《芥川龙之介学术史研究》,译林出版社2014年版,第20页。
② 邱雅芬:《芥川龙之介学术史研究》,译林出版社2014年版,第18页。

在大多数资产阶级艺术家们懒惰无为,沉浸在"事不关己"的泥沼中时,芥川却独自尽可能地咀嚼着自己的苦闷。他还拼命警告遁世的作家们——安于现状是无力的,最终将自取灭亡。虽然他身上存有许多资产阶级的狭隘性,但与其他资产阶级理论家相比,却对社会有着广泛的关心……但是,我们在任何时候都必须抱有彻底批判芥川文学的野蛮热情。我们之所以探明芥川文学"败北"的真相,不就是为了使我们坚强起来吗?我们必须超越"败北"的文学及其阶级土壤![①]

第二次世界大战后,芥川研究从基于马克思主义的批判立场中解放出来,否定性评价被福田恒存、中村真一郎、吉本隆明等人的肯定性评价取代。芥川奖的知名度和认可度也越来越高。随着肯定性评价的不断涌现,重新评价芥川文学的研究成果越来越多。吉田精一、三好行雄、森本修、长野尝一、平冈敏夫、关口安义、宫坂觉、志村有弘、山敷和男、海老井英次、庄司达也、篠崎美生子、安藤公美等日本老中青三代学者,从作家论、作品论、文本论、读者论等多个角度,对芥川文学进行了深入的研究,产生了近 200 种的论著、2000 多篇的论文,把芥川推上了日本经典作家的地位。20 世纪 90 年代以后,各国留学生去日本研究芥川文学。留学生们把芥川的大部分作品翻译为母语,用母语或日语发表了大量的芥川研究论著。这些都奠定了芥川的世界经典作家之地位。

与日本的情况相同,芥川的自杀也震惊了中国文坛。虽然鲁迅 1921 年 5—6 月就把自己翻译的《罗生门》和《鼻子》发表在《晨报副刊》上,并在"译者附记"里简要介绍了芥川的创作风格,但是中国文坛真正了解芥川还是在他自杀后。所以冯乃超不无讽刺地说:"他耸动了中国文坛的注意,大

---

① 转引自邱雅芬:《芥川龙之介学术史研究》,译林出版社 2014 年版,第 40 页。

约是他的自戕而不是他的作品吧。"①芥川自杀后的两年间,当时著名的文学刊物,如《小说月报》《语丝》《文学周报》《洪水》《一般》等都纷纷刊登芥川的作品和评论文章,形成了中国的芥川文学译介史的第一个高潮。

1927 年 8 月 21 日的《文学周报》第 278 期刊登了黎烈文翻译的《蜘蛛之丝》及他写的评论文章——《海上哀音——闻芥川龙之介之死》,表达了他对芥川的哀悼和赞美之情。1927 年 8 月,《语丝》杂志刊出了徐祖正的《芥川龙之介的死》及启明(即周作人)的《遗书抄》。1927 年 9 月,《小说月报》推出了《芥川龙之介专辑号》(以下简称《专辑号》),系统而全面地译介了芥川文学。《专辑号》里一共有芥川小说 10 篇,即《地狱变相》(江炼百译)、《开化的杀人》(郑心南、梁希杰译)、《影》(顾寿白译)、《阿富的贞操》(谢六逸译)、《龙》(胡可章译)、《开通的丈夫》(周颂久译)、《奇谭》(夏韫玉译)、《湖南的扇子》(夏丏尊译)、《南京的基督》(郑心南译)、《河童》(黎烈文译),小品文 4 篇,即《尾声的信》(谢六逸译)、《女体》(谢六逸译)、《英雄之器》(谢六逸译)、《黄粱梦》(谢六逸译),还有杂著 2 篇,即《小说作法十则》(初生译)、《隽语集》(宏徒译)。除此之外,《专辑号》里还刊载了芥川的照片和《芥川龙之介年表》,第一篇是郑心南写的评论文章《芥川龙之介》。文章开头写道:"本年七月二十四日,日本享有盛名的文学者芥川龙之介氏突然自杀了。这个消息,不仅惊动了日本全国,世界文坛上都和感电似的受了突如的冲击。……死了芥川,在文艺界上不能不说是一大憾事啊。"②1927 年 9 月出版的《洪水》发表了郑伯奇的《芥川龙之介与有岛武郎——文人自杀心理的一考察》。《一般》在 1927 年 9 月号上刊登了端先(即夏衍)翻译的《芥川龙之介的绝笔》,在 10 月号上刊登了章克标的《芥川龙之介的死》、滕固的《听说芥川龙之介自杀了》及夏丏尊翻译的《南京的基督》和方光焘翻译的《手巾》。郁伽在《东方杂志》1927 年第 14 号上发表了《芥川龙之介的自杀》一文。1928 年 11 月发行的《东方杂志》上还有夏衍翻译的《齿

---

①　冯乃超:《芥川龙之介集》,中华书局 1931 年版,第 4 页。

②　郑心南:《芥川龙之介》,《小说月报》,1927 年第 9 期,第 43 页。

轮》。《真善美》在 1928 年第 10 期、11 期分别刊发了行泽翻译的《橘子》和《沼地》。《大众文艺》的 1929 年 1 月号上还有羽冰译的《蜘蛛之丝》。

与此同时,芥川作品的单行本也开始出版了。第一个版本是 1927 年 12 月,开明书店出版的、夏丏尊将鲁迅等译的小说编辑而成的《芥川龙之介集》,收录了芥川的 8 篇小说。1928 年 7 月汤鹤逸翻译的《芥川龙之介小说集》由北平文化学社出版,收录了芥川的 11 篇作品和《芥川龙之介自杀时致某友的手札》。1928 年 9 月,黎烈文翻译的《河童》由商务印书馆出版,收录了黎烈文以前翻译的两篇小说《河童》和《蜘蛛之丝》,该书卷首附有芥川龙之介像及墨迹六幅,卷末附有永见德太郎题为《芥川龙之介与河童》的评论文章。1931 年冯乃超翻译的《芥川龙之介集》由中华书局出版,收录了《母亲》《将军》《河童》《某傻子的一生》。冯乃超在题为《芥川龙之介的作品作风和艺术观》的译者前言里,对芥川的作品做出了消极评价。后来,随着日本不断侵略中国,中国译者虽然还在翻译芥川的作品,但对他的否定性评价却越来越多。热心的译介与激烈的批评并存是一种奇特的接受现象。王向远对两种根本不同的"理智",主观性、情感性与旁观者的冷静做了对比,分析了中国现代文坛的这一奇特现象。[①] 民国时期的芥川研究并不如译介情况乐观,主要表现为译序式简评和个人喜好式综论两种类型。[②]

1978 年改革开放后,中国的芥川文学译介史出现了第二个高潮。楼适夷、文洁若、吕元明、吴树文、高慧勤、李正伦、林少华、赵玉皎等老中青三代译者共同努力,先后在多家出版社出版了几十种芥川作品集,仅中国学者非常关注的《中国游记》就出了 4 种译本。特别值得一提的是,2005 年 3 月山东文艺出版社出版了 5 卷本的《芥川龙之介全集》,开创了日本作家在中国出版全集的先例。在中国翻译家热火朝天地翻译芥川作品的同时,中国

---

① 王向远:《芥川龙之介与中国现代文学——对一种奇特的接受现象的剖析》,《国外文学》,1998 年第 1 期,第 118-124 页。

② 王鹏:《民国时期芥川龙之介研究反思》,《汉语言文学研究》,2011 年第 3 期,第 86-92 页。

学者们也从多个角度，对芥川及其作品做了多元的、较深入的研究，形成了近1000篇论文和十几本专著。王向远、刘春英、邱雅芬、秦刚、单援朝、阮毅、张蕾、王书玮等是其中的杰出代表。经过中国译者、学者的努力，芥川文学在中国也焕发出巨大的艺术魅力和旺盛的生命力。

第三节　略年谱[①]

1892年（明治二十五年）　　0岁

　　3月1日上午8点左右，新原敏三与富久的长子龙之介出生于东京市京桥区入船町八丁目一号（现为中央区明石町）。因为生日是辰年辰月辰日辰时，所以父母给他取名为"龙之介"。父亲敏三原是山口县出身的农民，后来上京经营牛奶店，在新宿拥有一家名为"耕牧舍"的牧场。龙之介有初子和久子两位姐姐，初子在他出生前一年夭折。由于龙之介出生于父亲虚岁43岁、母亲虚岁33岁这样的厄运年，所以按照当时的风俗，形式上要把他遗弃，并由耕牧舍的松村浅次郎捡到他。10月25日左右，母亲富久突然精神失常，所以龙之介便被送到本所区小泉町十五号（现为墨田区两国3-22-11）的舅舅芥川道章家。芥川道章当时在东京府土木科工作，和妻子俦子没有孩子，芥川家还有一个终身未嫁的姨妈富纪（富久的亲姐姐），他们都很疼爱龙之介。

1893年（明治二十六年）　　1岁

　　生父家从京桥区入船町八丁目一号，搬到了芝区新钱座町十六号（现为港区芝浜松町一丁目），龙之介经常过去玩。

1895年（明治二十八年）　　3岁

---

　　① 根据关口安义、平冈敏夫、三好行雄等人编的年谱整理。

芥川家装修房间及庭院。龙之介身体虚弱,经常发烧。

1897 年(明治三十年)　　5 岁

4 月,就读于回向院旁边的江东寻常小学附属幼儿园,那时的志向是海军军官。在姑妈富纪的教导下,已经开始读绘本等通俗读物。

1898 年(明治三十一年)　　6 岁

4 月,就读于江东寻常小学(现为墨田区立两国小学)。此时的梦想是做一名西洋画家。

1899 年(明治三十二年)　　7 岁

新原敏三与芥川富友(富久的亲妹妹)结婚,7 月生下了得二(龙之介同父异母的弟弟)。

1902 年(明治三十五年)　　10 岁

4 月,升入江东小学高等部,如饥似渴地阅读养父母家的插图读物、《西游记》和《水浒传》的改写本。而且,他还经常去附近的租书店、图书馆,阅读曲亭马琴、近松门左卫门等江户文学家的作品,以及尾崎红叶、泉镜花等近代文学家的作品。4 月左右,他与清水昌彦、野口真造等小学同学,一起编辑传阅杂志《日出》,封面设计和插图也是他完成的。11 月 28 日,生母去世。

1904 年(明治三十七年)　　12 岁

3 月 4 日,龙之介的生父和养父母举行家庭会议,决定由得二(龙之介同父异母的弟弟)代替龙之介之新原家嫡子的地位。作为交换条件,富友正式入籍新原家。8 月,龙之介正式成为芥川家的养子。大概从这一年开始,他与耕牧舍的工人、社会主义者久板卯之助成为朋友。

1905 年（明治三十八年）　　13 岁

　　3 月，从江东小学高等科毕业。4 月，考入东京府立第三中学（现为东京都立两国高中）。同级的同学有西川英次郎、山本喜誉司、清水昌彦等人，高年级的学长有久保田万太郎、后藤末雄等人。当时龙之介和西川英次郎关系最好。5 月 13 日去大森、川崎方向郊游。开始接触易卜生、法朗士、梅里美等人的西方文学作品。

1906 年（明治三十九年）　　14 岁

　　4 月左右，与大岛敏夫、野口真造等同学一起编辑传阅杂志《流星》（后改名为《曙光》），在上面发表《二十年后的战争》等文章。去小凑、胜浦、箱根等地旅游。

1908 年（明治四十一年）　　16 岁

　　暑假期间，与西川英次郎结伴去山梨、长野旅行。这一年或翌年，写下了小说《老狂人》。

1909 年（明治四十二年）　　17 岁

　　1 月初去奈良旅行，3 月末去千叶县的铫子旅行，4 月上旬去静冈市、久能山、龙华寺旅行，8 月登上枪岳。10 月 26 日开始，去日光修学旅行 3 天，参观了足尾铜矿、中禅寺湖。

1910 年（明治四十三年）　　18 岁

　　2 月，在府立三中的《学友会杂志》上发表《义仲论》。3 月，从府立三中毕业，因品学兼优而受到表彰。9 月，保送进第一高等学校（东京大学教养学部前身）第一部乙类（即文科）。同级的同学有井川（后姓恒藤）恭、菊池宽、久米正雄、松冈让、成濑正一、山本有三、土屋文明等人，高一级的文科班里有丰岛与志雄、山宫允、近卫文麿等人。芥川与井川恭关系最好，经常一起畅谈哲学、文学、艺术。秋天时，芥川全家搬到新原敏三的房子里，龙之介经常在二楼看书。

1911 年（明治四十四年）　　19 岁

2 月 1 日，在学校听了德富芦花批判大逆事件的、题为《谋叛论》的演讲。4 月住进学校宿舍，但不喜欢宿舍的懒散氛围，经常读 19 世纪末的厌世主义文学。10 月中旬，去那须盐原旅游。

1912 年（明治四十五年·大正元年）　　20 岁

4 月上旬，与西川英次郎去富士山旅行。8 月中旬，去木曾、名古屋旅行。暑假期间编了《椒图志异》。11 月 11 日，在横滨观看了王尔德创作的悲剧《莎乐美》。

1913 年（大正二年）　　21 岁

5 月，菊池宽从一高退学。6 月下旬，与井川恭等人一起去赤城、榛名毕业纪念旅行。7 月从一高毕业，9 月考入东京帝国大学文科大学英文系。因为井川恭去了京都帝国大学，所以与久米正雄、松冈让等关系密切起来。这段时期，爱读陀思妥耶夫斯基的《罪与罚》。

1914 年（大正三年）　　22 岁

2 月，与久米正雄、丰岛与志雄、菊池宽、土屋文明、松冈让等人创办第三次《新思潮》，因此被称为新思潮派作家。在 5 月号上发表小说《老年》，在 9 月号上发表剧本《青年与死》，《新思潮》当月停刊。从 7 月 20 日到 8 月下旬住在千叶县的一宫，一直给东京的吉田弥生写情书。10 月末，芥川家搬入东京府下北丰岛郡泷野川町字田端 435 号（现在的东京都北区田端）的新家，这时爱读《约翰·克利斯朵夫》。

　　1915 年（大正四年）　　　23 岁

　　2 月,向养父母及姨妈富纪提出与吉田弥生结婚的想法,结果遭到一致反对。于是心灰意冷,经常流连于妓院。8 月 3 日,为了走出失恋的痛苦,去了井川恭的故乡松江旅行,写下《松江印象记》。11 月在《帝国文学》上发表《罗生门》,但毫无反响。11 月 28 日,在冈田耕三的介绍下,与久米正雄一起参加了"木曜会",成了夏目漱石的门生。

1916 年（大正五年）　　　24 岁

　　2 月,与久米正雄、菊池宽等人创办第四次《新思潮》。在创刊号上发表的《鼻子》受到夏目漱石的赞赏。7 月,芥川从东京帝国大学英文系毕业,毕业论文题目为《威廉·莫里斯研究》。在 20 位学生中,毕业成绩居第二。8 月间,向山本喜誉司的侄女塚本文求婚。9 月在《新小说》上发表《山药粥》,10 月在《中央公论》上发表《手绢》,正式登上文坛。11 月上旬,一高时代的恩师畦柳都太郎给他介绍了横须贺海军机关学校临时教职（英语教师）的工作,月薪是 60 日元。芥川于 12 月 1 日上任,同月与塚本文订婚。12 月 9 日夏目漱石去世,和江口涣一起担任接待工作。夏目漱石的死给他打击很大。同年发表的作品还有《孤独地狱》(《新思潮》4 月)、《父亲》(《新思潮》5 月)、《酒虫》(《新思潮》6 月)、《烟管》(《新小说》11 月)、《烟草与魔鬼》(《新思潮》11 月)等。

1917 年（大正六年）　　　25 岁

　　1 月,在《新潮》上发表了《尾形了斋备忘录》。3 月,《新思潮》出了一期《漱石先生追慕号》,然后就停刊了。4 月,与养父一起去京都、奈良游玩。5 月,阿兰陀书房出版第一部短篇小说集《罗生门》,前言里写着"献于夏目漱石灵前"。6 月 20 日,乘坐军舰"金刚号",从横须贺到山口县由宇进行航海见习。6 月 27 日,举行《罗生门》出版纪念会,23 位文坛好友出席。10 月末,《戏作三昧》在《大阪每日新闻》上连载。11 月,新潮社出版短篇小说集《烟草与恶魔》。本年度发表的作品还有《运气》(《文章世界》1 月)、《偷盗》

《中央公论》4、7 月)、《浪迹天涯的犹太人》(《新潮》6 月)、《大石内藏助的一天》(《中央公论》9 月)等。

1918 年(大正七年)　　26 岁

1 月,在《新小说》上发表《西乡隆盛》。2 月 2 日,在东京田端白梅园与塚本文举行婚礼。3 月,成为大阪每日新闻社的社友,条件是除《大阪每日新闻》《东京日日新闻》外,不得为其他报纸写稿,杂志不在此限,每月报酬 50 日元,稿费照旧支付。5 月,签约后的第一部作品《地狱变》在《大阪每日新闻》及《东京日日新闻》上连载。7 月,春阳堂出版创作集《鼻子》。9 月,在《三田文学》上发表《基督徒之死》。10 月,在《新小说》发表《枯野抄》。同年秋,应聘庆应义塾大学,但没有成功。从这年开始俳句创作,拜高滨虚子为师。同年发表的作品还有《袈裟与盛远》(《中央公社》4 月)、《蜘蛛之丝》(《赤鸟》5 月)、《文明的杀人》(《中央公社》7 月)、《邪宗门》(《东京日日新闻》10 月—12 月连载,未完)。

1919 年(大正八年)　　27 岁

1 月,新潮社出版短篇集《木偶师》。3 月 16 日,生父新原敏三因流感去世。同月末,从海军机关学校辞职。4 月,成为大阪每日新闻社的专职作家。可以不上班,月薪 130 日元,但作为条件,每年必须写若干小说,无稿酬,并且不能为别的报纸写文章,杂志不在此限。5 月,与菊池宽一起去长崎旅行,结识斋藤茂吉。6 月,认识女作家秀茂子,一时为之倾倒。7 月结识宇野浩二。本年度发表的作品还有《毛利先生》(《新潮》1 月)、《文友旧事》(《中央公论》1 月)、《疑惑》(《中央公论》7 月)、《妖婆》(《中央公论》9、10月)等。

1920 年(大正九年)　　28 岁

1 月,春阳堂出版小说集《影灯笼》。4 月 10 日,长子比吕志出生,同月在《中央公论》上发表现代题材小说《秋》。7 月,在《中央公论》上发表《南京的基督》，在《赤鸟》上发表《杜子春》。11月，与菊池宽等人去京都和大阪一带巡回演讲。同年发表的作品还有《舞会》（《新潮》1月）、《灵鼠神偷次郎吉》（《中央公论》1月）、《尾生的信》（《中央文学》3月）、《黑衣圣母》（《文章俱乐部》5月）、《阿律和孩子们》（《中央公论》10、11月）等。

1921年（大正十年）　　29岁

　　1月，在《改造》上发表了《秋山图》。3月，新潮社出版小说集《夜来花》。3月28日从门司出发，作为大阪每日新闻社特派员去中国旅行。途中在大阪患感冒，一到上海就患上了干性肋膜炎，因此在里见医院住院三周。出院后，由同事、友人陪同在上海参观，会见郑孝胥、章炳麟、李人杰等人。之后，游览杭州、苏州、扬州、南京、芜湖、庐山、长沙等地，由汉口北上，经洛阳到北京（6月12日）。之后的一个月，遍游北京市内的名胜古迹，欣赏了梅兰芳、杨小楼表演的京剧，会见了胡适、辜鸿铭等人，还参观了万里长城及大同的云冈石窟。7月12日，到达天津。之后经沈阳回到日本。回国后，身体和精神都开始衰弱，经常失眠。从8月17日至9月12日，芥川的《上海游记》在《大阪每日新闻》上连载。9月，春阳堂出版《戏作三昧》。从10月1日开始大约三周，在神奈川县的汤河原温泉疗养。本年度发表的作品还有《奇妙的故事》（《现代》1月）、《奇遇》（《中央公论》4月）、《往生画卷》（《国粹》4月）、《好色》（《改造》10月）等。

1922年（大正十一年）　　30岁

　　1月，在《新潮》上发表《竹林中》，在《改造》上发表《将军》，在《新小说》上发表《诸神的微笑》。从1月至2月，在《大阪每日新闻》上连载《江南游记》。4月上旬，陪养母及姨妈去京都、奈良旅行。4月24日到5月30日，第二次去长崎旅行。5月，金星堂出版随笔集《点心》。7月27日，去千叶县访问志贺直哉。8月，改造社出版文集《沙罗花》。11月8日，二儿子多加志出生。这前后，芥川患上神经衰弱、药疹、胃痉挛、肠炎、心悸等疾病，写作欲望减退。同年发表的作品还有《俊宽》（《中央公论》1月）、《斗车》

（《大观》3 月）、《阿富的贞操》（《改造》5、9 月）、《六宫公主》（《表现》8 月）等。

1923 年（大正十二年）　　31 岁

　　1 月，菊池宽创办《文艺春秋》杂志，开始连载芥川的《侏儒警语》。3 月 16 日到 4 月中旬，再次到汤河原疗养。5 月，春阳堂出版小说集《春服》。5 月在《改造》上发表《保吉的手记》，从此"保吉物"开始增多。8 月 2 日至 5 日，作为夏季大学的讲师，赴山梨县清光寺授课。9 月 1 日，关东大地震，田端家中的家人及房屋都平安无事。地震后一度担任自卫团员，为古书的烧毁而感到惋惜。10 月结识在一高念书的堀辰雄。12 月 17 日至 30 日，去京都旅行，会见恒藤恭、志贺直哉、小山内薰等人。本年度发表的作品还有《无产阶级文艺之可否》（《改造》2 月）、《猿蟹大战》（《妇人公论》3 月）、《芭蕉杂记》（《新潮》11 月—次年 7 月连载）等。

1924 年（大正十三年）　　32 岁

　　1 月，在《新潮》上发表《一块地》。5 月 15 日，到金泽旅行，拜访室生犀星。7 月，新潮社出版小说集《黄雀风》。7 月到翌年 3 月，编集并出版 *The Modern Series of English Literature*（全 8 卷，兴文社）。7 月 22 日到 8 月 23 日，到轻井泽去避暑，其间阅读了一些社会主义文献。9 月，新潮社出版随笔集《百草》。同年发表的作品还有《三右卫门的罪过》（《改造》1 月）、《金将军》（《新小说》2 月）、《桃太郎》（《Sunday 每日》7 月）等。

1925 年（大正十四年）　　33 岁

　　1 月，在《中央公论》上发表《大导寺信辅的半生》。3 月 1 日，出席《泉镜花全集》的出版纪念会。4 月，新潮社出版《现代小说全集第一卷 芥川龙之介集》。4 月 10 日至 5 月 6 日，芥川一直在修善寺温泉疗养。7 月 12 日，三子也寸志出生。8 月 20 日至 9 月上旬，又去了轻井泽。11 月，改造社出版《中国游记》。同月，历经三年编成的《近代日本文艺读本》（兴文社，共 5 卷）出版，但因版税少，遭到原作者抗议。这时，健康状况开始日益恶化。

同年发表的作品还有《马腿》(《新潮》1、2 月)、《温泉来信》(《女性》6 月)、《死后》(《改造》9 月)等。

1926 年(大正十五年·昭和元年) 34 岁

1 月,在《中央公论》发表《湖南的扇子》。失眠越来越厉害,并发肠胃病、痔疮,因此 1 月 15 日到 2 月 19 日,在汤河原疗养。2 月,文艺春秋社出版小说集《地狱变》及《大石内藏助的一天》。4 月下旬至年末,偕夫人及三子也寸志寓居神奈川县的鹄沼海岸。其间因增加安眠药的用量而产生幻觉,带病写下《点鬼簿》《玄鹤山房》等作品。12 月,新潮社出版随笔集《梅·马·莺》。这个时候的龙之介每天都要吃多种药才能控制病情。

1927 年(昭和二年) 35 岁

1 月 2 日返回田端,4 日姐姐家发生火灾,6 日有纵火嫌疑的姐夫西川丰在千叶县卧轨自杀,之后为了善后而东奔西走。从 4 月开始,在《改造》上连载《文艺的,过于文艺的》(4 月—6 月、8 月),并与谷崎润一郎论战。4 月开始偷偷地给朋友写遗书,与平松增子相约在帝国宾馆殉情未遂。从 5 月 13 日开始,为了宣传改造社版的《现代日本文学全集》,去东北、北海道巡回演讲。5 月末宇野浩二发疯,对芥川刺激很大。6 月 20 日,文艺春秋社出版小说集《湖南的扇子》。7 月 24 日凌晨,在田端的家中服安眠药自杀,给妻子、小穴隆一、菊池宽等都留了遗书。27 日在谷中殡仪馆举行葬礼,泉镜花、菊池宽等人致悼词,骨灰葬于东京染井的慈眼寺中。同年发表的作品还有《玄鹤山房》(《中央公论》1、2 月)、《海市蜃楼》(《妇人公论》1月)、《河童》(《改造》3 月)、《续文艺的,过于文艺的》(《文艺春秋》7 月)、《西方之人》(《改造》7 月)、《续西方之人》(《改造》9 月)、《一个傻瓜的一生》(《改造》10 月)等。

第二章 太阳般璀璨的文学

——作品论

第一节 《罗生门》的空间艺术

历来的小说家及评论家都将小说界定为时间艺术。因为小说是一种叙事文体,叙事的本质就是对时间的凝固、保存和创造,事件的叙述必须遵循一定的规律,所以"时间顺序是不能废除的,否则就会把应该发生的一切事情搞得一团糟"①。相应地,关于时间的理论已相对成熟,而大量批评家在分析文本时也多从时间的角度切入。无疑,《罗生门》这篇小说也不可能脱离时间去展开,它主要集中在傍晚的一段时间,这是小说作为时间艺术不能被抹杀的特点。

然而,对时间的重视不能导致对空间的忽视。恩格斯认为:"一切存在的基本形式是空间和时间,时间以外的存在和空间以外的存在,同样是非常荒诞的事情。"②也就是说,空间和时间对于所有物质存在来说,是相互依存、相辅相成、不可分割的统一体。巴赫金就曾把文学中的时间艺术和空间艺术称为"艺术时空体"。而黑格尔尤其突出了空间重要性:"人要有现实客观存在,就必须有一个周围的世界,正如神像不能没有一座庙宇来安顿

---

① E. M.福斯特著,冯涛泽:《小说面面观》,上海译文出版社 2009 年版,第234 页。

② 张宏运:《时空诗学》,宁夏人民出版社 2002 年版,第 66-67 页。

一样。"①可见,空间对于小说的作用是举足轻重的。《罗生门》中的空间场面描写,不仅对时间叙事起了扶助的作用,并且还有相对独立的特点,形成了小说叙事的空间建构。本文拟从具体物象的空间、象征性的空间、时间标识物的空间三方面来分析《罗生门》的空间艺术。

一、具体物象的空间

空间的具体内容按照传统小说的理解包括自然景物、社会环境、地域环境三方面。自然景物是小说空间的最具体、最形象的描写;社会环境又称社会背景,是由各种不同的人际关系表现的;地域环境则是一个规定性的范围,是人物活动的主要场所。其中景物描写根植于地域之中,并以其为依托;地域描写又以景物为内容,否则便显得空空荡荡;社会背景因为有了景物和地域的描写,再加上故事情节的推动,才由隐性变为显性。三个方面既独立又相互依存且相得益彰,致使空间描写中若缺少了任何一个方面都会显得有所残缺而令人遗憾。

《罗生门》发表于 1915 年,是介于传统小说与现代小说之间的,具有较细致、特定的空间场景。首先自然环境是在一个阴沉沉的黄昏,天不停地下着雨,往日里频繁眷顾罗生门的乌鸦在这凄清的黄昏中竟踪影全无、销声匿迹,只留下斑斑点点的乌鸦粪,仅有的是伏于红漆斑驳的粗圆桂木门柱上的一只蟋蟀;地域环境是位于朱雀大路上的破败不堪的罗生门内外;而由穷困潦倒的仆人、弱不禁风的老太婆、赤身裸体的女尸三者之间的对立关系及人物对话和心理活动所表现的则是社会背景。

以上是故事发生的具体空间物象,三者水乳交融、互相渗透、互相衬托。破落的罗生门因灰暗天气和处于生命边缘的人的存在而更显凋敝,惨淡的自然景象因这般建筑物和人物的映衬显得更加阴霾,社会风气的每况愈下在如此"聚焦"的时空里显露无遗,读者通过狭小的空间窥见了整个大时代的封闭、愚昧和自私。物象的空间就是人物活动的"舞台",故事的矛

---

① 黑格尔著,朱光潜泽:《关系学(第 1 卷)》,商务印书馆 1979 年版,第 312 页。

盾、冲突均将在这里展开。而作者为什么要选择这样阴森、恐怖的场面,是无意之举吗?曹文轩认为:"场面的选择当然是十分讲究的。这些场面必须能够实现小说家的美学目的,必须能够保证人物获得最切合他的表演才能的舞台,并且具有一定的隐喻性。"①的确,"鬼才"芥川龙之介以这样的环境、这样的地点作为人物活动的场所不是无意或随意之举,而是将自己失恋后的心境和世界观熔铸其中。可以说,阴森的罗生门是芥川失恋后的世界观的形象再现。

二、象征性的空间

首先,门作为一种事物存在的方式和意义已经被广泛的功用所淹没。随着使用方式及语境的变化,其意义指涉也不断地游移、转换,使它成为一种涵盖极广的文化符码。社会文明进程中的朴素意味逐渐演变成一种地位和身份的代表,出现了门第、门望、豪门、柴门等多种具有对立意义的词汇。这样,"门"就成为不同阶级、不同阶层的象征。《罗生门》的"门"就是这种文化符码。它不是豪门贵族的"朱门",而是尸体存放、乌鸦落脚的地方,留下的不是达官贵族的足迹,而是卑贱的下层民众的脚印。那么,它象征诸如饥寒交迫的仆人、丑陋不堪的老妪等的低贱之民就不言自明了。

其次,巴赫金将小说中的场所归结为四大空间意象:道路、城堡、沙龙、门槛。他认为:"'门槛'是一种高度情感价值力度的时空关系……它最本质的补充是生活巨变与危机的这个时空关系……是危机事件进行、失落、复兴、更新、恍悟和决定人的一生的地点。"②也就是说,"门"象征着人生的十字路口,是人生现在时与未来时的分界点,是人的感情空间的转折点,同时凝聚着时间和空间两个维度。

《罗生门》的"门"不仅是纯粹的表面空间、人物的落脚地,而且其本身

---

① 曹文轩:《小说门》,作家出版社 2002 年版,第 172 页。

② 米·巴赫金:《时间的形式与长篇小说中的时空关系》,转引自吕同六:《20 世纪世界小说理论经典(下)》,华夏出版社 1995 年版,第 183 页。

也作为角色来渲染气氛和衬托主人公。仆人在雨天来到罗生门下避雨并"等待雨的过去",然而,雨即使过去了,"仆人也并没有什么事可做",因为四五天前他已经被多年的主人解雇并打发出门,现在无地可安身,无处寻活计,"京都城当时已衰败不堪",更何况他一个仆人。面对无能为力的现实,似乎只有选择"饿死",然而对于一个尚且活着的人来说,选择"饿死"似乎更不可能,那么在没有可选择的情况下如果仍要选择,就只有"当强盗"了,可生为卑贱之身的仆人又缺乏"当强盗"的勇气。此时此刻,一方是死;一方是活,一方是不可能,一方是可能不。仆人到了抉择的时刻,他的抉择将是生命终结和生命继续的抉择,将是懦弱与勇气的抉择,情感空间空前膨胀。而"罗生门"便象征着仆人此时人生的转折点,它寓示的不仅是仆人人生现在与将来的时间分界点,也是仆人现在与未来的情感空间转折点。

再次,从"门"的词源上看,最原始的意义是指家园。"门"又称作户,也即"护",意味着防卫与保护。《释名》曰:户,护也,所以谨护闭塞也。在自然界,门有"以待风雨,以避群害"的作用;在社会上,门则具有"重门击柝,以待暴客"的防护意义。因此,门可以把人从自然界和社会的双重侵害中保护起来,即"门"有着安全的象征义。

仆人随着暮色的增加和阵阵凉意的袭来,预感到生命的恐惧和茫然,感到生活的压抑和疲惫,他"想找一处好歹可以过夜的地方,一个没有风雨之患的又避人眼目的安然存身之处"。于是,当"一架同样涂着红漆的通往门楼顶端的宽木梯闪入眼帘"时,仆人兴奋了,他为有了暂时的安居之所而惊喜,一"闪"字精确地刻画出了他的那种渴望被保护、渴望温暖的心境——起码今晚不必再受风雨的侵袭,起码一觉睡去不用再苦苦思索明天该怎么办,起码今夜是"安全"的。此时的"罗生门"便是仆人心中的安全之所。

老妪同样如此,当她在"罗生门"内靠拔死人头发谋生计时,是否意味着在"门"内她的生活是有保障的,而当被仆人扒光衣服,她爬到楼门口借着微弱的光向下张望时,看见"外面,唯有黑漆漆的夜"。"门"外对于她来说就如这黑色的夜,看不着摸不着任何事物,也辨不清任何方位,日后的生路茫然一片！这时"门里""门外"就成为仆人、老妪自身心理"安全"和"不安全"的象征。

最后，惨不忍睹的罗生门作为自然景象，和苍茫的暮色、滂沱的大雨、黑色的乌鸦、孤零零的蟋蟀一起描绘了一幅凄凄惨惨的衰败图景，不仅烘托了仆人凄凉、黯淡的心理，也暗示了当时社会风雨飘摇、世事无常的现状，从而使小说的主题得以深化。它们既作为要素存在于文本中，同时也作为象征物暗含于本义中，延伸了空间的意义，丰富了空间的内涵。然而，无论是空间的本义还是象征义，它们都是一种静态的形式，没有参与故事的进程，唯有与时间联系在一起才能体现出"艺术时空体"的魅力，才能静中有动，动中有静，空间意义才能在更深的层次上得以拓展。

三、时间标识物的空间

时间标识物的空间是指空间在与时间的交互中时间空间化了，即空间成为表示时间的一种特殊方式。文章中主要体现为以下两个方面。

第一，现实空间的实物在诞生之时，是当时人类活动的结晶，因此体现的是当时的文化。随着历史的发展，出现两种可能：其一是实物大体不变，仍体现着原有背景的文化；其二是随着时间的流逝，实物与文化同步发生变化。比如，人们崇拜神灵的时候，会大肆兴建金碧辉煌的寺庙，且进贡上香，虔诚拜佛，这时的寺庙必有"寺庙"的特征。但当信仰丧失、拜金主义兴盛时，寺庙抑或成为旅游胜地，抑或成为断壁残垣，不再具有往昔的意义了。因此可以说，空间实物凝聚的是历史进程中的文化传承，体现的是时间的流动，而非静止的时空。

从《罗生门》这篇文章中我们可以看到如此景象：京城中佛像和祭祀用具已经被毁，涂着红漆和贴着金箔银箔的木料被别人堆在路旁当柴火出卖，都城如此，罗生门更是如此。于是"乐得狐狸来栖，盗贼入住，最后竟将无人认领的死尸也搬了进来"。人们一到天黑便不敢接近此门，"取而代之的，便是乌鸦"。

佛像、祭祀用具本是不可亵渎之物，而现在却被打碎当柴卖。现实世界被砸碎的岂止是简简单单的、拥有实体的佛像,真正被击碎的是人们心目中的信仰和道德标准。从金碧辉煌的"佛像"到碎片的"佛像",从色泽鲜明的"金箔银箔"到一文不值的"柴火",从"人"的光顾到"乌鸦"的眷恋,从"活人"到"死人"的进驻,这一过程本身印证的就是在时间的流逝中人们价值观念的变化,即对"神"的信仰转变到对"物质"的崇拜——价值的滑坡,社会风气的堕落,此时的"罗生门"不只是一个空间化的概念了,它暗示的是时间的发展,浓缩的是历史时间。正如巴赫金所言:"在大多数情况下,创作想象的一个基本出发点便是确定一个完全具体的地方。不过,这不是贯穿观察情绪的一种抽象景观,绝对不是。这是人类历史的一隅,是浓缩在空间中的历史时间。"[①]

第二种表现形式是心理时间的空间化。当代西方文论家柏格森在《创造进化论》等著作中多次提到心理时间。他把时间分为两种,其一是习惯用钟表度量的时间,也称为"空间时间";其二是通过直觉体验到的时间,即"心理时间",又称作"绵延"。他认为"绵延"就像河水一样川流不息,各个阶段互相渗透,交汇融合成一个不可分割的永远处在变化中的运动过程。

这里的"绵延"基本上等同于西方心理学上的一个术语"意识流",詹姆斯解释道:"意识并不是一段一段地连接起来的,用'河'或'流'这样的比喻来描述才恰如其分……我们称之为思想流、意识流或主观生活之流吧。"[②]显而易见,"意识流"和心理时间有一种前后的连续性、一维性,而不是三维立体的,因此对它的阐释过去也多从时间的角度出发。

其实,"意识"固然是一种时间意识,但它同时也是一种空间意识,往往借助于某一具体事物来唤起记忆,或者进行自由联想,或者独白,或者白日梦等。"任何意识的流动都少不了某种空间性的物什作为其出发点,这种空间性的物什可以是一幢房子、一级台阶、一个茶杯……而且可以缩小为

---

① 钱中文主编,白春仁译:《巴赫金全集(第3卷)》,河北教育出版社1998年版,第267页。

② 柳鸣九:《意识流》,中国社会科学出版社1989年版,第152页。

围墙上的一个斑点。"①英国作家伍尔夫的短篇名作《墙上的斑点》就是以一个斑点作为出发点而引起的种种幻想。

仆人的意识流动是以"门"及"门的楼梯"作为支点的。被解雇的仆人由于无事可做来到罗生门下避雨,他躬身坐在"石阶"上,百无聊赖地望着雨丝。仆人耐心地等待着雨的过去并开始考虑以后的生计问题,然而身无长技的一介草民在这样的社会里不可能施展什么,即使雨停了,照样一筹莫展,他的心情开始沉重,这会儿"门楼斜向翘起的脊瓦正支撑这重压下的阴云"。

既然没有合理的生存方式,仆人只有选择饿死,但若要选择,"当强盗"也未尝不可,只是这时的他还没有勇气给予积极的认同。不过在这种想法的驱使下,似乎明天有了一丝的希望,此时的心情稍微宽慰下来,于是人的本能需求使他想到了避寒。当一架通往门楼顶端的宽木梯闪入眼帘时,他便开始踏上了"木梯最下一级"。

仆人一直以为罗生门内只是尸体的堆放处,所以没有多少戒心,谨慎地登上楼梯。不料爬上"两三级",看见上面有微弱的火光晃动,他便推断一定是有非凡的人在,于是心里开始不由得恐惧。终于爬上"顶头"时,他发现在尸体当中竟有一老妪在拔女尸头发,此时他的心理由恐惧转为憎恶并讨厌自己做强盗的恶行,在正义的召唤下,"从梯子一跃而上"并抓住老妪。

随着问清缘由,仆人由激动转为冷静,而且由于与老妪形成鲜明的强弱对比,他产生了在"门下"所没有的勇气,也放弃了选择饿死的念头,出其不意地扒下老妪的衣服"跑下楼梯"。故事到此也就结尾了,之后他的心情是什么样的呢?是因未来有了谋生的手段而窃窃自喜,还是因做了伤天害理之事而心怀愧疚⋯⋯作者没有交代,给读者留下了丰富的想象空间。

故事就是从"门下石阶—门楼—宽木梯—楼梯一级—楼梯两三级—楼

---

① 龙迪勇:《论现代小说的空间叙事》,《江西社会科学》,2003 年第 10 期,第 21页。

梯顶头—门内—楼梯下"一步步的空间变化中将仆人的意识流动层层叙述出来：无聊—沉重—宽慰—谨慎—恐惧—憎恶—冷静……心理时间与物质空间亦步亦趋，空间作为时间的依托，使心理活动随着它的上下而跌宕起伏，一个圆形人物亦在这种交织中树立了起来。

阿基米德曾经说过：给我一个支点，我可以撬动整个地球。芥川龙之介则是，给他一个支点，就可撑起整个叙事的大厦。《罗生门》一文在一些具体空间物象尤其是在"门"的支点下，空间意义格外扩大，故事的情节、人物的心理刻画及文本意义的生成都在与之相交融下有了更广阔的外延，这都体现了芥川超凡的叙事技巧。而《罗生门》也不愧为一部久经历史考验的经典作品，孕育着永远挖掘不尽的艺术魅力，有待更多的学者去思考和分析。

第二节　影片《罗生门》对芥川小说的改编

在黑泽明的导演生涯中，影片《罗生门》(1950)无疑具有分水岭式的意义。凭借这部影片，黑泽明得以问鼎1951年的威尼斯金狮奖，成为当时唯一获此殊荣的亚洲导演。也是从《罗生门》开始，黑泽明逐渐为西方影坛所认可，成为饮誉全球的世界级导演。可以说，既是黑泽明制作了影片《罗生门》，也是影片《罗生门》成就了导演黑泽明。黑泽明的《罗生门》之所以不同凡响，一方面是导演的杰出才能使然，另一方面也得益于芥川的原著小说。

影片《罗生门》的情节主要源于芥川小说《竹林中》。这篇小说的主要内容如下：平安时代的武士武弘在林中被人杀害，盗贼多襄丸、武士之妻真砂，甚至武士自己都有嫌疑。三位当事人都声称自己是杀人凶手，然而他们的供述却相互矛盾。整个案件没有审讯，也没有宣判结果，显得真假难辨、扑朔迷离。需要指出的是，黑泽明并不完全忠实于小说《竹林中》，而是将小说《罗生门》的构思也借用过来，在人物、情节和主题等方面进行大胆的改编,以电影手法丰富并深化了原著的内涵。

一、人物的增加

影片开头,暮色苍茫,大雨滂沱。和尚和樵夫在罗生门下避雨,樵夫兀自摇头连说"不懂",和尚面无表情似有同感,这时外面有个仆人跑进来。可以看出,黑泽明不仅复制了芥川小说《罗生门》的开头部分,还借用了小说《罗生门》的背景和人物。《罗生门》的开篇也是在阴雨天,有个被解雇的仆人到罗生门下躲雨,然而在小说中,罗生门下除仆人以外并无他人。也就是说,仆人是芥川小说《罗生门》中的人物,其余人物则主要源于芥川小说《竹林中》。黑泽明将小说《罗生门》中的仆人插进《竹林中》,体现了导演作为一位艺术大家的独具匠心。尽管在影片和小说中,仆人的性格特征并无根本变化,都是贪婪、自私的丑恶嘴脸,但在影片叙事方面,仆人这一角色无疑具有举足轻重的作用。经过黑泽明的整合与加工,尤其是仆人这一角色的横空插入,影片在叙事上立刻集聚了巨大张力。在仆人未到罗生门之前,樵夫与和尚对凶案啧啧称奇,樵夫连说两个"不懂",为观众设置了一种悬念。影片并未直接点明"不懂"的内容,而是将故事引而不发地悬在那里,这更容易激起观众的期待心理。仆人来到罗生门后,樵夫又连说两个"不懂",和尚补充说从未听过这种事情。这势必会引起仆人的兴趣和好奇心,激起仆人和观众探求真相的欲望。这时,仆人逐渐成为观众的代言人,其询问既是故事叙述的切入点,又反过来推动故事情节的展开。在仆人的追问下,樵夫对故事的来龙去脉展开叙述,从而构成影片叙事的重要动因。

在叙述过程中,樵夫曾多次停止叙述故事内容,发表自己对案件和人物的评论。这时,仆人作为听众多次发出询问,充分发挥了自己对叙事的牵引功能。在仆人多次追问下,樵夫不得不放弃自己的评论,重新回到故事叙述的轨道上来,继续完成自己作为叙述者的使命。毫无疑问,仆人角色不仅改变了故事的叙事进程,也改变了原著小说的叙述向度。在《竹林中》,小说叙事完全依赖多位人物的追忆性叙述。作品一开头就是证人证言,然后分别是三位当事人的供述。故事在证人和当事人的追忆中展开,相互之间不存在"因为"与"所以"的因果关联，三位当事人的叙述不仅各自封闭，而且相互之间也充满矛盾。从时间上看，小说情节基本是并列的，主要集中在故事发生时间与讲述时间，聚焦点不是案前就是案发时，整个故事的叙述走向是横向的。而在影片中，仆人的询问诱使叙事发生显著的变化，故事的因果关系逐渐增强，影片叙事层层深入，故事叙述逐渐演变为纵向发展。

二、情节的调整

此外，黑泽明还调整了原著《竹林中》的一些情节。在芥川小说中，樵夫作为案发现场第一目击证人，向官府报告了凶杀案件。然而总的看来，其作用仅限于目击现场、提供证词，他始终是个站在边上的局外人，与案件没有什么实质性瓜葛。而在黑泽明这里，樵夫既是第一个目击证人，同时也是凶案的重要参与者。尽管他没有直接谋害人命，却也与罪犯相差无几——他乘机攫取了真砂的匕首。那把匕首原来插在武弘胸口，因为镶有珠宝，价值不菲，樵夫便见利忘义，据为己有。然而在盗得匕首后，樵夫害怕自己受到牵连，在法庭上隐瞒了偷窃事实。经过对樵夫相关情节的改动，导演形象地揭示了人性的复杂性。樵夫悄悄偷得别人财物，却不想与案件有任何牵连，不愿去衙门说出真相，与其说这是出于明哲保身的考虑，不如说是他贪婪自私的本性使然。难能可贵的是，樵夫的性格经历了一个变化过程，他在影片结尾幡然醒悟，恢复了理智和良知，不仅意识到了自己所犯的罪，还决定收养嗷嗷待哺的婴儿。在决定收养新生婴儿的同时，他自己也在帮助别人的过程中获得了新生。

如果说仆人这一角色的主要功能在叙事上，那么樵夫的功能则主要是为了凸显主题。影片通过樵夫的偷窃和说谎行径，反映了利己主义的丑恶和人性的贪婪。在这一点上，影片与小说《罗生门》有着异曲同工之妙。原著小说中，走投无路的仆人来到罗生门下避雨，夜里听到奇怪的声响，发现老太婆在拔死人头发。仆人原来在为是否要犯罪而犹豫不定，当听到老太婆说拔死人头发不算罪恶时，不仅下定决心要去作恶，还立刻剥掉并抢走了老太婆的衣服。小说《罗生门》揭示出这样一个道理："人的善恶行为取决于人的境遇，为求生存而损人利己是人的基本本能。在个人的生存受到威胁的情况下，正义的信念、道德的防线就会顷刻崩溃，好人与坏人、善与恶就是那样紧紧地挨在一起。"①影片的仆人甚至说："因为人太可怕，甚至一向盘踞在这罗生门门楼上的鬼怪，眼下都吓得逃跑了。"②这是异常深刻又切乎主题的台词。按照正常逻辑，人类是应该害怕鬼怪的，因为鬼怪面目恐怖、行为可憎。然而在芥川看来，鬼怪却是害怕人类的，因为人类的行径比鬼怪更骇人听闻。芥川以夸张说法隐喻人类的堕落和人性的腐败，可谓振聋发聩、用心良苦。也许，导演之所以用"罗生门"而不以"竹林中"为片名，就是要表明其意图不在案件本身，而在于原著对"人性恶"的揭示。

三、内涵的深化

在小说《罗生门》的背景下，影片《罗生门》人物的命运显得更加可悲。强盗多襄丸淫邪狡诈，因窥见真砂美貌而受到情欲驱使，多次萌生杀人歹念。武士武弘听信强盗鬼话，跟他去寻找古墓的财宝而抛下妻子，也是受欲望驱使而被缚。真砂因为在丈夫面前受辱，羞愧难当，在遭受丈夫轻蔑的白眼之后，甚至要致丈夫于死地。三位当事人受到欲望驱使，丧失了做人的理智和良知，从而导致了自身的种种悲剧。影片中，除出家的和尚外，几乎人人都是面目狰狞的魔鬼，为了各自利益而互相争夺，甚至每个人都为掩盖罪行而谎话连篇。犯罪和说谎已经成为所有人的集体行为。三位当事人的仇恨心理和可耻行为，印证了存在主义的著名论点：他人就是地狱。在小说《竹林中》，人类的恶劣行径彰显了道德危机。小说《罗生门》以人类相互掠夺的故事，反映了动物界弱肉强食的生存法则。而影片则试图说明，在欲望泛滥和道德危机的时代，如果人与人之间互相不信任，那么世界就是黑暗的地狱。

---

① 王向远：《东方文学史通论》，上海文艺出版社 1993 年版，第 313 页。
② 中国电影出版社：《罗生门》，中国电影出版社 1979 年版，38 页。

　　当然，原著小说《竹林中》的主题是朦胧暧昧的。芥川原著并未揭示出凶案的真相，究竟谁是谁非，谁是真正的杀人凶手，作者统统未予揭示。作者自始至终躲在后面，这就使得小说成为一个没有谜底的谜。而黑泽明以《罗生门》为片名告诉观众，影片反映的就是小说《罗生门》的主题，就是展现欲望横流和利己主义的可怕后果。原著中，"环境的丑恶坚定了老太婆的丑恶，老太婆的丑恶又刺激了仆人的丑恶，于是以丑恶对付丑恶，丑恶也就愈加丑恶"①。影片中，三位当事人与樵夫的言行，无疑是"丑恶对丑恶"的缩影。可以说，罗生门作为一个阴森恐怖的、停放尸体的地方，是自私自利、贪婪腐朽的人性的象征。影片《罗生门》对人性和社会的批判是显而易见的，而芥川小说《竹林中》的主题却是潜在的、并不明显的，因此只有借助"罗生门"这一隐喻符号才得以彰显。

　　原著小说结尾笼罩在压抑的黑色氛围之中。小说《罗生门》写道："外边是黑漆漆的夜。仆人的去向谁也不知道。"②小说《竹林中》的结尾："鲜血又涌到我嘴里来。从此，我就永世沉沦在冥世的黑暗中。"③原著小说的结尾极其悲凉，带有较强的悲观主义色彩。这是因为芥川对人生和人性持悲观、绝望、怀疑的态度。芥川的人生态度显然受到了叔本华的影响。叔本华认为"人生是一场悲剧"，因为人受到欲望驱使而疲于奔命，然而欲望是无穷尽的，一个欲望满足了，后面无数的欲望紧随而来，人永远都处于拼命追逐的旅途，陷入一种万劫不复的境地。在芥川看来，无论剥人衣服的仆人、心生歹念的强盗，还是见钱眼开的武士，都是受欲望摆弄的、身不由己的玩偶。芥川在《侏儒的话》中说："人生比地狱还像地狱。地狱带来的痛苦并不违背一定的法则。譬如饿鬼道的痛苦，是想吃眼前的饭……但是，

---

　　①　王向远：《东方文学史通论》，上海文艺出版社1994年版，第17页。
　　②　芥川龙之介著，文洁若、吕元明、文学朴等译：《芥川龙之介小说选》，人民文学出版社1981年版，第16页。
　　③　同上，291页。

人生带来的痛苦,不幸的是并不这么简单。"①也许,正是由于芥川对人生的极度失望,其小说才显得如此深刻、独到。

然而影片中,原著的悲观主义情绪已被人性复归的喜悦所取代。影片结尾,仆人抢走婴儿身上的衣服,婴儿在黑夜中哇哇大哭。樵夫赶紧上前制止,并决定收养这个可怜的孩子。这里,新生婴儿具有一定的象征意味,他预示着人类良知的复苏。尽管身处黑暗之中,甚至还犯过一些错误,但樵夫最后守住了道德底线,所以影片末尾,雨过天晴,世界逐渐变得明亮起来。樵夫怀抱婴儿走出罗生门的阴影,暗示着人类仍怀揣赤子之心,坚守人生信念,穿越黑暗之后,必然会迎来一个光明的前途。导演黑泽明是借助影片表达日本人对未来的信心。"二战"后,日本国民陷入一种痛苦困惑的时代。影片告诉他们,抛弃邪恶欲念,人与人真诚相待,日本才能走出战争的阴影,迎来新生。因此,影片《罗生门》基本反映了战后日本的民族情绪。正如张一玮指出的那样:"影片对小说的改动,与日本人战后的心态和精神上的渴求有关。影片在展示了绝望、残酷和自私之后,用一个富有希望的结局呼唤着社会精神的重建,重新将冷漠而破碎的心灵缝合起来,合乎社会主流意识形态对于道德重建的需要。"②

第三节 《竹林中》的后现代主义显征

芥川的作品具有怀疑主义和唯美主义色彩。发表于 1921 年的《竹林中》(又译作《莽丛中》《树丛中》)是芥川的代表作,作品叙事犹如迷宫,耐人寻味。《竹林中》取材于说话集《今昔物语集》,讲述了一个情节离奇、疑窦

---

① 芥川龙之介著;文洁若、吕元明、文学朴等译:《芥川龙之介小说选》,人民文学出版社 1981 年版,第 514 页。
② 张一玮:《叙事雾霭中的竹林——评芥川龙之介的小说〈竹林中〉》,《唐山师范学院学报》,2003 年 6 期,第 39 页。

丛生的杀人案。小说由四个相关证人和三个当事人的陈述构成。前四个人（樵夫、云游僧、捕役、老妪）的证词与陈述给案件提供了发生的背景和大致情节，这四个人的言语所指大体一致，并不彼此矛盾。而后三个当事人却各执一词，相互矛盾：江洋大盗多襄丸在自己的供词中坦陈"那个男人是我杀死的"；而来到清水寺忏悔的女人真砂承认丈夫武弘系自己所杀，因为她难以忍受丈夫"在冷冰冰的轻蔑之下，蕴藏的憎恶的光"①；被害者武士金泽武弘的鬼魂则借巫女之口说自己在妻子逃跑后自杀身亡。三者陈述迥然相异，很难断定凶手是谁，作者也无意断定凶手是谁，只做客观叙述，没有提出任何有主观倾向性的评论和结论，通篇充满悬念，答案具有开放性和多义性。

　　总之，《竹林中》极具复杂性，这一方面表现在文本思维的一个重要策略便是对叙事中"前者"的循环否定，另一方面也表现在《竹林中》本身就是一个复杂、矛盾、令人迷惑的多面体。面对这样一篇无论从哪个方面来说都充满不确定性的作品，如果仅仅根据既有现实主义和现代主义的价值规范与批评范式，已经难以得到令人满意的诠释，但倘若我们从后现代主义的视角切入，则极有可能获得新发现和自圆其说的理论阐述。《竹林中》的后现代主义阐释不但是笔者的一个大胆假设与尝试，同时也试图证明后现代主义作为一种思维态势和艺术手法在后现代之前的极具创造性和叛逆性的文学作品中都有其存在的可能性和合理性。后现代理论家哈桑说："现代主义与后现代主义之间并没有一层铁幕或中国的万里长城隔着，因为历史是一张可以被多次刮去字迹的羊皮纸，而文化则渗透在过去、现代和未来之中，在我看来，我们都同时是维多利亚人、现代人和后现代人。"②哈桑认为"后现代主义"一词的源头最早可以追溯到1934年，学界普遍认

① 芥川龙之介著，文洁若译：《罗生门——芥川龙之介小说集》，华夏出版社2003年版。以下原文的引用皆出自此书，不再注明。
② 哈桑：《后现代转折》，转引自塔姆辛·斯巴格著，赵玉兰译：《福柯与酷儿理论》，北京大学出版社2005年版，第30页。

同的观点是后现代主义正式出现于 20 世纪 50 年代末,其声势夺人并震慑思想界是在 20 世纪 70 至 80 年代。而芥川龙之介自杀于 1927 年,因此,创作于 1921 年的《竹林中》不可能直接受到后现代主义的影响。虽然二者存在着较大的时空差异,但后现代主义作为一种思维态势和艺术手法却超前地体现在《竹林中》一书中,本书拟从去中心化、表征危机或语言游戏、情节不确定性、形象不确定性四个方面探寻《竹林中》的后现代主义显征。

一、去中心化

西方传统的文学观念中,存在着几千年来不可撼动的逻各斯中心主义原则,它把人作为历史活动和价值追寻的主体,始终以"人"为中心。然而,历史发展到后现代主义时期,其主要理论家福柯、拉康和德里达等一致喊出"人死了"的口号,宣告了"人"作为中心、主体的消解。巴尔特反对把作者看成文本意义的主宰者,并且视这种否定为"一种反神学活动,一种真正革命性的活动"[①]。福柯、巴尔特等后现代主义理论家认为世界的中心就是无中心,世界的目的就是无目的。"后现代作家写作时,并不给出一种格局,相反,往往将多种可能性结局组合并置起来,每一种结局只是一个层面,若干个结局组成若干个层面,既是这样,又是那样,既可做如是解,又可做如彼解。这一并置的依据是,事物的中心不复存在,事物没有什么必然性,一切皆为偶然性,一切都有可能。"[②]这种去中心化的思想导致后现代主义的文学创作不像现代主义作家那样去苦心孤诣地追寻和建构主题,而是认为主题根本不存在,中心也不存在,一切都放在一个平面上,没有主题,也没有"副题",甚至连"题"都没有。这样一来,后现代主义作家便强调创作的随意性、即兴性和拼凑性,只重视读者对文学作品的参与和创造。[③]

---

① 张隆溪:《二十世纪西方文论述评》,生活·读书·新书三联书店 1986 年版,第 162 页。

② 王岳川:《后现代主义文化研究》,北京大学出版社 1992 年版,第 328 页。

③ 刘象愚、杨恒达、曾艳兵:《从现代主义到后现代主义》,高等教育出版社 2003 年版,第 347 页。

　　去中心化（在此突出表现为主题的不确定性）在《竹林中》主要体现在文本的开放性结局和事件真相的难以捕捉中。在现代主义创作中，"真相"作为小说"真实性"的根本依据一般是不难把握的，读者往往能从中得出或积极或颓废的主题，然而《竹林中》的叙事让读者很难把握事件真相，并得出一个确定的主题。多襄丸、真砂、武弘三人的陈述都有可信之处，但又不可能得到他者的证实；三人都有荒谬之处，但又都不能从根本上被推翻。三人的陈述彼此关联，又彼此悖逆，但都与真相若即若离，对一方的肯定同时也是对其他两方的否定。如果读者跳出这个循环否定"前者"的叙事迷宫，试图从中提取什么中心或主题，那么只能看到如竹林（或莽丛）一般的错综复杂。故事的结局（或者根本就没有结局）是开放性的，那么就有多种可能存在，每个人的杀人动机都代表一种可能的故事结局或主题。日本学者笠井秋生在其论文中为我们总结了日本学界关于这一问题的主要观点，现简述如下：中村星湖认为主题是人竭力庇护自己而使事件的真相无法弄清楚，吉田精一认为该小说表现了人生真相的难以把握和作者怀疑主义的人生观，成濑正胜认为主题是对女性的不信任，福田恒存认为主题是事情真相是不能被第三者了解的，大冈升平认为二男争一女的三角男女关系是永远存在的，浅井清认为主题是极限状态下利己主义的对立和根源于不信任他人的绝望，高田瑞穗认为主题是人直面危机时的自我暴露。[①] 总而言之，这些主题或许都有道理，也或许都没有道理，因为作者近乎完全客观的零度化写作没有任何主观倾向。世界本来就是一个多面体，任何"能指"都不能概而言之，任何界定都是有局限性的，任何结论都是偏颇的。

二、表征危机或语言游戏

　　"语言作为人类交流的工具、思想的载体这一传统观点遭到了颠覆。

---

　　① 　笠井秋生：『芥川龍之介作品研究』，双文社 1993 年版，第 165-166 頁。

在后现代主义那儿,语言不再是听人使唤的工具、令人摆布的中介。"①例如,后现代主义理论家德里达就取消了语言的这种明晰性和中介性。他认为,符号所表现的意思并非两个符号之间差异的结果,语言并非像索绪尔所描述的那样是能指与所指相对应的统一体。符号所表现的意思就在所有符号之间的差异之中,它只能是潜在的、无休止的、相互差异的产物,语言就是一个无限差异、无限循环的系统。如果要知道一个能指的意思,翻开字典可以查到,但字典提供的意思实际只能是又一串能指,它们指向更多的能指,能指指向多指,所指也就成为一场语言游戏,找不到"原点"的所在,所指的指称也就不可避免地出现表征危机。

《竹林中》的陈述语言就鲜明地表现了能指的局限性和片面性。围绕着凶杀案这一既定事实,文本中的七个陈述者各执一词,用他们各自的言语符号言之凿凿地述说其所见所闻。如果说樵夫、云游僧、捕役和老妪四人的言语较为客观地给读者提供了故事的背景与基本要素的话,那么多襄丸、真砂、武弘的言说则充满了矛盾性与片面性。充斥在《竹林中》里的真真假假、是是非非的不同"声音",用不同的话语角色界定和塑造自己的形象并试图呈现事件真相。它们消解了抽象的一维线性的常规语言与客观真实存在之间的对应关系,并使二者之间表现出反义、增义、减义、转义、引申义等不确定的意义关系。例如在"谁是杀死武弘的凶手"这一问题上,三个人的说法大相径庭:多襄丸的供词是"第二十三个回合,我的大刀把对方的胸膛刺透了";真砂的说法是"我几乎像做梦一般朝着丈夫那穿着淡蓝色短褂的胸口'扑哧'一声把小刀戳了进去";而武弘的鬼魂借巫女之口说的是"妻子落下的小刀就在我跟前闪着光。我把它拿在手里,朝着胸口一戳。一块腥味的玩意儿涌到嘴里来"。三人各执一词,"众生喧哗",三个人的言语仅仅描绘了整个事件的一部分,永远不可能还原事件的本真,使我们很难知晓谁是真正的凶手。从上述三人的陈述中,我们不难发现陈述者们的

---

① 何江胜:《后现代主义文学中的语言游戏》,《当代外国文学》,2005 年第 4 期,第 97-102 页。

言语彼此充满矛盾，但各自又不无道理。其实，我们所相信和接触的事实，往往都是一些用语言编织成的谎言，或有意无意进行的语言游戏。另外，在最后一节"鬼魂借巫女之口所说的话"中武弘的三次"沉默良久"也充分说明了语言符号在指称所指时表现出的局限性。

三、情节的不确定性

后现代主义作家在文本故事情节上表现出更大的随意性和不确定性，他们不主张故事情节的逻辑性、连贯性、统一性和封闭性。他们对传统的创作形式进行颠覆，推毁一切传统的规范，追求绝对的创作自由。他们随意颠倒时间，打破时间的一维性，过去、现在和未来可以并存，也可以置换，在空间上通过不断地切割以使故事情节呈现出多种或无限的可能性。《竹林中》在故事情节上就表现出很大的重复性、矛盾性和拼凑性，把重点放在叙事方式上而非故事本身上，也可以说是"讲故事"而非"讲故事"，从符号学的角度可以表述为"从所指转向表义过程本身"①。故事情节中的因果关系和与之相随的时空顺序变得不合常规，这让读者感到身在其中，不知何处。正是这些悬念构成情节的基本动力，但是这种悬念非但不能帮我们理出一个来龙去脉，反而使问题更加复杂化，把我们引入叙事的迷宫。

《竹林中》通过七个不可靠陈述者的多重陈述，在根本上使事件脱离了时间的延续性和顺序性的链条，这是一种典型的"非时间化"和"非因果化"的方式。而对文本深层意义的解读则建立在作品本身的歧义性或不确定性的基础上。歧义性既体现在故事中，也体现在故事的讲述中，这种歧义性具体体现在七个陈述者的言语之中。樵夫、云游僧、捕役、老妪、江洋大盗多襄丸、被强奸的女子真砂、真砂被害的丈夫武弘，这七个陈述者提供了七个线索，呈放射状，指向各个不同的方向，也就是故事真相有多种可能性：可能是多襄丸杀死了武弘，也可能是真砂杀死了武弘，而武弘既可能是

---

① 赵毅衡：《当说者被说的时候——比较叙述学导论》，中国人民大学出版社 1998 年版，第 175 页。

自杀,也可能是他杀或被误伤。这部小说既无开头,也无结尾,以一种开放性的结构来描述一个离奇的杀人案。"动机、原委、起因、过程,以及真砂最后的下落和案件的结果,统统散落在七个零乱无序、支离破碎,甚至自相矛盾的叙述中。故事情节以及此案的真相已变得不再重要,也可以说,从审讯一开始,时间便已暂时终止,情节不再以通常那种曲线的形状往前进行,而是呈点状、不规则的块状,消融在那片崎岖而广阔的心理空间之中。"①

四、形象的不确定性

后现代主义者在消解主体的同时,必然导致对文学作品中人物形象确定性的根本否定。后现代主义在宣告主体死亡、作者死亡时,文学中的人物也自然死亡。"小说人物乃虚构的存在者,他或她不再是有血有肉、有固定本体的人物。这固定本体是一套稳定的社会和心理品性——一个姓名、一种处境、一种职业、一个条件等。新小说中的生灵变得多变、虚幻、无名、不可名、诡诈、不可预测,就像构成这些生灵的话语。但这并不意味着他们是木偶。相反,他们的存在事实上将更加真实,更加复杂,更加忠实于生活,因为他们并非仅仅貌如其所是;他们是其真所是,文字存在者。"②这种不确定性在《竹林中》中也显露无遗,首先分析一下多襄丸给读者的总体印象:"去年秋天,有个好像是来进香的妇女和丫头一道在鸟部寺宝头卢的后山被杀,据说就是这家伙干的。"(捕役答典吏问)由此可见,多襄丸是一个有前科的惯犯。从七个人或正面或侧面的叙述中我们可以得知,是色欲催使多襄丸不择手段地获取"长得像菩萨一样标致"的真砂。他利用人性贪欲的弱点,声称山后的竹林里埋着"许许多多镜子和大刀","谁要想买,随便哪样,出几个钱就行",就这样诱骗武弘行至竹林,这说明了多襄丸的狡猾。在多襄丸的供词中有这样一段富有哲理的话:"……只不过我杀人是

① 张抗抗:《可能》,《读书》,1995 年第 4 期,第 31-33 页。
② 转引自胡全生:《后现代主义小说中的人物与人物塑造》,《外国语》,2000 年第4 期,第 52-58 页。

用腰间佩的大刀,而你们杀人不用刀,单凭权力,凭金钱,往往还仅仅凭那张伪善的嘴巴就够了。"这体现了多襄丸仇视当权者的一面。在他决定"不杀死男人绝不离开这里"时,他"不想用卑鄙的手段",而是"跟他用大刀来决斗",这体现了多襄丸的勇气。文中出现的"嘲讽的微笑""阴郁的兴奋""快活的微笑""气概昂然"四个注释也颇有意味。我们似乎可以从多襄丸的语言和行为中得出这样一个结论:他是一个充满原始野性、原始欲望、亦善亦恶的江洋大盗。然而这种形象在真砂和武弘的叙述中又被或多或少地否定与再造。例如在"鬼魂借巫女之口所说的话"中,武弘说"单凭这句话,我就想赦免强盗的罪孽",所以多襄丸的形象充满着不确定性和多面性。

真砂和被害的丈夫武弘的形象也如同多襄丸的形象一样,处于一个多维的、相互转换、相互否定的时空之中,很难说孰正孰邪、孰优孰劣、孰是孰非。真砂在多襄丸的眼中最初只是美丽的性对象,后来成为多襄丸追求的生活伴侣,而在武弘眼中由可爱的妻子变成了凶狠的荡妇。同样,武弘在多襄丸眼中最初只是贪财的胆小鬼,后来成为他所敬佩的武艺出众的武士,而在真砂眼中由体贴的丈夫变成了目露凶光的仇敌。三者的形象不仅在同一陈述者的眼中发生变化,而且在不同陈述者的眼中也不完全一致。可以说三个人处于不同的位置,用不同的叙事语言有意无意地塑造着他们各自语言系统中的人物形象,不同人物对他人和自己形象的叙述汇成了一个没有中心、没有固定规则的现实,小说因此成了一个充满游离形象的虚无主义文本。

总之,以上四个方面主要从不确定性的角度分析了《竹林中》的后现代主义显征,这并不是给文本的分析做无中生有、生拉硬扯的"拉郎配"。诚然,芥川并非后现代主义作家,其创作的时代土壤也与后现代主义存在着时空上的巨大差异,但本文所指的后现代主义主要是指一种作为思维态势和艺术手法的后现代主义。文学造诣极高的芥川虽然处于现代主义时代,但是他凭借自己高超的技巧和敏锐的感性,完全可以创作出具有后现代主

义特征的作品。《竹林中》就是成功的一篇。布莱恩·麦克黑尔说:"现代
主义诗学向后现代主义诗学的过渡并非不可逆转,并非一项单向转动的门
……从现代主义'撤退'到后现代主义,或在这两者间徘徊都是有可能
的。"①对于《竹林中》后现代主义显征的阐释正好佐证了这个道理。

第四节　《竹林中》的女性主义解读

　　关于《竹林中》,学界已有比较深入的研究。有学者从叙事学角度讨论
小说叙述者的不可靠性,有学者注重分析凶杀案的真相,也有学者侧重从
伦理角度探讨芥川对人性的剖析。本文以为,尽管小说是一个语言构建的
迷宫,不同当事人叙述的故事完全不同,不同读者也会有不同的阅读体验,
但其中一点是相对确定的:女主人公真砂的形象并未发生根本变化,因为
不同当事人的叙述受制于同一种话语机制。

　　小说中七位叙述者的叙述可分为两大部分。樵夫、云游僧、捕役和老
妪属于局外旁证,他们的证言为杀人案件提供相关证据。强盗多襄丸、武
士武弘及其妻子真砂为当事人,他们的叙述是小说的主体部分。从整体上
看,七位叙述者叙述内容的客观性不尽相同。樵夫是最早发现尸体的证
人,他交代案发地点和尸体情况,其叙述大体上是客观可信的。云游僧叙
述案发前武士夫妇的情况,交代自己对武弘夫妇的印象。捕役叙述逮捕多
襄丸时的情况,认为多襄丸是个"好色之徒"。老妪谈话的主观性最强,因
为死者是其女婿,女儿又生死未卜,所以她在接受讯问时边诉边哭。四位
旁证叙述内容的主观性越来越强,三位当事人的叙述主要反映他们的不同
心理。多襄丸内心充满欲望,真砂内心充满悔恨,武弘心中则燃烧着怨恨

---

　　①　布莱恩·麦克黑尔:《现代主义文学向后现代主义文学的主旨嬗变》,选自佛克
马、伯顿斯编,王宁、顾栋华、黄桂友等译:《走向后现代主义》,北京大学出版社 1991 年
版,第 91 页。

的怒火。三位当事人陷于强烈的情绪中，而对于谁杀死武弘这一事实，却有诸多自相矛盾之处。

一

多襄丸是个敢爱敢恨、爽直痛快的强盗。他在接受审讯时，承认自己杀死了武弘，却采用一套意味深长的叙述方式。强盗是这样交代杀人动机的：

> 正巧一阵风吹过，掀起竹笠上的面纱，一眼瞧见那小娘儿的姿容……觉得她美得好似天仙。顿时打定主意，即使要杀她男人，老子也非把她弄到手不可。
>
> 反正得把女人抢到手，那男的就非杀不可。
>
> 只要能把那小娘儿抢到手，不杀她男人也没什么。
>
> 用不着杀那男人，也能把她小媳妇弄到手。①

多襄丸的叙述透露出两个信息。其一，他在窥见真砂美貌之后，才萌生强奸真砂的邪念。其言外之意是，他强奸是有特殊原因的，是真砂长得太美。因为这个"小娘儿""美似天仙"，所以他才迫不得已动了心。这是一种典型的"女人祸水"论。其二，他杀人同样也是有原因的。襄丸承认在杀死武弘时也曾犹豫过，他甚至退一步认为不杀武弘也行，但最终还是杀了武弘。究竟是什么导致多襄丸泯灭人性，堕落为杀人魔王的呢？实际上仍然是女人的原因："我凝目望着她的脸庞，刹那间，主意已定：不杀他男人，誓不离开此地。"②由此可以看出，多襄丸叙述案件的过程中，有一个潜在话语逻辑。这个逻辑就是杀人也不是他的错，错误完全在真砂这边。按他的

---

① 芥川龙之介著，高慧勤、魏大海主编，宋再新、杨伟译：《芥川龙之介全集（第2卷）》，山东文艺出版社2005年版，第124-128页。

② 同上。

说法,他之所以要强奸真砂是因为她漂亮,他之所以要杀死武弘也是因为她漂亮。归根结底,他是要一步步地把犯罪的责任推到真砂身上。然而,他无论怎样,都无法改变这样一个事实,那就是真砂始终是受害者而不是侵害者,而他才是真正的杀人凶手。

其实,多襄丸不论是杀人之前还是杀人之后,其内心始终处于骚动不安的状态。其强奸行为不仅受欲望驱使,其叙述也同样受制于内心欲望。真砂是他要征服和霸占的对象,更是其内在欲望的外显符号,这正是父权制社会的常用思维模式。按照这种思维,女性完全是男性社会的附属品,"她们是象牙郎、安德洛美达、夏娃、潘多拉……是为男人享用而创造出来的尤物,是一种被动、缺乏自主能力的次等客体"①。在受辱过程中,真砂作为女性的人格和尊严完全被忽视,其作为人的主体意志也没有得到尊重。这对真砂是一种灾难性的伤害,因为理想的性关系发生在自愿、平等的伴侣之间,当事双方存在感情交流,并非压迫和被压迫的对立两极,而是一种水乳交融的和谐关系。在性行为中,性爱双方既是主体又是客体,不存在控制和被控制的情况。可以看出,多襄丸的叙述不仅在为自己辩解,也完全否定了真砂的性权利和性自由。多襄丸在强奸之后仍大放厥词,将男性特权话语强加于真砂身上,以致真砂在身心两方面备受创伤。

福柯认为,影响、控制话语运动最根本的因素是权力,话语与权力是不可分的,权力是通过话语来实现的。② 多襄丸叙述话语的背后隐藏着一种等级秩序。首先,多襄丸不是自己在说话,而是代表了整个父权制社会在说话。尽管在不同时代和不同文化中,男性也遭受压迫,但他们是由于属于某个阶级或阶层的成员而受压迫,而并非因身为男性而受压迫。女性则不同,除了属于某个阶级或阶层等原因之外,还仅仅因为身为女性而受压

---

① 罗婷等:《女性主义文学批评在西方和中国》,中国社会科学出版社 2004 年版,第 48 页。

② 黄华:《权力、身体与自我——福柯与女性主义文学批评》,北京大学出版社 2005 年版,第 38 页。

迫。多襄丸对真砂的暴行反映了女性在父权社会的境遇。其次,多襄丸在叙述时自觉地维护男性特权。在男权的社会天平上,男性永远处于优越地位,他们不仅掌握国家暴力机器,还牢牢把控着社会意识形态。女性则不仅无法主宰自身命运,甚至不得不以男性话语为话语,从而失去言说的权利,甚至是非标准。多襄丸利用男性社会的话语进行叙述,实际是利用说话机会,再次行使男性特权。他试图将自己装扮、美化起来,然而真砂的遭遇却戳破了所有的谎言。

二

如果说多襄丸是男性霸权意识的体现者,那么武弘则是父权社会秩序的自觉维护者。小说关于武弘的描述主要集中在两方面:一是小说通过被害人真砂的感觉,交代丈夫武弘对她失身后的态度;二是作品借女巫之口表达武弘对真砂的情感。首先,妻子真砂失身后,丈夫武弘的表情耐人寻味:

> 我看见丈夫眼里,闪着无法形容的光芒。……他那灼灼的目光,既不是愤怒,也不是悲哀——只有对我的轻蔑,真个是冰寒雪冷呀!……他的眼神同方才一样,丝毫没有改变。依然是那么冰寒雪冷的,轻蔑之中又加上憎恶的神色。[①]

妻子失身后,武弘既不是愤怒也不是悲哀,而是冷漠、轻蔑和憎恶,仿佛真砂犯了天条戒律一样。接下来,小说通过女巫之口,进一步叙述武弘对真砂的态度。真砂受辱后仿佛变成另一个人,对奸污自己的强盗百依百顺。不仅如此,真砂还情深意长地对强盗说:"好吧,随你带我去哪儿都成。"真砂在失身前极力反抗多襄丸的暴行,可失身之后却对他温柔恭顺,

---

① 芥川龙之介著,高慧勤、魏大海主编,宋再新、杨伟译:《芥川龙之介全集(第2卷)》,山东文艺出版社2005年版,第124-128页。

在叙述者的层层描述中,小说似乎要揭示女人多变这一事实。然而,"神迷意荡的面孔"只是武弘的心理感觉,缺乏确凿的事实依据。更让人震惊的是,武弘借助女巫之口反复强调,真砂多次要求强盗杀死自己。原本是一对情意绵绵的恩爱夫妻,在妻子失身之后却变成仇敌。武弘对真砂的冷漠和反感,显然是由于自身利益受到了侵害。这不仅反映出武弘极端利己主义的思想,也揭示了其男性逻格斯中心主义意识。

在多襄丸眼里,真砂是容貌美丽的女子,以致他愿意为她犯罪;在武弘眼里,真砂不仅是令人厌恶的色情女郎,甚至还是怂恿强盗杀害丈夫的魔鬼。多襄丸和武弘对真砂的态度,恰好反映了父权制社会对待女性的态度。在父权制社会中,女性总是扮演着双重角色。"她既是男人的天使,又是男人的恶魔;既给男人带来欢乐与满足,又使男人产生厌恶及恐惧。天使/恶魔的二重性否定女性的人性,直接服务于男性的'性权术'。"①这样看来,作为丈夫的武弘与强盗并无不同,无论强盗多襄丸还是武士武弘,他们在叙述时都是操着同一种话语——男权话语。从此意义上看,与其说武弘是在维护自身利益,不如说他在维护父权制社会赋予男性的特权。他们对真砂的种种行为并无多少本质不同,都代表着来自男权社会的压制。

然而,颇具讽刺意味的是,妻子真砂被强盗奸污时,丈夫武弘本人也在现场。按照武士信奉的基本准则,他应该毫不迟疑地挺身而出,拼上性命去保护自己的女人。然而,此时他被绑在树上,根本无法前去搭救受害的妻子真砂。毋庸置疑,不能拯救妻子不是他的过错,但作为一名极具尊严感的武士,他在妻子受辱时竟没有激烈反抗,从其叙述来看,他当时甚至根本没有什么感觉。在真砂受辱事件中,武弘并未尽到自己作为丈夫的责任。然而事后,他不仅丝毫不为自身行为感到羞愧,相反,他还竭力反攻倒算,将所有责任都推到妻子身上,认为妻子遭受奸污罪不可赦。他并未考虑真砂的切身感受,在自己和妻子关系上考虑更多的还是自身的利益。

与武士武弘相似,多襄丸也在美化自己的暴行。他将自己描述成颇具

---

① 张岩冰:《女性主义文论》,山东教育出版社 1998 年版,第 53 页。

英雄气质的强盗,不仅具有武士风度,似乎还具有"良好"的行为准则。比如在决定杀死武弘时,他宣称不用卑鄙的手段,于是放开武弘,让他和自己用刀决斗。多襄丸杀死武弘后,还敬佩他是能与自己交手到二十回合以上的人。多襄丸在美化自己的同时,将奸污真砂这一原则性罪行轻轻带过。多襄丸的叙述实际反映出父权制社会道德观的一个死角:男人的英雄主义和武士风度,对女性来讲不仅不是救赎,相反还可能是对女性权利的践踏和蹂躏。武士道作为日本社会的特有产物,不仅无法保护女性的人身安全,甚至还压迫和挤兑女性的生存空间。小说无意之中揭示出武士道的虚伪本质。

三

在真砂面前,强盗多襄丸与丈夫武弘是整个父权制社会的代表,他们共同形成强势的男性丛林,让生活在其中的真砂感到压抑、窒息。作为一名被侮辱与被损害的女性,真砂一直处于绝望的境地。由于长期置身于父权制社会,她无法走出布满陷阱的男性丛林。在父权至上的社会,真砂不可避免地要遭受被玩弄和被鄙视的厄运。我们可以发现真砂至少遭受三种不同类型的压迫和戕害。

首先,真砂直接受到多襄丸的身体侵害。多襄丸窥见真砂美貌之后,强行与其发生肉体关系,给真砂的身心造成了巨大伤害。多襄丸在这里成为上帝、父亲、法权社会的符号,他对真砂的暴行反映出当时整个父权制社会对女性的钳制和损害。在父权制社会中,男性与女性的关系本质上是一种动宾关系,男性是"看"或"做"的主体,而女性往往是"看"或"做"的对象。女性作为一种宾格,俨然成为男性的附属品,是一种被消费和被玩弄的"他者",其存在的价值之一就是满足男性的"偷窥欲"和"发泄欲"。真砂作为一个美丽的女性形象,其美丽只有在男性的注视下才有价值。她在多襄丸看来不过是个性感尤物,是一个可以实施暴行的载体,而不是一个有着情感和思想的鲜活生命。因此从某种程度上讲,多襄丸对真砂的强奸可以视为父权制社会对女性他者的一次全面进攻,他们不仅要满足自己的"偷窥欲"，还要进一步满足自己的"发泄欲"。真砂像父权制社会中的无数女性一样，不知不觉地跌入父权制社会为其设计的陷阱之中。

其次，真砂还受到丈夫武弘的精神压迫。如果说强盗对真砂的伤害主要在身体的话，那么武弘对真砂的伤害则主要在精神。妻子真砂被玷污以后，她跑去丈夫武弘那里寻求帮助。因为强奸的事实已经成立，所以这时候真砂所寻求的主要是精神上的支持，甚至可以说是希望得到丈夫的谅解和宽恕，结果她"看见丈夫眼里，闪着无法形容的光芒。……他嘴里说不出话，可是他的心思，全在那一瞥的眼神里传达了出来。他那灼灼的目光，既不是愤怒，也不是悲哀——只有对我的轻蔑，真个是冰寒雪冷呀"①。真砂由于不堪精神重负而昏厥过去。她醒来以后，情况并未发生任何改变。尽管真砂也认为自己是受害者，但她并没有把责任归咎于侵害者一方，相反从文中可以看出，真砂的自我责备要多于对多襄丸的憎恨。真砂由于自己失贞而背负着沉重的精神包袱，她的遭遇反映了男权社会中女性的普遍境遇。在父权制社会，丈夫在妻子那里拥有至上的特权，性特权是丈夫寄存在妻子身上的重要权力。只要他想要，随时都可以提取兑现。这一特权只是其个人的不动产，而婚姻之外的其他男人则不能染指这一特权。真砂没有照看好丈夫的寄存物，感到自己有失职行为，心理上感到亏欠了丈夫什么，由此引发了精神上的压抑。从本质上看，真砂之所以没有取得丈夫的谅解和支持，就因为丈夫武弘和强盗多襄丸一样，都是父权制社会的代表。作为一名深受父权制戕害的女性，试图从丈夫那里取得精神上的支持是很不现实的。

再次，从真砂受辱后的内心独白看，她还显然受到父权制社会的话语规约。真砂未能捍卫自己的贞操，她时时感到无脸做人："这么苟活人世，实在没脸见人。我这个不争气的女人，恐怕连大慈大悲的观世音菩萨都不肯度化的。我这个杀夫的女人呀，我这个强盗糟蹋过的女人呀，究竟该怎

---

① 芥川龙之介著，高慧勤、魏大海主编，宋再新、杨伟译：《芥川龙之介全集（第2卷）》，山东文艺出版社2005年版，第124-128页。

么办才好啊!"①可以看出,真砂之所以痛苦不堪是因为她生活在父权制社会的话语机制中,而贞操观则是父权制社会普遍的价值观念。这种观念认为,妻子必须为丈夫保持贞操,否则就是不贞、淫荡和堕落。失贞是一件可耻的事情,因为不仅给女方自己,更会给其丈夫带来莫大的耻辱。不管是何种原因,失贞都不值得辩护,这种辩护更不值得提倡。为了维护自己的贞操和更好地忠实于丈夫,妻子可以牺牲生命。只有这样的妻子才是女人们学习的榜样。真砂没有拼死捍卫自己的贞操,她违背了父权制社会的游戏规则,注定要成为整个社会唾弃的对象。贞操观的本质是男性中心主义的产物,它总是为女性规定了许多义务,而忽视了女性的性别权利。男性往往从自身利益出发,制订出各种各样的伦理规约,不断用这些规约约束女性。女性实际上生活在男性社会为其编制的鸟笼中,成为被观赏的美丽的"金丝鸟",成为处于劣势的他者地位的第二性。从根本上说,包括受害者真砂在内,三位当事人的话语是一样的,都是父权制社会流行的话语。多襄丸在奸污真砂后,又以父权话语恐吓她说:"你既失了身,和你丈夫之间,恐怕就破镜难圆了。"②而真砂作为被损害、被侮辱的女性,只能接受这样的话语,并把它作为自我评价的标准。真砂由于缺失女性话语权,所以不仅缺少衡量自我的尺度,也无法按照自己的意愿来表达体验和解释世界。由于笼罩在男权话语规约之下,真砂与其他亿万女性一样处于沉默状态,只能把男权话语作为自己的话语。

男权话语的核心是维护男性权力,对于女性来说,男权话语恰好成了一柄双刃剑。也就是说,受害者真砂无论怎样都摆脱不了尴尬状况,一方面她生活在父权制社会之中,无时无刻不受男权话语的训导和规约,这种话语规定了她的认知方式和思维模式,也强加给她以责任和身份;另一方面,她一旦认同在男权社会中的角色定位,接受男权社会赋予的责任和义

① 芥川龙之介著,高慧勤、魏大海主编,宋再新、杨伟译:《芥川龙之介全集(第2卷)》,山东文艺出版社2005年版,第124-128页。
② 同上。

务,必然就会失去自身的利益。值得庆幸的是,真砂并未因被羞辱而自寻短见,她认为自己没有勇气自尽。其实,无论从哪个方面讲,真砂作为一名受害者都是无罪的,她只是没有自觉地顺从父权制社会的规范。范静遐认为:"两位男性经历者对真砂的看法一致。结合真砂的叙述,我们会发现其中一个心理事实,就是妻子在被侮辱后,不管是被丈夫的鄙视憎恶的眼神所激怒也好,还是因为受到强盗甜言蜜语的诱惑也好,妻子都有杀死丈夫的心理事实。"①然而在本文看来,真砂有杀死丈夫的念头,倒可以完全用另一种原因来解释,那就是她不堪忍受男权社会的压制而产生的本能反抗。这不仅是对男性强权和话语霸权的抗争,也是对男权话语的精神突围。

由此可见,小说《竹林中》反映了女性在当时社会的真实境遇。在父权制话语规约下,真砂处于非常尴尬的两难境地:如果认同男权社会的道德规范,则意味着自我和权利的丧失;如果违背男权社会的期待和法权,她势必沦为品行不端和道德败坏的人。小说最终表明,女性只有打破男权神话并建立自己的话语,才能不丧失性别属性和生存权利,才不会成为男权社会的玩偶和工具,她们的悲剧才不会继续上演。

第五节　芥川动物题材小说的寓言性

在芥川的创作中,动物题材小说是极为重要的组成部分。芥川不仅将猴子、狗和蜘蛛等现实中的动物写进作品,甚至还将龙和河童等传说中的动物写进作品。这些动物与人的关系非常密切,有的成为人类生活中不可或缺的朋友,有的则带有人类自身的影子,它们给芥川的小说增添了生动活泼的气息。从整体上看,芥川的动物题材小说带有明显的寓言性,作家

---

① 范静遐:《叙述者的不可靠性与伦理阅读》,《理论月刊》,2007 年第 5 期,第136 页。

实际上以虚构方式表达了对人情世态和生存现状的思考。下面,我们来考察芥川的动物题材小说,分析其中蕴含的深刻的人生哲理。

一

　　芥川小说中,涉及猴子的作品共有两篇:一篇是《猴子》,另一篇是《地狱图》。《猴子》是一篇贴近生活、关注人生的作品。某军舰上有人丢了怀表和财物,大家急切地想找出窃贼。经过全舰人员的搜查,失窃之物终于在信号兵奈良岛的帽盒里被发现。然而就在此时,信号兵奈良岛却神秘地失踪了。大家在寻找奈良岛的过程中异常兴奋,认为奈良岛无疑就是那个窃贼。"我"与牧田同样感到寻找奈良岛犹如寻找一只猴子,因为"我们"先前就是这样在船上捉猴子的。当"我"发现奈良岛时,"我感觉到异常的兴奋,一种浑身热血沸腾般难以言状的愉快的昂奋,也可以说像是手持猎枪的猎手发现猎物时的那种心情"[1]。在"我"与牧田看来,信号兵奈良岛由于偷窃已经堕落成动物——猴子。当身为"人"的奈良岛被"我"看作"猴子"时,人与人之间的关系就不再是和谐的"我—你"关系,而是一种人与动物的"我—它"关系。奈良岛作为他者不过是个活物,而这个活物与"我"是完全对立的,是"我"用于自我参照的对象和标尺。也只有将他者看作低自己一等的活物,"我"才能获得相对独立的存在,才能因为"我"高于"它"而产生某种优越感和自信心。

　　实际上,小说借助一个水兵因偷窃而被看成"猴子"的故事,揭示了现代社会人的生存异化问题。在芥川生活的社会,人与人之间的关爱、人与人之间那种和谐的关系已不复存在,更多的是赤裸裸的尔虞我诈的关系。"我"更愿意把别人看作一个动物,而不是一个有血有肉、有着复杂思想感情的同类。从异化角度看,小说《猴子》与奥尼尔的《毛猿》有异曲同工之妙。《毛猿》叙述一个司炉工因貌似毛猿,遭遇种种不公正的待遇,在社会

---

　　① 芥川龙之介著,高慧勤、魏大海主编,魏大海、郑民钦、艾莲等译:《芥川龙之介全集(第1卷)》,山东文艺出版社2005年版,第90页。

上无法找到自己应有的位置,最后跑到动物园与大猩猩为伍,以致被大猩猩勒死的悲惨命运。《毛猿》始终回荡着"我是谁,要到哪里去?"这个问题。《猴子》中奈良岛被喻为猴子,在同伴的笑声中遭遇同样的命运。然而,"我"毕竟是与奈良岛朝夕相处的同事,所以当"我"听奈良岛说"我没脸见人"时,又分明感到有些难过。奈良岛被押送去海军监狱时,"我"对他深感愧疚。当牧田用揶揄的口吻说"你活捉了猴子,立了大功啊"时,"我"一点喜悦都没有,相反"我"纠正朋友说:"奈良岛是人,不是猴子!""我"对奈良岛态度的转变,一方面可以看出"我"良心的觉醒,另一方面也是因为"我"对人与人之间关系的审视与反思。

芥川对猴子怀有特殊的感情,在小说《地狱图》中,他通过猴子这一形象使得这种人生思考更加深入。作品中,画师良秀的女儿被困在烈火中不知所措时,一只小猴子毅然跳入火海,与平时爱护自己的姑娘抱在一起。与姑娘和猴子的关系相反,姑娘与她父亲良秀的关系却毫无温情可言。与其说父亲良秀深爱自己的女儿,不如说他更爱自己的绘画艺术。当女儿深陷火海、危在旦夕时,父亲良秀站在边上专心致志地绘画。作品告诉我们,在种种灾难面前,动物与人相比有时会更有人性。显然,这是对人自私自利丑恶嘴脸的无比辛辣的讽刺。也就是说,芥川创作《猴子》与《地狱图》的目的不在猴子而在人。他渴望寻求一种友爱互助的人际关系,然而在现实世界中,他从人身上并未能发现正常的人性。相反,他从动物身上发现了人性。王向远认为:"芥川龙之介的基本创作主题是对人性和社会的深刻剖析与批判,而对利己主义的暴露和批判,又是芥川文学的基本主题的内核,也可以说是他创作的出发点。"①芥川之所以要以"猴子"作比,就是要直面现代人的生存状态,并拷问现代人卑污扭曲的灵魂。

在《猴子》和《地狱图》中,关于猴子的叙述所占篇幅并不太多,这时动物还不是真正意义上的主角。而在《小白》中,动物已经成为主人公了。小白是一条胆小软弱的小狗,这条小狗的遭遇又分明带有人的痕迹。小白在

① 王向远:《东方文学史通论》,上海文艺出版社1993年版,第316页。

同伴小黑身处险境时,因为怯懦而没有营救小黑,独自慌张地逃跑了。尽管逃离了危险现场,小白却无法逃脱自我良心的谴责——小黑因为自己的胆怯被害死了。小白希望回到主人家里却被拒之门外,因为不知何时,它已经变成了被害死的同伴小黑。这样,它只能在外面不停地流浪。小白在漂泊过程中逐渐勇敢起来,它不仅帮助其他的狗,甚至多次搭救遭遇危险的人,成为一条远近闻名的义犬。但是,小白却因为小黑的死亡一直极为愧疚,它决定回家向主人告别,然后自杀离开这个世界。就在这时,它又从小黑变成了小白。白变黑与黑变白,在这里似乎具有很强的象征意味。白色象征着良心的洁白无瑕,黑色则象征着良心上的斑点。一个纯洁的人一旦打上人生的污点,就不再是他自己了,只能是一个别人不认识的人。相反,一个有过人生污点的人,只要为了他人利益能勇敢地与丑恶做斗争,他就能找回自己,成为一个道德高尚的人。《小白》告诉我们,人究竟是不是他自己,完全取决于他的所作所为,人生的图画只能靠自己描绘。

　　前面三部小说取材于日常生活,表达的也都是生活中的道理,相比之下,小说《蜘蛛丝》的寓意则比较深刻,似乎处处都隐藏着佛理禅机。犍陀多是一个被打入十八层地狱的强盗,然而当他看到一只蜘蛛在路旁爬行时,却突然动了恻隐之心,决定放蜘蛛一条生路。犍陀多的行为被释迦牟尼看在眼里,佛祖决定要拯救这个罪孽深重的强盗。在这里,蜘蛛既是一个小动物,也是有着宝贵生命的小生灵。当犍陀多决定拯救蜘蛛时,实际上他也在拯救自己。小说告诉我们,一个罪孽深重的人只要拥有慈悲之心,就有获得拯救的可能。令人遗憾的是,当局者迷的犍陀多并未明白这个道理。当他拉住蜘蛛丝即将被救起时,他低头看到许多罪人都跟在他身后,也拉住这根蜘蛛丝想逃生。为了确保自己能够获救,犍陀多剪断了蜘蛛丝,将其他罪人置于黑暗的地狱中。就在他做出这种损人利己的行为之时,他自己也跟着跌进了地狱中。犍陀多剪断蜘蛛丝实际上也是剪断慈悲之心,而这慈悲之心正是他获救的根本,因此他也就失去了获救的机会。作品通过《蜘蛛丝》阐述了这样一个佛理:常怀慈悲之心即可解救自己,或者说天助自救者,自救的根本途径在于先救他人。后来在《女性》这篇小说中，芥川龙之介再次写到了蜘蛛。小说中，蜘蛛的遭遇是整个女性命运的缩影。蜘蛛冒着生命危险去捕杀蜜蜂，几乎成了"邪恶"的化身，然而蜘蛛之所以要杀死蜜蜂不是因为令人恐怖的"性本恶"，而是出于一种伟大的母爱。蜘蛛做完巢之后，将产下无数虫卵，孕育无数生命。在既是产房又是墓地的巢里，它因为尽了母亲的天职而无比幸福，为了无数儿女的诞生，它即便死去也无怨无悔。从小小的蜘蛛身上，可以看出母爱的伟大和生命的原动力。

芥川是一位观察入微的作家，甚至连虱子这样微不足道的昆虫，他也能用来表达自己对社会人生的理解。在小说《虱子》中，主人公森权之进在冬天没有像其他人那样对虱子深恶痛绝，相反他对虱子有一种莫名的亲近感。他收养了许多别人捉到的虱子，理由是身上爬满虱子以后，整个冬天人就会感到异常暖和，虱子多了有利于提高睡眠质量。因为一旦虱子咬起来，人必定用手浑身瘙痒，这样一来，人的身子就会因为活动而暖和起来。作为森权之进的对立面、一名保守分子，井上典藏对虱子的做法则完全相反。井上将捉到的虱子全部吃掉，还吃得津津有味，满口生香。他依据的是《孝经》里"身体发肤，受之父母"的古训，认为如果任凭虱子撕咬身体，则是对父母先人的大不敬。结果，井上典藏误食森权之进的虱子，导致两人关系紧张恶化，甚至到了挥刀相向的地步。本来两人并无宿怨，捉到虱子是弄死还是放生，完全不是什么惊天动地的大事，但他们为了虱子这样鸡毛蒜皮的小事，竟然不分青红皂白地自相残杀，而他们都是同一条船上的船员。芥川通过船员对虱子的态度及他们截然不同的做法，反映了航海生活的沉闷乏味和孤寂无聊。在这里，虱子象征着人性中可怕的、原始的劣根性。正是这种劣根性，才使得同样处于人生航行中的人们出现自相残杀的可怕后果。

二

芥川不仅借用现实生活中的动物表达思想，他还关注一些传说中的动物。从表面看，小说《龙》叙述的是一个无中生有的故事。大和尚惠印因为鼻子长而受到别人奚落，为此他对周围人心怀不满，决定好好捉弄一下嘲笑他的人。他在猿泽池边立下一块告示牌，上书"三月三日龙由此升天"。然而出乎惠印意料的是，三月三日这天，当众人翘首企盼苍龙时，果然有条黑龙破水而出，直冲云霄。这则故事再次透露出佛家禅机：万事信则有，不信则无。惠印原想戏弄大家，信众却认为是确有其事。惠印作为出家修行之人，不仅因为琐事心存芥蒂，怀有报复他人的邪念，而且口出诳语戏弄众人。可见其信佛之心并非毫无杂念，其修行也远未达到境界。而身在寺外的信众一心向佛，果然至诚之心领略了真果。小说告诉我们，不管在哪儿出家，心中有佛才能参悟真谛，修得正果。

《河童》是芥川晚年的代表性作品，堪称其动物题材小说的巅峰之作。河童是日本民间传说中的一种两栖动物，面目如虎，身上有鳞，身形如四五岁的儿童。作品通过一个精神病患者在虚构的河童国的所见所闻，从政治、经济、文化等方面讽刺了日本当时的社会现实，抒发了作家对社会、人生的理解和感悟。河童国的情况与现实世界完全不同。"父母、子女、夫妇、兄弟等等都以互相折磨为生活的唯一乐趣。特别是他们的家族制度简直是荒唐至极。"[1]在这里，芥川通过河童国的习俗，影射了人类世界的人伦关系。其言外之意是，人们应该相敬相爱、互相包容，而不应该互相折磨、迫害，否则人终究会丧失人性而不成为人，与丧失亲情伦理的河童无异。换句话说，和谐的人际关系是人类文明的标志，如果人们相互仇视、自相残杀，那么就会堕落为可悲的兽类。

在河童国里，自相残杀是天经地义的事情。盖鲁是河童国的资本家，当"我"谈及工人罢工一事时，它竟然声称河童国里没有罢工的说法，因为河童国的《职工屠杀法》规定，凡是被解雇的职工一律要被杀掉。河童国看似荒唐的法律，却揭露了资本主义社会人剥削人、人压迫人的真相。那些丧心病狂的资本家，为了维护自身利益而制定所谓的法律，而这些法律不

---

① 芥川龙之介著，高慧勤、魏大海主编，宋再新、杨伟译：《芥川龙之介全集（第2卷）》，山东文艺出版社2005年版，第660页。

过是他们残害同类的合法化外衣。河童国遭解雇的职工被吃掉了,那么资本主义社会的失业人员呢? 他们的命运与"被吃掉"有什么两样呢? 芥川用对照手法凸显了资本主义社会工人的悲惨处境。当"我"试图反驳资本家盖鲁时,它竟然说:"在你的国家里,第四阶级(工人阶级)的姑娘不是也去当妓女吗? 你听说吃职工的肉就愤慨,这是感伤主义呀。"①它的意思是,现实社会也好不到哪儿去,同样是人杀人、人吃人,完全没有必要做无谓的感伤。

在《河童》第九章,盖鲁的谈话足以让人看清资本主义政党的实质。库奥拉库斯党是标榜代表"全体河童利益"的党。领导库奥拉库斯党的是著名政治家劳佩,而操纵劳佩的是报社社长库伊库伊,但库伊库伊也不是他自己的主人,支配它的是资本家盖鲁。资本主义政党受控于党魁,党魁受控于媒体大亨,媒体大亨又受控于资本家。所谓的资本主义政治不过是有钱人的游戏,其他人等不过是有钱人摆设的棋子。资本主义政治没有公正可言,战争更是荒诞不经。一个雌河童原想害死自己老公,不成想误害了别国前来探访的水獭,于是河童与水獭的战争一触即发。结果是河童国损失 369500 只河童,水獭国的损失更是不可胜数。芥川通过河童国荒诞的故事,实际上影射了资本主义社会生活中丑恶的一面。

综上所述,动物题材小说是芥川创作艺术中的一枝奇葩,是一种意义深远的寓言性写作。芥川将猴子、小狗、蜘蛛和虱子等现实中的动物,以及龙和河童这些传说中的形象写进作品,就是要用动物故事来影射人类的生存现实。芥川的小说也因各种动物而具有了独特的生命力。芥川借用寓言的形式进行了艺术革新,不仅改变了以人为中心的创作模式,而且为读者提供了一个全新的阅读视角。这些动物寓言小说不仅揭示了人生哲理,而且蕴含着深刻的佛理禅机。芥川借用动物寓言小说,取得了言浅意深、

---

① 芥川龙之介著,高慧勤、魏大海主编,宋再新、杨伟译:《芥川龙之介全集(第2卷)》,山东文艺出版社 2005 年版,第 667 页。

言近旨远的艺术效果。今天,芥川的动物寓言小说越来越受到评论界的关注,更需要我们进一步研究。

第六节　《南京的基督》中的东方主义话语

芥川创作了许多取材于中国文本,或以中国为舞台的作品。《南京的基督》就是其中一部有名的短篇,发表在 1920 年 7 月的《中央公论》上。小说以 20 世纪初的南京为背景,叙述了一个善良而无知的卖春少女宋金花将一名日美混血的无赖汉当作降临南京的基督,与其共度一宵而治愈了性病的故事。

《南京的基督》的文本内容是极其复杂的,其中,形象塑造上的他者视角、舞台设置中表现出来的异国情调,以及叙述者对自我身份确认的启蒙者姿态,使得以东方主义的视角解读文本变成可能而富有意义。然而,迄今为止的评论或探讨大多关注该篇宗教和人生的主题,或追问隐含的社会认识和时代意义,或剖析宋金花的女性形象,但很少有人谈及这篇作品中的东方主义话语。就《南京的基督》来说,作品包含了哪些"东方主义"话语? 这种语境是怎样被设置的? 其背后蕴涵着怎样的文化内涵和心态? 下面,我们就这些问题做一简单的分析。

一、"日本式东方主义"的合理性

爱德华·萨义德(Edward W. Said)的东方主义理论认为,在西方实际上一直存在着与先进的西方相对的落后的东方。西方为自己的经济、政治、文化利益而施行了一整套重构东方的策略,以致力于西方文化的中心化。处于他者地位的东方不仅成为作为主体、本土、规范、责任、现代的西方的对应存在物,而且变成被西方的隐蔽规范强加于身的塑造物。这种二元对立的思维模式,在西方大力推进东方殖民政策的过程中,成为一种全球范围内的霸权话语。这种霸权话语改头换面成为一种新的帝国主义形态,在殖民主义时代终结后,继续怀着巨大的文化心理优势。因此殖民文化与帝国主义霸权之间的共谋关系作为东方主义文论的逻辑起点,其基本方法就是将文学作品看作文化与霸权之间的关系成分,在作品的叙述和批评中设置了"心态参照结构"(structure of attitude and reference)。从"差异"入手,探讨本土(native)与他者(the other)的关系,关注本土文学在二元语境中如何歪曲地塑造他者形象,同时也关注本土话语对东方世界的一系列兴趣的阐述,以及如何在异国情趣中对进行殖民统治的国家的语言、意向、传统等随心所欲的盗用。因此,"文学评论者关注他者在作品中的形象,关注这种形象被塑造的方式,并透过这些表面的形象和创作方式,去探询和挖掘更深层次的社会背景和文化内涵以及'他者'被扭曲、被排斥和被憎恶的缘由"①。

日本是一个东方国家,但明治维新后,日本全面学习西方文明,并提出"脱亚入欧"的口号,努力与侵略东方国家的西方列强为伍。在这个过程中,尤其是甲午中日战争以后,日本人的中国观发生了变化,逐渐滋生出蔑视中国、侵略中国的思想。到了芥川生活的明治末年到大正时代,日本人的中国观也表现出二元对立的思维模式,并发展为"日本式东方主义"。芥川受此影响,所以,其《南京的基督》就带有"日本式东方主义"的特征。

二、隐蔽的东方主义话语

"异国作为他者形象,不仅是形象的塑造者制作出来的,也是被形塑者自我化了的。他者形象从来都不是他者现实的客观呈现,其作为形象本身则始终具有浓烈的意识形态或乌托邦色彩。"②由于中国在甲午中日战争中败北,持续了 1000 多年的中日关系发生了逆转,国力日益强盛的日本改变

---

① 马红旗:《后殖民主义文学批评的对象》,四川外语学院学报,2003 年第 6 期,第25 页。

② 张月:《观看与想象——关于形象学和异国形象》,《郑州大学学报(哲学社会科学版)》,2002 年第 3 期,第 111 页。

了以往仰视中国的视角,而开始以俯视的视角和居高临下的姿态来看待近现代中国。这时日本作家关于近现代中国的言说就不可避免地采用了二元对立模式,他们的话语也就具有了东方主义色彩和意识形态色彩。《南京的基督》尽管创作于芥川到中国旅行之前,它基本上不存在《中国游记》式的赤裸裸的东方主义话语,但是其中隐蔽的二元对立模式是不容忽视的,它体现在几组对立关系上。

蒙昧者与启蒙者的对立。宋金花年仅 15 岁,卖身为生,"每天夜里带着愉快的微笑,与造访这间陋室的各种客人作乐"①,却对以此养活自己和父亲心安理得。偶尔挣的钱比预期的多,她就会"高高兴兴地让孤单的父亲多喝一杯特别爱好的酒"。这些都表现出她对现实的麻木。患病之后,她虽然不想采用陈山茶说的通过转移给别人而治病的方法,却对这个方法的正确性毫不怀疑。这是她的迷信无知。更重要的是,她对耶稣基督的盲目信仰。她把基督像恭恭敬敬地挂在墙上,"每次看到耶稣,孤寂的眼神顿时会消失得无影无踪,紧跟着会焕发出充满希望的天真目光"。正是她相信基督会体谅自己的心情,她对自己死后上天堂充满期盼而且深信不疑。在金花看来,基督是她唯一的依靠,是她生活信念的支撑。因此,她在迷乱中会将那个突然闯进来的日美混血儿当作降临南京的基督,并认为他是专门为解救自己的病痛而来来。当疾病奇迹般的消失之后,金花"像美丽的从良妓女玛利亚一样虔诚地做了祈祷"。

相反,日本旅行家却是作为一个启蒙者出现的。他以绅士般的风度在金花的小屋里亮相,一开始对金花的信仰表示轻蔑,"他说话的声音,转瞬之间带有讽刺的语气",听完解释后,亲手将一对翡翠耳环戴在她的耳朵上。在这里,日本旅行家超然物外,神态悠闲,而且表现出一种自以为是、居高临下的高傲姿态,与金花的浅薄无知、弱小可怜形成鲜明的对照。后来,他第二次来到宋金花的小屋,首先"像讽刺似的说":"怎么？还挂着十

---

①　芥川龙之介著,叶渭渠主编:《芥川龙之介作品集(小说卷)》,中国世界语出版社 1998 年版。以下的原文引用皆出自此版本,不再注明。

字架啦!"当听金花说了基督降临南京治好了她的病的怪事后,旅行家心里踌躇:"我是应该把事情向她挑明呢,还是缄口不语,让她永远去做西方老早传说的那种梦呢……"这表现出一种启蒙者的姿态。不仅如此,作为作者化身的叙述者可以说是日本旅行家的同谋,亲自制造了东方主义话语,塑造了扭曲的近现代中国形象和宋金花形象。叙述者把宋金花定位为私娼,据高桥博史考证,她是芥川 140 多篇小说中唯一的妓女。① 尽管这里面有谷崎润一郎《秦淮的一夜》的直接影响,但是,这也和将东方女性化、将东方女性玩偶化并作为性对象的东方主义话语如出一辙。另外,宋金花患病后,叙述者让她向基督祈祷说"怎么说我也是个女人,不可能什么时候对任何诱惑都无动于衷";当宋金花遇到日美混血儿时,又使她"像面熟似的有一种亲切感";当她看到像基督的日美混血儿时,叙述者让她"完全失去了理智,……只知道像燃烧一般的恋爱欢情"。叙述者对宋金花的这些描写,无不鲜明地体现了她的迷信无知、对现实的麻木及浅薄盲目的基督教观。这些和日本旅行家的启蒙姿态结合起来,强化了宋金花的愚昧者形象。

梦幻者与清醒者的对立。宋金花原本对天堂乐园就充满憧憬,对身操贱业的自己死后能上天堂深信不疑。在假基督降临的晚上,她梦见了各种美味佳肴,却没能享用一口。这对于"以食为天"的中国人来说,暗示着那些美好的憧憬只不过是永远无法实现的迷梦。其实,整个情节对金花来说恰似一种梦幻,宋金花不过是一个沉醉于天堂美梦的弱者而已。相对而言,这一切对于其他两个主要人物——日美混血儿和日本旅行家——却是一个清醒的世界。作为清醒者,他们或参与了梦幻者美梦的制造,或旁观了梦幻者的梦境,表现出对他者的戏谑或观望态度。

传统与现代的对立。小说讲述了发生在南京秦淮河畔一个妓女身上的故事。这种叙事空间和场景的选取是具有传统意味的。宋金花面对基督祷告时说,自己为了赡养孤爹,才做这种下贱买卖的,这体现出中国传统的忠孝观念。金花性格温柔,既不吹牛说谎,也不任性虚荣,"金花的这种

---

① 高桥博史:『芥川文学の達成と模索』,至文堂 1997 年版,第 132 頁。

品行当然是生就的"，这里对金花的描写是作者对中国传统女性形象的观念性表述。张如意认为"宋金花"这个名字和《金瓶梅》可能有联系。"《金瓶梅》描写的是中国宋代的故事，'宋'通'宋金花'的'宋'，'金'通'宋金花'的'金'，'梅'通'宋金花'的'花'"①，这样解来，"宋金花"可以看作对中国传统的一种隐喻。相应地，"年轻的日本旅行家""西服""红头发""照相机""路透社通讯员"等则构成一幅现代的图景。"传统"是凝滞的，就像金花小屋里"昏黄的灯光"，在日本旅行家周游一年之后，依然如旧。在"现代"的映照下，"传统"显得死气沉沉。

　　除了以上的二元对立模式，小说在舞台设置上还表现出一种异国情调。异国情调可以说是东方的典型特征和魅力所在，东方"自古以来就代表着罗曼司、异国情调、美丽的风景、难忘的回忆、非凡的经历"②。"那里没有理性，却有激情、神奇和残酷，没有进步或现代化，不是身边的日常生活，而是迷人的地方，是逝去的花园或重新发现的天堂……"③那么，作者是如何表现出这种异国情调的呢？首先，选取特定空间。如前面所述，作者将故事背景设置为秦淮河畔，众所周知，在古代那里是名妓云集、肉欲横流的地方。其次，设置戏剧化的场景。宋金花的小屋简陋而别致，陈旧却富情韵。有一处这样描写道："她坐的椅子后面是窗户，垂挂着绛纱帷幕，再往下看，窗外可能有条小河，轻微的水声和桨声不停地传送过来，此情此景，使金花很像感受到了从幼年时代起就看惯了的秦淮风光。"最后，烘托性感化的场面。文章开篇即描写了在昏暗的灯光下显得更加阴郁的房间里，一个少女百无聊赖地一颗一颗嗑着西瓜子。除了对金花闺房空间的描写外，还有几处写到了金花与客人作乐的场面。这些描写不仅将金花及其生活

①　张如意：《从〈南京的基督〉中解读芥川龙之介对中国社会的认识》，《贵州民族学院学报（哲学社会科学版）》，2005年第3期，第22页。
②　萨义德著，王宇根译：《东方学》，生活·读书·新知三联书店1999年版，第1页。
③　达尼埃尔-亨利·巴柔著，孟华译：《比较文学意义上的形象学》，《中国比较文学》，1998年第4期，第90页。

的空间处于被支配的他者地位,而且烘托出一种暧昧、复杂的氛围。

三、东方主义话语的由来

在思考这种东方主义话语的由来时,我们应该首先想到谷崎润一郎《秦淮的一夜》的直接影响,因为作者在小说末尾做了如下的说明:"草拟此篇。多依谷崎润一郎氏所作《秦淮的一夜》,特附笔致谢。"谷崎和芥川都是东京人,毕业于同一所大学,而且都是通过《新思潮》杂志登上文坛的。芥川在登上文坛之前就十分崇拜并有意模仿这位同乡学长,所以他读到谷崎这篇近似于游记的小说后,就立刻执笔创作了这篇小说。芥川不仅从《秦淮的一夜》中直接借用了"南京奇望街""秦淮河""姚家巷警察署"等场景,而且和《秦淮的一夜》一样,主要情节也是日本人寻花问柳的经历。不仅宋金花的房间布置近似于《秦淮的一夜》里的妓女房间,就连宋金花本人身上也能明显地看出《秦淮的一夜》女主人公花月楼的影子。《秦淮的一夜》既有对中国古代灿烂文化的追忆,又有对肮脏、破败的中国现实的描写,这些都在《南京的基督》中留下了清晰的印记。

西原大辅认为 20 世纪初期是日本中国情趣盛行、中国题材的作品层出不穷的时代,谷崎和芥川是文学界里拥有中国情趣的两大代表。[①] 谷崎于 1918 年 10 月至 12 月、1926 年 1 月至 2 月两次访问中国,这都极大地触动了芥川,尤其是谷崎的第一次旅行,直接促成了芥川的中国之旅。据关口安义考证,从 1918 年到 1920 年,芥川曾几度计划到中国旅行,并最终于 1921 年成行。《秦淮的一夜》和《南京的基督》这两篇作品都可以看作中国情趣的产物。这篇小说也同样充满了浪漫的异国情调和传奇色彩。作者将故事背景设置为秦淮河畔,并对宋金花陈旧却富情韵的小屋做了唯美的描绘,这些都与作者熟悉并倾心于中国古代文化有关,表现出作者强烈的中国情趣倾向。与此同时,落后、肮脏的现代中国的现实不断地击碎芥川

---

① 西原大辅著,赵怡译:《谷崎润一郎与东方主义——大正日本的中国幻想》,中华书局 2005 年版,第 4 页。

等中国情趣爱好者的美梦。他们或耳闻或目睹了中国的现状,在内心产生一种巨大反差。芥川也不例外。虽然他写这篇小说时还未来过中国,但他从朋友、媒体等方面应该得到了一些关于现代中国的印象,所以他不自觉地采用了二元对立模式来歪曲地塑造近现代中国形象和宋金花形象,隐蔽地把他们他者化了。需要注意的是,这种二元对立模式在文中表现得并不太明显,浪漫传奇的异国情调相对突出一些,而且芥川也没有像其后的《中国游记》那样大肆诬蔑、嘲笑现实的中国。

此外,从另一个角度来看,贫穷无知的宋金花身患恶疾,错把闯进门来的日美混血儿当作降临人间的基督,与其共度一夜就治好了病。整个叙事可以看作当时中国与日本、西方关系的隐喻。贫穷落后的现代中国就像患病的金花,已无法自救,只有日美混血儿才能治好金花的病。日本旅行家最后以启蒙者的姿态居高临下地思考的是,金花是否应该知道真相,但并未质疑日美混血儿行为的正当性。那就可以解读为,殖民者虽然可恶,但殖民行为本身未必完全是错误的。如此看来,这种东方主义话语在本质上就不可避免地具有侵略思想了。当然,日本旅行家表现出来的犹豫也说明了芥川面对西方文明时的彷徨心态。混血儿不仅是个假基督,而且还是无赖。日本旅行家犹豫是否揭露真相,也表明了芥川对西方式现代化的怀疑。

综上所述,尽管这篇小说创作于芥川到中国旅行之前,它基本上不存在《中国游记》似的赤裸裸的东方主义话语,而且整体上弥漫着浪漫传奇的异国情调,但是其中隐蔽的二元对立模式是不容忽视的,东方主义话语分析应该适用于芥川的涉及中国的全部作品。

第七节　《江南游记》中的杭州形象

众所周知,芥川作为大阪每日新闻社的特派员,曾在 1921 年 3 月底至

7月中旬对中国进行了考察,回国后陆续发表了《上海游记》《江南游记》《长江游记》等文章。1925 年 11 月,日本改造社出版了题为《中国游记》的单行本,杭州之行在其中占了很大篇幅。1921 年 5 月 1 日,芥川从上海乘火车,晚上抵达杭州,入住新新旅馆;第二天游览了断桥、平湖秋月、广化寺、俞楼、苏小小墓、秋瑾墓、曲院风荷、岳王庙、三潭印月、退省庵、雷峰塔、葛岭、保俶塔、孤山放鹤亭等处;第三天游览了玉泉的清涟寺、飞来峰、灵隐寺和凤林寺等处;第四天坐火车返回上海。芥川在两天时间内游览了杭州的大部分景点,那么他笔下的杭州印象是什么样的呢? 笔者想在介绍完他杭州之行的背景后,具体分析他笔下的杭州印象,并与青木正儿等人的杭州印象做一比较,以揭示芥川的杭州印象背后隐藏的时代因素和个人因素。

一、杭州之行的背景

芥川之所以来杭州,除了杭州离上海近,而且有沪杭铁路带来的交通便利外,笔者以为还有三个原因:每日新闻社的期待,谷崎润一郎等人的影响,杭州及西湖在日本享有盛名。由此可以推断出芥川对杭州心仪已久。

这次中国旅行是大阪每日新闻社学艺部主任薄田泣堇促成的,同样在薄田泣堇的推荐下,三年前芥川成了每日新闻社的签约作家。每日新闻社对芥川的中国旅行寄予了很大期望,所以在芥川刚到中国后就登出了这样的广告:"旧的中国尚如老树斜横,新的中国已如嫩草吐绿。在政治、风俗、思想等所有方面,中国的固有文化无不与新兴势力犬牙交错。这正是其魅力所在。……近期本报将刊载芥川龙之介氏的《中国印象记》。芥川氏为现代文坛第一人,新兴文艺的代表作家,同时也是人所共知的中国趣味的爱好者。氏今携笔墨赴上海,猎尽江南美景后,将北上探访北京春色,寄自然风物抒发沿途所感。同时结交彼地新人,竭力观察年轻中国的风貌。"[①]而此时的杭州"一师风潮"刚刚落幕,工农运动风起云涌。可以说,杭州不仅有首屈一指的"江南美景",也有新旧势力犬牙交错的"年轻中国的风貌"。因此,芥

---

① 芥川龙之介著,秦刚译:《中国游记》,中华书局 2007 年版,译序第 4 页。

川才在每日新闻社上海分社长村田孜郎的陪同下，游览了杭州。

芥川来中国旅行前，阅读了很多日本文人的中国游记，做了充分的知识准备。这其中应该包括著名记者德富苏峰的《中国漫游记》(1918)及谷崎润一郎、武林无想庵等朋友的作品，因为他们的名字有时出现在芥川的游记里，芥川也经常赞同或反驳他们的意见。其中，谷崎润一郎对他的影响应该很大。谷崎曾于1918年底访问了沈阳、天津、北京、汉口、南京、苏州、上海和杭州等地，回国后创作了一系列作品，如《苏州纪行》《秦淮的一夜》《看中国京剧有感》《庐山日记》等游记、随笔，以及《西湖之月》《一个漂泊者的身影》《天鹅绒之梦》《鲛人》《鹤唳》等小说，其中的《西湖之月》《天鹅绒之梦》就是以杭州为背景的。谷崎的这些旅行收获应该触动了芥川，他在《秦淮的一夜》的影响下写了小说《南京的基督》(1920)。估计他也想通过中国旅行来获得一些创作素材，以打破创作上的僵局吧。

杭州及西湖在日本享有盛名，应该是在《白氏文集》传入日本后，苏东坡的关于杭州的诗文更使杭州享誉日本，以至于日本禅僧和汉诗人多次以西湖景象入诗。随着中日的经贸交流和人员往来愈加频繁，《西湖志》《西湖游览志》《西湖佳话》等关于西湖的书籍也传入日本。而根据日本近代文学馆的《芥川龙之介文库目录》，芥川所藏的1177册汉籍中就有《西湖楹联》4册、《西湖佳话古今遗迹》6册、《西湖风景画》1册。其中《西湖楹联》和《西湖风景画》是民国初年的刊本，《西湖佳话古今遗迹》是嘉庆二十二年(1877)的刊本，具体购入时间不详。不过从芥川对西湖掌故传说的熟悉程度来说，他很有可能读过《西湖佳话》这部作品。因为《西湖佳话》这部白话短篇小说集成书于清康熙十二年(1673)，收录了关于葛洪、白居易、苏轼、林逋、苏小小、岳飞、白娘子等人的16篇故事，都与西湖的名胜古迹有关，而且芥川曾经在游记里提到岳飞是在《西湖佳话》问世后才被人们熟知的。同时，从15世纪开始，日本很多画派或著名画家都曾将西湖入画。室町时代的"画圣"雪舟来过杭州，他的《西湖图》闻名于世，日本南画大师池大雅也创作了一幅著名的西湖长卷。① 而芥川非常欣赏池大雅的画,经常在书信和随笔里提到他的名字和作品。除此之外,西湖还对日本的庭园设计产生了不小的影响,典型的例子就是"小石川后乐园"和广岛的缩景园。如上所述,杭州及西湖对日本文化产生了深远影响,而芥川对中日传统文化和古典文学了如指掌,所以他对杭州及西湖应该神往已久,杭州之行也就在情理之中了。

二、理想与现实的碰撞

许多日本近代作家虽然经受了西方文明的洗礼,但也深受中国古代文化的熏陶,所以能创造出理想的、唯美的、浪漫的、田园诗般的中国形象。芥川就是其中的典型代表,他热爱汉诗文,并多次从中国古代典籍中汲取素材来创作。因此在来杭州之前,他就对杭州充满了浪漫的想象和无限的期待。在乘火车来杭的途中,他看到"车窗外连绵的绿色菜田和长满紫云英的田园景色",以及"三两只常出现于南宗画的画面中的乌篷船",就"切身地体味到了置身中国的心境"②,甚至到了杭州,在去往新新旅馆的途中,他也在夜色下发挥着自己的想象力,"沉醉于阿拉伯夜话般的浪漫情调之中"。在他的想象中,"从黑暗的深处浮现出来的灯火辉煌的白墙宅院"成了"鬼狐怪谭"中的古宅,而这处宅院挂着"陇西李寓"的门牌,里面也许会有"风采依然的李太白正观赏着如梦如幻的牡丹频倾玉盏";飞舞于树间的萤火虫发出的蓝光,也让他"再一次沉浸于一丝浪漫的情调之中"。在游览西湖的过程中,他也经常展开幻想的翅膀。比如在楼外楼边看到三个人在洗衣、钓鱼,他立刻想起《水浒传》里阮氏三兄弟闲适的生活场景。

在知识准备和文学修养的帮助下,芥川来杭州短短两天的时间里,就

---

① 方忆:《15—19世纪日本画家笔下的〈西湖图〉》,《杭州文博》,2006年第3期,第61-70页。

② 芥川龙之介著,秦刚译:《中国游记》,中华书局2007年版,第58-88页。以下译文均出于此,不再一一注明。

轻车熟路地游览了西湖的绝大部分景观,而且每到一处景点,他都引经据典,充分表明了自己对西湖的熟悉程度。例如,他在断桥前想起了杨铁崖的"段家桥头猩色酒"和张承吉的"断桥荒藓涩";看到老人在白堤骑马后,想起了白居易的"半醉闲行湖岸东,马鞭敲镫辔玲珑。万株松树青山上,十里沙堤月明中";在苏小小墓前想起了孙子潇的"段家桥外易斜曛,芳草凄迷绿似裙。吊罢岳王来吊汝,胜他多少达官坟";到了灵隐,则"诗兴大发,可惜囊中没有《圆机活法》,终未成一诗"。虽说他引用的诗句大多直接来自池田桃川的《江南的名胜古迹》,但是他对这些诗文了然于心、如数家珍。另外,他也在曲院风荷一带找到了"(恽)南田的画境",在灵隐寺看见了"近乎(王)石谷的画境",而这正体现了他对中国南宗画的鉴赏能力。

可以说,"芥川在游杭途中不但努力地回忆、体验传统文化中的西湖意境,而且非常主动地运用想象力,将现实中的西湖浪漫化,使之符合他所谓的'中国心境'"①。芥川对古代杭州的凭吊和怀念,都是他少年时代受到汉诗文影响的结果。这种浪漫、美好的杭州形象在他身上沉淀为一种类似于乡愁的情结,吸引着他去杭州追寻近代日本社会所缺失的异国情调和桃花源式的景象。可以说,与现实的杭州及西湖相比,他更喜欢汉诗文中那个唯美、理想的杭州及西湖。

与芥川对古代杭州的凭吊和怀念形成鲜明对比的,是他对现实杭州的漠视甚至蔑视,以及对当时杭州落后面貌的横加指责和信口批判。在他的眼中,海关工作人员木讷死板,动作机械;大批为旅馆拉客的人厚颜无耻,不仅乱塞广告纸,而且拉扯客人的皮包;新新旅馆的服务生喋喋不休地向他们讨要带孔的硬币;几个喝得酩酊大醉的美国佬正在旅馆门口大喊大叫,其中有个秃头的美国人后来还在门外旁若无人地撒尿,这让芥川"心中燃起了十倍于水户浪士的'攘夷'之火";俞曲园"多少有些俗气";楼外楼饭馆门口那个硬要顾客买糖果的小贩"毫无诗意"。总之,芥川认为杭州人都

---

① 孔颖:《芥川龙之介的杭州之行——个大正西湖梦的破灭》,《浙江工商大学学报》,2009 年第 4 期,第 74 页。

是木讷、肮脏、贪婪的。

不仅人如此,杭州的景色也有很多地方让他不满。西湖的水很浅,"与其将西湖称为湖,不如说是一个大大的水田"或"烂泥塘"。孤山上的富人豪宅更是俗不可耐。钱塘名妓苏小小的墓"只是一个盖着瓦片屋顶并涂了灰泥的、毫无诗意的土馒头"。西湖岸边随处修建的那种红、灰两色的砖瓦建筑,"就像巨大的臭虫一般,在江南各处的名胜古迹中蔓延,将所有的景致破坏得惨不忍睹",连秋瑾女侠墓前的大门也是红砖砌成的。正在修建的岳王庙也是面目可憎,古色古香的景致荡然无存,就连岳王墓也是"一个涂了灰泥的土馒头",而且铁像前的地上"停着几只绿头苍蝇"。总之,芥川看到的西湖,绝不是他心中那个令人流连忘返的地方。他甚至认为,当时"西湖的恶俗化,更有一种愈演愈烈之势。再过十年之后,极有可能会出现这样的场景:林立在湖岸的每一座洋楼里都有美国佬烂醉如泥,每一座洋楼的门前都有一个美国佬在站着小便"。由此可见他对杭州现代化建设的厌恶,因为这破坏了那个汉诗文建构的、美好的杭州形象。在离开杭州的前夜,他看到枕头上有一只"围棋子大"的蜘蛛时,大发感慨"光凭这个,西湖就不是个好地方",对杭州及西湖的反感达到了顶点。

在杭州的两天时间,芥川除了游山玩水,没有拜访社会名流,也没有参加其他方面的活动。他和村田孜郎在退省庵谈过苏联政府的事,却对杭州的工农运动熟视无睹,西泠桥畔两三个正唱着抗日歌曲的中学生也没引起他的深刻思考。事实上芥川来杭当天,杭州工人就冲破省会警察厅禁令,集会纪念五一国际劳动节。而1920年的"一师风潮"更是震动全国,镇压学生运动的省督军和教育厅长都被迫辞职。1921年,五四运动三周年的杭州,钱塘门至涌金门城墙及旧旗营城墙早被拆除,到处都是新建的房屋、街道,杭州现代化建设正在蓬勃展开。他不仅不重视这些新气象,反而大肆批判杭州的现代化建设。与此形成对比的是,1917年来杭旅行的德富苏峰对这种现代化建设的成果持肯定态度，并愿意来杭州做领事。① 总之，芥川对杭州这个他所说的"中国新开发的都市"没有什么深刻认识和正确理解。

来杭州前芥川的杭州印象是唯美而浪漫的，但在 20 世纪 20 年代的杭州，这种桃花源式的景象是不存在的。他目睹了杭州的现状后，内心产生了一种巨大反差，理想和现实的碰撞使他产生一种幻灭感和失望情绪。在他的笔下，古代的杭州和现实的杭州截然不同，而他对古代杭州的怀念和对现实杭州的漠视甚至蔑视，构成了他分裂的、矛盾的杭州印象。这不仅迥异于他的朋友谷崎润一郎、武林无想庵的杭州印象，而且与他师长辈的内藤湖南、德富苏峰的杭州印象也不一致。他们笔下的西湖，水很浅，也有新式砖瓦建筑，但是他们对杭州的印象基本上都是美好的。

三、青木正儿的反驳

芥川的杭州印象是双重的、分裂的，因此他的杭州印象，尤其是对现实杭州的批判部分招来了青木正儿的反驳。青木正儿是日本著名的汉学家、京都学派的代表人物，曾于 1922 年和 1924 年两次来中国考察旅行。1922 年 3 月至 5 月第一次来中国旅行时的见闻就集中于《江南春》这本游记，开篇的两章《杭州花信》《湖畔夜兴》写的就是杭州。从这两篇文章来看，青木应该读过芥川 1922 年 1—2 月在《大阪每日新闻》上连载的《江南游记》。他虽然没有指名道姓地公开反驳芥川，但是针对芥川对红灰两色的砖瓦建筑、画舫的批判，提出了完全相反的意见。

他不认为西湖边红灰两色的砖瓦建筑是庸俗的、大煞风景的。他虽然不能苟同这样的建筑，但他认为那是时代的要求，并积极接纳了湖边的这些欧式建筑。在《杭州花信》里，他先引用了芥川的意见："我曾经听许多人感叹西湖变得俗了，我却觉得有些夸大其词，所谓西湖的庸俗化，指的是近来新建了许多欧式建筑，破坏了与周围景观的调和。"然后，他发表了自己

---

① 德富苏峰著，刘红译：《中国漫游记　七十八日游记》，中华书局 2008 年版，第 188 页。

的意见:"但是请问持如此论调者是出于什么思想呢?不检讨自己的姿态,一味攻击欧式建筑,这是狭隘的,上帝也会说'就是因为你们的不协调的头脑和装束,这里的风景才变得庸俗化了'。看西湖时,自己的头脑中先有一种主观偏见,用这个去衡量景物。……我认为西湖的一角好像中国的缩影,欧式建筑渐渐中国化,在不久的将来肯定会出现与西湖完全协调的景观,中国全国的文化也如此。"①

除了对新式建筑的看法,他还依据自己对中国文化发展规律的认识,对当时中国的新气象表达了强烈的认同感和无限期望:"中国民族的伟大就在于吸收外来文化,以壮大自己,所谓泰山不择土壤,路走不通了,换个方向,就会豁然开朗。不消说清末中国文化已经走到了末路,但是现在亲爱的中国青年们正在摸索新的方向,而那将是把可敬的大国文化从衰老病弱当中解救出来的长生不老的仙药。……寄语中国青年诸君,只要对这老大国的痼疾有效,任何药都去尝试吧!除此别无出路,……我从西湖预想到不久的将来诸君一定会创造出中国文化灿烂的昌盛期。"最后,他对芥川等人提出了忠告:"西湖不是为个别好管闲事的日本人保存的古董,西湖是活的,是动的,是天惠赐给中国国民的一个娱乐场。有效地享受天赐,建设欧式大菜馆、大旅馆是中国人的自然的要求,也是以人工助成天赐的一个方法,决不能把西湖仅仅看作一个古迹名胜。我忠告各位,如果先入为主,然后再对西湖发出失望的慨叹,那就最好不要到西湖来,只要在文献上探访西湖,闭目幻想吧。"②

除此之外,青木关于画舫的意见更是直接针对芥川的:"现代文坛的某才子在江南游记中嘲笑西湖画舫,谓此等简陋的白色阳伞遮盖的小船如何能称之为画舫。的确西湖是简陋的,有许多名不副实的东西,但西湖也有

---

① 内藤湖南、青木正儿,王青译:《两个日本汉学家的中国纪行》,光明日报出版社1999年版,第97-98页。

② 内藤湖南、青木正儿,王青译:《两个日本汉学家的中国纪行》,光明日报出版社1999年版,第98页。

名副其实的画舫,帘幕之间还有姑娘隐现。不能因为自己的丑陋就吝于成人之美。"①这里的"现代文坛的某才子"和"江南游记",显然指的是芥川和他公开发表的《江南游记》。总之,青木正儿对西湖新式建筑的思考是理性而客观的,也符合之后的历史发展事实。这完全有别于芥川感性而主观的认识。

四、分裂的杭州印象之原因

芥川的笔下,既有近代日本社会无处可寻的浪漫、唯美的异国情调——汉诗文构筑的古代杭州印象,也有他亲眼所见的庸俗、肮脏、落后的现实杭州印象。在芥川对现实杭州的描写中,庸俗、肮脏、落后等负面形象被无限放大。在芥川看来,不仅那时杭州的下层民众怪异、愚昧,而且杭州的现代化建设也是庸俗而煞风景的。现实杭州及西湖的种种乱象使芥川的浪漫情怀消失殆尽,他在失望之余就肆意嘲讽和信口批判杭州的民众和景物。按照他的逻辑,杭州理应保留原始、浪漫、传奇、充满异国情调的事物,中国也应该是一个永远停滞不前、远离现代文明的古国,而任何具有现代气息的事物都被认为是庸俗的西洋化。这种描写是建立在近代日本与中国处于先进与落后、文明与野蛮、洁净与肮脏等一系列二元对立思维模式之上的。这样一来,现实杭州就被他者化、对象化了,芥川及日本的读者在心理上获得了作为先进国家国民的优越感和自豪感。

众所周知,中国传统文化曾经影响到日本文化的各个方面,因此日本人对中国传统文化怀有一种崇敬、向往的心理。但是经过明治维新,日本由学习中国转为学习西方,并发展到以中国为主要对象推行殖民政策。在这个过程中,尤其是甲午中日战争后,持续了1000多年的中日关系发生了逆转,国力日益强盛的日本改变了以往仰视中国的视角,开始以俯视的视角和居高临下的姿态来看待近现代中国。随着日本现代化程度的提高,这种本土化心态和其中隐含的二元对立思维模式逐渐变成了"日本式东方主

---

①　内藤湖南、青木正儿著,王青译:《两个日本汉学家的中国纪行》,光明日报出版社1999年版,第97-98、109页。

义"。正如《东方主义》日文版译后记指出的那样,萨义德原本针对西方的东方主义理论也可以应用于东方,西方对东方的图式可以转化为日本对中国的图式。芥川生活于明治末至大正时代,那时正是中日关系发生逆转、中国情趣流行的时代,东方主义话语十分猖獗,所以他也无法避免时代的影响,他的杭州印象自然就带上了东方主义的烙印。

在芥川的游记中,不仅近代日本与中国是对立的,古代杭州与近代杭州也是对立和分裂的。他时常以现代化的日本为标准来评判杭州的一切。例如,他不喜欢西湖,是因为"太过于纤细"的西湖景色对日本人来说是习以为常的;沪杭列车上的乘务员"缺少了敏捷和利落",也是"用我们惯有的尺度去衡量"的。此外,他还摆出居高临下的姿态,"悠然地睥睨着"在杭州站拉客的人。其实,他所看到的杭州不仅是"缺席"的,还是"失语"的,游记所描述的杭州其实是作为日本的参照物存在的,它的落后恰恰证明了日本的先进、文明和科学,它美好的一面正是近代日本梦寐以求的桃花源式的景象和浪漫情调。可以说,"他们关心的不是中国的现实,而是他们心目中的幻象,他们认为中国应该是'他们的中国',并且徒劳地想将其永远地封存在记忆中"①。

芥川这种分裂的、矛盾的杭州印象之形成,除了以上的时代因素外,还与他的创作方式、个人因素密切相关。芥川虽然被称作新思潮派、新现实主义作家,但是他反对像自然主义作家那样客观地描写现实生活,主张对现实进行理智的解释和重构。他"所有的知识当然都是从书里学的,至少可以说他没有哪一样知识不是靠书本的。实际上,他为了了解人生而对街上的行人视而不见,为了观察街上的行人他宁愿去了解书中的人生"②,所以这种通过读书来了解人生的创作方式使他不关心现实,成为现实的冷酷

---

① 李雁南:《在文本与现实之间——浅析日本近代文学中的中国形象》,《天津外国语学院学报》,2005 年第 1 期,第 49 页。
② 芥川龙之介著,高慧勤、魏大海主编,宋再新、杨伟译:《芥川龙之介全集(第 2 卷)》,山东文艺出版社 2005 年版,第 512 页。

旁观者。他来杭州前创作的大多是对古典作品加以现代性阐释的历史小说,现实题材的作品很少。因此他来杭州后,关注的主要是汉诗文里的古代杭州,而不是正处于巨变中的现实杭州。此外,他只用了两天时间考察杭州,难免有走马观花的弊端;回国后写游记时,也是高烧、头疼不断,时常有厌烦情绪,所以他笔下的杭州印象就呈现出矛盾、复杂、分裂的状态。

综上所述,芥川对古代杭州的怀念和对现实杭州的漠视甚至蔑视,形成了他笔下矛盾的、分裂的杭州印象。但是,无论因喜爱而美化,还是因厌恶而丑化当时杭州的人和景,其实都是对现实杭州的一种误读。在芥川的东方主义话语中,杭州被他者化、对象化了。芥川的杭州游记看似真实,实则经过人为的取舍和改写,与当时杭州的真实面貌有一定差距。芥川从杭州这个他者中看到了自身,他对杭州的歪曲描写使当时的日本人获得了自我满足。这反映了芥川及其同时代人立足于大和民族优越感的文化心态。他们在大和民族主义情感的支配下,站在自身的立场来审视中国,通过把中国他者化,并把中国作为自身发展的参考,从而维护并保持了大和民族的优越感。

第三章　理想与现实之间

——中国观论[①]

　　野村浩一曾说过："近代日本的历史，是对中国认识失败的历史。"[②]至少对日本从明治维新到"二战"战败的这段历史而言，这是极其恰当的评论。研究日本的中国观，不难发现其与日本近代史息息相关。当时的日本政府在国内推行"殖产兴业""富国强兵"等政策，在国外全力侵略东亚、东南亚，掠夺了无数资源和财产。随后，中国人民的全面反攻及美国投放原子弹等因素促使日本投降，东京等大城市沦为废墟。战后的日本实施了"贸易立国""技术立国"等政策，再度实现了经济复兴，跻身于世界经济大国行列。通过比较前后截然不同的历史，不难发现，日本企图通过侵略中国等亚洲诸国的方式来增强国力，是完全错误的认识。

　　王向远认为："明治维新以后，较早表述对华侵略设想，或为侵华制造理论根据的，是在野的一批文人和作家。他们的思想是北一辉、大川周明等现代法西斯主义理论家的重要思想来源之一。在全面发动侵华战争时期，日本文坛上有更多的人充当了军国主义侵华'国策'的谋士和吹鼓手。这些人提出的对华侵略的思想和主张，对日本军国主义的形成和侵华'国

---

　　① 本章是笔者 2005 年的硕士论文——《芥川龙之介的中国认识——以〈中国游记〉为中心》，因十几年前的日文参考资料散失，现在无法标注页码，敬请读者原谅。另外，原文用日语写成，录入本书时删去了较多内容，请需要了解全文的读者参考原文。

　　② 野村浩一著，张学锋译：《近代日本的中国认识——走向亚洲的航踪》，中央编译出版社 1998 年版，第 46 页。

策'的施行,都起了不可忽视的作用。"①不得不说的是,佐藤春夫就是典型的代表人物之一。他在九·一八事变前,两次来到中国,结交了郁达夫、田汉、郭沫若等中国文学家,经常以"'中国趣味'的爱好者和中国的友人"来标榜自我。但是,佐藤在侵华战争开始后立刻加入了文学报国会,发表了《亚细亚之子》来粉饰日本的侵略战争。郁达夫读了这篇作品后,勃然大怒,写下了《日本的娼妇与文士》,对他进行了猛烈的批判。

因此,研究日本近代文学家的中国观,对探明这场侵略战争的真相和了解他们文学的本质,具有重要的研究价值。近年来,日本的部分右翼政治家和知识分子否认过往的侵略战争,主张"皇国史观",一再为"大东亚共荣圈"进行辩护。这也是错误的中国观的明证之一,同时,这也凸显了批判日本知识分子错误的中国观,并树立正确中国观的必要性与现实意义。

诚然,关于日本近代文学家与知识分子的中国观之研究,在文学研究与现实层面上都具有重大意义。之所以选择芥川龙之介的中国观进行研究,是因为他在中日两国都是一个举足轻重的人物。"芥川氏是现代文坛第一人,新兴文艺的代表作家,也是位世人皆知的中国兴趣爱好者。"②这既反映了芥川作为大正文学代表人物在日本近代文坛的重要位置,也揭示了芥川的作品与中国文学的密切联系。

另一方面,在中国,芥川也是一位重量级人物。自 1921 年,继鲁迅率先翻译了芥川的《鼻子》《罗生门》后,芥川的作品不断传入中国。特别是 1927 年芥川自杀之后,中国文坛兴起了"芥川热"。当时热门的文艺杂志《小说月报》也刊载了《芥川龙之介特集》,更多的芥川作品被介绍到中国。陆耀东调查了 1926 年到 1945 年 8 月之间的 200 余种杂志,结果显示,被介绍到中国的 216 位日本作家中,芥川的译作及有关芥川的评论数量最多,

---

① 王向远:《"笔部队"和侵华战争——对日本侵华文学的研究与批判》,昆仑出版社 2005 年版,目录第 1 页。

② 『大阪每日新聞』,1921-3-31。

达 26 篇,而其恩师夏目漱石的作品则位居第三,仅 16 篇。[①] 这些数据都证明了芥川的作品在中国的地位。另外,芥川从初登文坛就对中国文化颇感兴趣,发表了大量有关中国题材的作品,如取材自中国古典的改编作品和以现代中国为背景的小说等。据李秀卿统计,这类作品中除 12 篇小说、3 篇童话、4 篇小品和《中国游记》外,还包含在中国旅行期间的数首俳句及 20 余首汉诗、8 篇草稿等。在芥川的全部著作中,这些作品是独立的存在,且意义非凡。[②]

芥川活跃于中日甲午战争到九·一八事变这段动荡时期,因此,他的中国观在当时的日本是典型的、普遍的。通过对芥川中国观的研究,考察动荡期的日本文学家乃至知识分子对中国的认识,有利于把握日本发动侵华战争前夕日本民众的心理状态。此外,本研究对于深刻理解芥川作品的本质,阐明中国文化对芥川的影响,都有不可忽视的作用。

日本的芥川研究不断发展,研究资料汗牛充栋。中国的芥川研究也在如火如荼地开展,取得了丰硕的成果。然而,关于芥川中国观的先行研究却不多见。本文将以芥川的《中国游记》和中国之行为中心进行论述,这是因为中国之行对芥川的创作和身心都产生了巨大影响。中国之行前,芥川在作品中、实际生活中都对中国及中国文化抱有某种程度的好感与憧憬。然而,自中国归来之后,这种亲近感变得淡薄,对中国的蔑视加剧,也就是说,芥川的中国观发生了变化。值得注意的是,这不是一种显著且根本性的变化。换言之,到中国旅行之前,芥川已经对中国及中国文化抱有一丝蔑视与误解;而自中国归来后,他对中国文化的好感和亲近感也并非一扫而空。对中国古典文化的热爱与对现代中国现实的蔑视,这两股感情错综交织形成的中国观贯穿了芥川的一生。

---

① 陆耀东:《昭和前期日本文学在中国》,《鄂州大学学报》,1998 年第 4 期,第 25 页。

② 李秀卿:《想象中国古典,抒写人生理想——论芥川龙之介的中国题材作品群》,《西昌师范专科学校学报》,2004 年第 2 期,第 20 页。

笔者将以《中国游记》为中心进行研究,汲取前人的研究成果,具体分析芥川的矛盾的中国观,并从东方主义、接受美学、艺术至上主义等视角探究其成因。

第一节 芥川生涯中的中国社会变迁及中国观

一、与日本相关的中国社会变迁

毋庸置疑的是,中国的近现代史与日本息息相关。特别是,从明治维新到第二次世界大战结束,日本挑起了中日甲午战争和侵华战争,给当时的中国造成了巨大的灾难。芥川则恰好活跃于中日甲午战争到九·一八事变这段时期。研究芥川的中国观这一课题,就必须整理这期间动荡的中日关系史,追寻当时中国社会的步伐。1892 年 3 月 1 日到 1927 年 7 月 24 日,在芥川短暂的 35 年的人生中,与日本相关的中国社会变迁主要有甲午中日战争、义和团运动、日俄战争、"二十一条"的签订、五四运动、五卅运动等。下面简单梳理一下这一历史过程。

明治维新后不久,明治政府以琉球渔民漂流至中国台湾后被当地人杀害为借口,于 1874 年出兵台湾。清政府与日本政府谈判后,以赔偿 50 万两白银告终,并未引发较大的冲突。

中日两国间真正的正面冲突始于芥川出生后两年的中日甲午战争。1894 年春,朝鲜爆发了甲午农民战争(东学党之乱)。朝鲜政府请求清政府出兵,日本也以保护在朝日本人为名出兵朝鲜。随后,战争开始。日本历经丰岛海战、平壤陷落、黄海海战,于 10 月下旬渡过鸭绿江,登陆辽东半岛,占领了辽东半岛和山东半岛,直逼北京、天津。腐败的清政府经过几次战败,急于求和,于 1895 年 4 月 17 日在下关①的讲和会议上,签订了《马关

---

① 马关为下关旧称。

条约》。此条约内容主要有如下几项：(1)清政府承认朝鲜独立。(2)清政府割让辽东半岛、台湾、澎湖列岛给日本。(3)清政府赔偿白银2亿两(约3亿日元)。(4)清政府开放沙市、重庆、苏州、杭州等地,日本可以在中国通商口岸开设工厂。(5)日本享受与欧美各国同等的最惠国待遇。但是,俄国、法国、德国担心日本在中国的权利扩张,实施了所谓的三国干涉。日本又进一步提出索赔3000万两白银,从而归还中国辽东半岛。

对日本而言,中日甲午战争的胜利意味着对中国的压倒性优势,以及跻身于帝国主义列强的队列。从此,蔑视中国的风潮成了日本政府和民间主流的中国观。另一方面,清政府进一步衰弱,加剧了半殖民地化的进程。

清政府在中日甲午战争中的失败,使列强看清了清政府的软弱无能,从而更加肆无忌惮地侵略中国。由于列强对中国出口的廉价商品急剧增加,中国愈来愈被卷入资本主义世界市场,中国人民的生活也逐渐陷入困境。面对列强的侵略,民间大兴排外运动,倡导"扶清灭洋"的义和团成为主流。1900年,义和团包围北京的各国公使馆,以日军为主力的八国联军占领了北京、天津,镇压义和团运动。日军作为"东洋的宪兵",在八国联军中扮演了重要的角色。最终,清政府俯首称臣,与列强签订了《辛丑条约》,向各国赔偿白银共四亿五千万两,并承认各国军队在华北的驻兵权等多项权利。这使得中国的殖民地化进程进一步加深。

以义和团运动为契机,俄国事实上占领了中国的东北地区,与想要进军中国东北的日本产生对立。三国干涉后,日本国民将此作为巨大的耻辱,与俄国对抗的势头日益高涨。这导致日本与俄国的权力争夺日趋白热化。日本在扩张军备的基础上,进一步得到了英美两国的支持,于1904年2月向俄国开战。日本攻陷了俄国的租借地旅顺,接着占领沈阳,经过日本海海战,打败了俄国。不久在美国的斡旋下,日俄于1905年9月签署了《朴茨茅斯和约》。俄国全面承认日本对朝鲜的指导权,向日本转让中国领土旅顺与大连的租借权、长春以南的铁路及附属权利,并转让北纬50度以南的库页岛及附属岛屿,承认沿海各州与堪察加半岛的渔业权归日本所有。这场战争是日本与俄国为了争夺朝鲜及中国东北地区,在中国国内展开的帝国主义战争。这毋庸置疑地给中国东北地区带来了巨大的灾难。之后，日本设立了"南满洲"铁路株式会社，驻扎关东军，对"南满洲"进行开发。结果是，日本不仅掠夺了中国的农产品、矿物资源，而且增强了其军队的实力，强化了对"南满洲"的统治。日本对中国的侵略越发加剧。

日俄战争后，腐败的清政府更加无能，于1911年被推翻。中国两千多年的封建君主专制也被画上了休止符。但是，袁世凯趁革命势力尚未成熟之机，在帝国主义的支持下，窃取了辛亥革命的胜利果实，成为中华民国的第一任总统。袁世凯背弃了与孙中山的约定，献媚于列强并实施独裁专制，引发了新的混乱。日本在第一次世界大战之际，以日英同盟为借口向德国宣战，占领了德国的租借地青岛。1915年1月，日本向袁世凯提出二十一条要求，逼迫其在5月承认该条约。这二十一条要求妄图灭亡中国，而日本则由此获得了更多的权益。袁世凯的这一卖国行为引发了中国人民的强烈反对，促使中国国内抗日运动走向高潮。

第一次世界大战结束后，巴黎和会召开。中国作为战胜国，要求收回日本在战时获取的山东半岛权益。这一正义的要求遭到巴黎和会的拒绝。1919年5月4日，北京的三千多名大学生高举书写着"还我青岛""取消二十一条"等主张的条幅，上街游行示威，抗议日本对中国的侵略。这场运动很快就以野火燎原之势蔓延到了全国。这就是著名的五四爱国运动。

之后，随着新文化运动的展开及群众运动的高涨，中国共产党于1921年7月23日在上海法租界成立。1924年，中国共产党同孙中山领导的国民党合作，致力于讨伐同帝国主义列强密切勾结的北洋军阀。1925年5月，日本资本家在上海的纺纱厂枪杀了共产党员顾正红，这是五卅运动爆发的直接导火线。日本帝国主义的暴行，激起上海工人、学生和广大民众的极大愤怒。5月30日，上海学生两千余人，涌上街头，举行抗议示威，遭到武装镇压。国共两党于1926年开始北伐，该战争一直持续到芥川自杀之后。

综上所述，芥川所处时代的中国历史与日本息息相关，并且是在侵略与反侵略的斗争中激烈展开的。

二、当时日本人的中国观

不得不说近代日本人的中国观是非常复杂而多样的。启蒙主义者、自由民权论者、国家主义者、民本主义者、社会主义者、超国家主义者等各派的政治家、思想家都阐明了自己的中国观。所谓日本人的中国观或者中国认识，"指的是在一定的历史阶段中，日本社会中占主导地位的对中国的一种相对稳定的社会意识——即一种观察中国的隐含于内的心理形态，一种对中国实际事件的内在的判定，一种对中国付诸某种行动的冲动动机。一般说来，日本人的中国观的内涵与形态，其根本的是取决于三方面的条件，此即取决于日本人对自身的政治、经济、文化和社会诸方面的估计；取决于它对中国社会诸方面现实与发展的可能性的估计；也取决于它对中日两国在亚洲及世界所处的地位及其变化的估计。"①有关这一课题的先行研究，有野村浩一的《近代日本的中国认识——走向亚洲的航踪》、严绍璗的《20 世纪日本人的中国观》、史桂芳的《简论近代日本人中国观的演变及其影响》、王屏的《论日本人"中国观"的历史变迁》等。笔者在参考以上文献的基础上，认为近代日本有三种代表性的中国观：即脱亚论的中国观、兴亚论或者亚细亚主义的中国观、侵略论的中国观。下面就这三种中国观分别进行分析，并探究其本质及其对芥川等日本近现代作家的影响。

1. 脱亚论中国观

脱亚论中国观的代表人物是日本近代著名的思想家福泽谕吉。他的脱亚论思想的形成有一个过程。作为日本近代的启蒙主义思想家，福泽发表了《劝学篇》和《文明论之概略》，对作为江户时代起决定作用的儒家思想进行了猛烈的批判，提倡人人平等和国家独立，从而登上了历史舞台。之后，他学习了优胜劣汰的文明史观，与启蒙主义诀别，提出了"保护亚细亚

---

① 严绍璗：《20 世纪日本人的中国观》，《岱宗学刊》，1999 年第 2 期，第 37 页。

是我辈之责任”这一日本充当亚洲盟主的论调。最后，福泽因为甲申政变①
的失败而对亚洲开化的前途感到绝望，开始主张日本应该和欧美一起行动
的脱亚论。下面是其脱亚论的中心部分：

> 我日本国土地处亚细亚之东陲，其国民精神既脱亚细亚之固
> 陋而移向西洋文明。然不幸之有邻国，一曰中国，一曰朝鲜……
> 此二国者，不知改进之道，其恋古风旧俗，千百年无异。在此文明
> 日进之活舞台上，论教育则曰儒教主义，论教旨则曰仁义礼智，
> 由一至于十，仅以虚饰为其事。其于实际，则不惟无视真理原则，
> 且极不廉耻，傲然而不自省。以吾辈视此二国，在今文明未进之
> 风潮中，此非维护独立之道。若不思改革，于今不出数年，必亡
> 其国，其国土必世界文明诸国分割无疑。
>
> 古人曰：“辅车唇齿。”以喻邻国相助。今中国、朝鲜于我日本
> 无一毫之援助，且以西洋文明人之眼观之，三国地理相接，时或视
> 为同一。其影响之事实已显，成为我外交之故障甚夥，此可谓我
> 日本国之一大不幸也。
>
> 如上所述，为今之计，与其待邻国开明而兴亚洲之不可得，则
> 宁可脱其伍而与西洋文明共进退。亲恶友者不能免其恶名，吾之
> 心则谢绝亚细亚东方之恶友。②

从以上论述我们可以看出，福泽立论的前提是作为无法抵抗的历史洪
流的“文明东渐”。福泽把文明区分为野蛮、半开化、文明三个必然阶段，把
欧美诸国视为文明之国，把中国和朝鲜定为未开化、半开化之国，因此主张

---

① 1884 年 12 月 4 日，金玉均为首的朝鲜开化党在日本军队的支持下发动军事政
变，结果被清政府和朝鲜军队镇压。

② 转引自严绍璗:《20 世纪日本人的中国观》,《岱宗学刊》1999 年第 2 期,第 38-
39 页。

日本应该与欧美诸国为伍，远离中国和朝鲜。但是，之后福泽支持日本积极对外扩张，认为中日甲午战争中日本的胜利是由于"官民一致"而取得的胜利、是文明对野蛮的胜利。脱亚论中国观是日本近代化初期以欧美为师这一思潮的产物，最初主要局限于社会文化方面，之后与追求国权扩张的政治、军事诉求密切联系，这加速了日本侵略中国的步伐。

2. 兴亚论中国观

与脱亚论中国观相反的兴亚论或亚细亚主义的中国观很早就出现了。明治十年（1877），民权论者中就有人提出日本应该与亚洲诸国携手联合，以对抗侵入亚洲的西方列强。之后，这一思潮大加发扬，进一步提出日清、日俄、日韩合并的主张。兴亚论或亚细亚主义有各种各样的变体，也是非常多义的，很难用一个定义统一起来。关于日本近代的亚细亚主义，王屏指出：它指的是在西方列强加剧侵略东方的危急时刻，围绕着东洋与西洋的认识问题而形成的有关日本人亚洲观的一种代表性的政治思想及其相关行动。由于近代日本亚细亚主义复杂而特殊的发展历程，它又表现为强调亚洲平等合作的古典亚细亚主义、强调扩张领土的大亚细亚主义及对亚洲实施侵略的"大东亚共荣圈"三种形式。近代日本的亚细亚主义在形成、发展、消亡的过程中，完成了从"兴亚"到"侵亚"的质变历程。[①]

兴亚论者认为，为了抵御欧美列强的侵略，亚洲各民族应以日本为盟主团结起来。亚洲团结论本身就与日本的独立问题相关联，自明治初年就有人提倡，特别是在自由民权论者的主张中，更是被异彩纷呈地展现出来。例如，植木枝盛把支撑他民权论的自由平等原理用于国际关系，在将亚洲各民族的抵抗合理化的同时，主张为了抵抗，亚洲各民族必须以完全平等的立场团结起来，还提出了一种乌托邦式的世界政府论。樽井藤吉、大井宪太郎等人的主张更激进。他们提出为了对抗欧美列强，亚洲诸国在各自国内推进民主化的同时，需要团结起来。日本由于民主化进程领先一步，所以为了亚洲其他国家民主化的发展，必须伸出援助之手，并强调这是日

---

① 王屏：《近代日本的亚细亚主义》，商务印书馆 2004 年版，第 214 页。

本民族的使命。进入明治二十年(1887)之后,随着自由民权运动的衰退、天皇制国家机构的确立、对清军备的扩张,民权论者的亚洲团结论开始向大亚细亚主义转变。玄洋社1887年抛弃了民权论,转向了国权主义。于是,大亚细亚主义者虽然也宣称日本同样是被压迫民族,并打出同文同种的旗号,号称东方文明崇尚精神、西方文明注重物质,以谋求亚洲各民族的团结,但实际上起到了掩饰明治政府侵略政策的作用。正如我们从1900年设立的黑龙会纲领中看到的那样,大亚细亚主义与天皇主义一起成为众多右翼团体的标语,服务于企图夺取"满蒙"的政策。

无论是著过《东洋形势》的胜海舟,还是写过《大东合邦论》的樽井藤吉,抑或挑起大阪事件的大井宪太郎、玄洋社的头山满、黑龙会的内田良平、东亚同文书院的荒尾精,他们的具体主张或许各不相同,但共通的主张是日本是亚洲的文明国,所以亚洲各国应以日本为盟主这一日本优越论、日本盟主论、日本责任论。不仅如此,甚至连倡导"亚洲是一个整体"以彰显东方文化价值的冈仓天心,也提出统一复杂的亚洲文明正是日本的伟大特权的观点,日本优越论与日本使命论在他的内心烙下了深深的烙印。著名的汉学家内藤湖南也否定中国国防与独立的必要性,进而认为日本人对中国经济的渗透是中国人和日本人"均未觉察之一种使命感",因此,"以此大使命而言,日本对中国之侵略主义、军国主义一类之议论,完全成不了问题"[1]。

故此,意图把日本的侵略行为合理化的亚细亚主义不断遭到批判。1917年,李大钊发表了《大亚细亚主义》一文,里面提到"假大亚细亚主义之旗帜,以颜饰其帝国主义,而攘极东之霸权"[2],揭露了亚细亚主义的真相。1919年,他又发表了《大亚细亚主义与新亚细亚主义》一文,尖锐地批评道:"大亚细亚主义是并吞中国主义的隐语……表面上只是同文同种的亲切

---

① 转引自野村浩一著,张学锋译:《近代日本的中国认识——走向亚洲的航踪》,中央编译出版社1998年版,第62页。

② 李大钊:《李大钊文集(上)》,人民出版社1984年版,第450页。

语,实际上却有一种独吞独咽的意思在话里包藏……在亚细亚的民族,都
听日本人指挥,亚细亚的问题,都由日本人解决,日本人作亚细亚的盟主,
亚细亚是日本人的舞台。到那时亚细亚不是欧美人的亚细亚,也不是亚细
亚人的亚细亚,简直就是日本人的亚细亚。这样看来,这大亚细亚主义不
是和平的主义,是侵略的主义;不是民族自决主义,是吞并弱小民族的帝
国主义;不是亚细亚的民主主义,是日本的军国主义。"[①]此外,孙中山也深
刻批判了亚细亚主义。

3. 侵略论中国观

如前所述,福泽谕吉和亚细亚主义者几乎都是支持侵略中国的,都拥
有侵略论的中国观。实际上,幕府末期就已经有了对外扩张的思想。1862
年5月,维新志士高杉晋作乘坐千岁丸远渡上海,回国后写了《游清五录》
《上海杂记》等文章。这些文章第一次粉碎了大部分日本知识分子对中国
的憧憬、好感及幻想,使日本人内心逐渐产生了蔑视中国的意识。吉田松
阴也提出了"称霸朝鲜,夺取'满蒙'、台湾及吕宋诸岛"的大陆经略。

中日甲午战争爆发后,以福泽谕吉为首的日本知识分子都支持这场战
争。内村鉴三也认为中日两国是"代表旧文明的大国"与"代表新文明的小
国"的关系,这场战争是"义战"。由于日本在这场战争中的胜利,日本人的
中国观发生了很大变化,特别是蔑视中国的观念基本形成。紧接着,三国
干涉还辽和其后列强对中国的瓜分也给日本以巨大冲击。高山樗牛、德富
苏峰等人开始鼓吹向海外扩张。德富苏峰曾经设立民友社,发行《国民之
友》杂志,提倡平民主义,但中日甲午战争后骤变为国家主义者,写了《大日
本膨胀论》一书,表明了对中国的敌意。这一主张后来发展为后藤新平的
《日本膨胀论》。

曾经的亚细亚主义者、黑龙会领袖内田良平,1913年也发表了《中国
观》一文,提出日本应该侵略中国这一方针。甚至连提倡民本主义的吉野
造作也肯定"二十一条",其要求"若从表现上来看,抑或是对中国主权之侵

---

① 李大钊:《李大钊文集(上)》,人民出版社1984年版,第609-610页。

害。……然若从帝国之立场来看,此乃最起码之要求","且从与西洋诸国之关系来看,此亦可称是最好之时机。从将来帝国对中国之控制上而言,亦是极为适宜之处置"①,并建议应该拒绝归还山东。之后,侵略论的中国观在北一辉、大川周明等法西斯主义理论家那里被进一步发展。

因而,"近代的中日关系,不用说,用日本帝国主义侵略中国这一句话就可以将之表现出来。"②严绍璗进一步说明了这三种中国观的关系与本质:"要言之,战前 50 年间,日本人的中国观念,肇始于'脱亚论'和'兴亚论',即其核心皆在于以日本优越论为基干的'中国蔑视论',而终结于'大东亚中国观',即以建立日本在亚洲霸权为基干的'中国灭亡论'。"③可以说,这三种中国观分别以拒绝中国、联合中国、侵略中国等不同形式,反映出日本人不同的历史观、文明观、国家观。他们采取的政策虽然不同,但相同的是对当时落后中国的蔑视和以文明国自居的优越感。

芥川生活于这样的中日关系中,被本质相同的三种中国观包围,所以必然会受到这三种典型的中国观的影响。人类是社会性动物,不是生活在真空中,而是置身于不断变化的历史和社会关系之中,所以必然会不断得受到他人或他国的某种影响。从这个观点出发,我们就会发现芥川等日本近现代作家访华游记中暗含的共性和规律,即虽然有比重上的区别,但对中国古代文化的欣赏、缅怀和对中国近代社会现实的批判都同时出现在他们的游记中,因而游记所反映的中国观是复杂的、分裂的、矛盾的。这是近现代日本作家来华旅行时的普遍心理和共同感受,是近现代中日国力逆转后的必然现象。

---

① 转引自野村浩一著,张学锋译:《近代日本的中国认识论——走向亚洲的航踪》,中央编译出版社 1998 年版,第 71 页。

② 野村浩一著,张学锋译:《近代日本的中国认识——走向亚洲的航踪》,中央编译出版社 1998 年版,第 50 页。

③ 严绍璗:《20 世纪日本人的中国观》,《岱宗学刊》1999 年第 2 期,第 39 页。

三、芥川的中国之行

1921 年 3 月 19 日,芥川作为大阪每日新闻社的海外观察员从东京出发,到中国旅行。之前,芥川就对中国有浓厚的兴趣,企盼去中国旅行。我们可以从《南京的基督》《杜子春》《秋山图》等去中国前发表的有关中国题材的作品中,了解到芥川对中国的兴趣。可以说,中国之行是芥川期待已久的旅行。据关口安义的研究,芥川最早想去中国旅行是 1918 年,从芥川给府立三中时代的朋友、暂居中国的西村贞吉的书信①(11 月 20 日)中便可见一斑。1919 年进入大阪每日新闻社不久,芥川就写信②给新闻社学艺部的薄田淳介(7 月 30 日),表达了想去中国旅行的愿望。在 1920 年春给南部修太郎的书信中(5 月 9 日),他写道:"对你精打细算去中国的旅行甚佩服,尽量争取一起去,我也正打算着去穷游。"从这几封信中,即可窥见芥川想去中国旅行之决心。从 1921 年写给中村武罗夫(2 月 25 日)的书信中③,可以推测芥川的中国之旅是新闻社临时决定的。

那么,芥川的中国之行到底出于什么原因呢? 邱雅芬在《芥川龙之介中国之行的背景》一文中指出,"当然,中国文学修养和中国趣味是芥川中国之行最根本的原因,而大正十年前后文坛的动向也促成了芥川的中国之行"④,并列举出"中国文学修养和中国趣味"、"谷崎润一郎及佐藤春夫等人中国之旅的刺激"、"打开自己创作僵局的意图"及"大阪每日新闻社的期待"这四个背景。笔者认为这种观点言之有理,本文也采用了这一观点。"中国文学修养和中国趣味"将在第二节进行论述,下面简述下其他三个背景。

---

① "我也想去中国,可外汇在涨价,我又没有钱,想去中国也只是空话。这点我对你羡慕不已。在上海居住一月,到底要花多少钱? 如果便宜,我也想去住它一个月。"

② "只要未去中国旅行,9 月又开始写亦无大碍。"

③ "奉报社之命紧急去中国,因此 5 月号的小说和 4 月号的随笔恐怕写不了了。"

④ 邱雅芬:「芥川龍之介の中国旅行の背景」,「現代社会文化研究」,1996 年第 5 号。

　　谷崎和佐藤在芥川自杀前曾两次访问中国[①]，在此只介绍芥川访问中国之前的那次旅行。谷崎润一郎从 1918 年 11 月上旬开始，先后游历了朝鲜、中国东北、天津、北京、汉口、九江、江苏、浙江等地，12 月末从上海回到日本神户。佐藤春夫于 1920 年 6 月下旬，应台湾老友之邀，环游了台湾和福建。两人归国后都发表了与中国相关的作品。特别是谷崎在 1919—1921 年间，展现出充沛的创作力，相继发表了《秦淮之夜》《西湖之月》《一个漂泊者的身影》《天鹅绒之梦》《鲛人》《鹤唳》等优秀作品。芥川受到很大刺激，为了打破自己局限于历史小说这一创作瓶颈，他想借助中国之行，为创作注入新的活力。

　　关于大阪每日新闻社的期待，可以从芥川一踏上中国土地，新闻社就立刻刊出的广告中窥见端倪："旧的中国尚如老树斜横，新的中国已如嫩草吐绿。在政治、风俗、思想等所有方面，中国的固有文化无不与新兴势力相互交错。这正是其魅力所在。……近期本报将刊载芥川龙之介氏的《中国印象记》。芥川氏为现代文坛第一人，新兴文艺的代表作家，同时也是人所共知的中国趣味的爱好者。芥川氏今携笔墨赴上海，猎尽江南美景后，将北上探访北京春色，寄自然风物抒发沿途所感。同时结交彼地新人，竭力观察年青中国的风貌。"[②]

　　多年的愿望终于实现，芥川"受大阪每日新闻社之命，在大正十年(1921)3 月下旬到同年 7 月上旬的 120 余日里，游历了上海、南京、九江、汉口、长沙、洛阳、北京、大同、天津等地"[③]，其成果结集为《中国游记》。中国之行对芥川的创作及中国观产生了极大的影响，这在理解芥川的作品时是不可忽视的。因此按照《中国游记》的记述，同时参考关口安义的《特派员芥川龙之介——在中国看到了什么》和鹭只雄的《年表作家读本·芥川龙

---

　　① 谷崎第一次去中国是 1918 年 11 月上旬至 12 月末，第二次是 1926 年 1 月。佐藤第一次去中国是 1920 年 6 月下旬至同年 10 月上旬，第二次是 1927 年 7 月。

　　② 芥川龙之介著，秦刚译：《中国游记》，中华书局 2007 年版，译序第 4 页。

　　③ 同上，第 1 页。

之介》，简单介绍一下芥川在中国的足迹。

芥川在 1921 年 3 月 19 日乘火车从东京出发，途中因为发烧，在大阪滞留了几天，28 日从门司乘坐筑波丸号去上海。到达上海之后，因为干性肋膜炎，不得不住进里见医院。4 月 23 日出院后，他开始在上海市内观光，会见了清朝的旧臣、书法家，例如之后担任伪满洲国首任代总理的郑孝胥、民族主义革命者的章炳麟和代表"年轻中国"的社会主义者李人杰。5 月 2 日，他到杭州游览了西湖，参观了名妓苏小小之墓、中国最早的女革命家秋瑾之墓及岳庙。8 日，到达苏州，他参观了寒山寺、天平山、留园、西园等地。与杭州相比，他对苏州更有好感。11 日，经由镇江达到扬州，扬州唯一的日本人盐务官高洲太吉陪同他在市内观光。12 日，到达南京，他去了"俗臭纷纷的柳桥"似的秦淮，在南京一直待到 14 日。16 日，他返回上海，在里见医院接受治疗，19 日，到达芜湖，住在西村贞吉的公司宿舍里。23 日，经九江登上庐山。26 日前后，到达汉口，参观了黄鹤楼遗迹和古琴台。30 日，他从汉口出发经洞庭湖前往长沙，6 月 1 日又返回汉口。6 日，乘京汉线列车前往洛阳，参观了龙门石窟。14 日，到北京后，他在北京停留一个月左右，穿着中国长衫，每天听戏、观赏名胜古迹，拜会了北京大学教授胡适、辜鸿铭等人，还前往大同参观了云冈石窟。7 月 10 日左右，他离开北京前往天津，12 日夜乘火车经沈阳从釜山坐船回国。中途在大阪下车，去报社汇报，他 20 日前后才回到自己家中。以上就是芥川花费 4 个月时间，走马观花般在大半个中国旅行的情况。可以说，这次旅行对体弱的芥川而言，是一次充满艰辛的急行。

如前所述，芥川回国后，其中国观发生了一些变化，对中国的亲近感减弱，而对中国的蔑视显著增强，但这绝不是根本性的变化。因为芥川去中国前，早已对中国及中国文化抱有某种程度的蔑视和误解，并不是旅行之后后才对中国产生的蔑视。例如，《掉头的故事》中对无赖何小二的描写，《南京的基督》中对无知、迷信的宋金花的描写等都体现了这一点。而且，回到日本后，他对中国文化的亲近感并未全然消失。后续的汉诗创作、篆刻、观看梅兰芳演出等都证明了这一点。他甚至还计划与佐藤春夫一起翻译中国的诗文。对中国古典的热爱、崇拜,和对中国现实的蔑视、误解交织在一起——这一矛盾的中国观贯穿了芥川的一生。

这种矛盾的中国观并非芥川所独有,亦非暂时性的。这是明治、大正时代的日本知识分子普遍拥有的文化心理。众所周知,中国古典文化曾是领先于世界的优秀文化,给前近代的日本文化以巨大影响,渗透到日本社会的各个角落。因此,深受中国古典文化恩惠的日本人对中国古典文化心生崇拜、憧憬之情。在芥川的时代,这种情感依然存在。然而,明治维新后,日本一跃成为近代化国家。日本知识分子对持续衰落的中国,产生了优越感,并且开始蔑视、敌视近现代中国的一切。特别是中日甲午战争后,蔑视中国的中国观十分普遍,并逐渐渗透到了普通民众的内心。在此背景下长大的芥川不可避免地会受到影响。

有关这一矛盾的中国观的由来,将在第四节进行详细分析,在此仅引用孟庆枢的观点。"日本近代作家的中国文化教养主要来自中国古典文学、古代文化,他们的中国文化观多是理念的,是从书本中得来的。他们在日本进入近代社会以后并没有继续跟踪中国文化,对于中国现实的认识有着一种断裂的势态,因此,当他们一旦接触中国现实,对于中国社会的各个方面,特别是在文化方面都会与过去头脑中的中国文化沉积所形成的中国文化观形成一种分离,这种失落感,自然会使他们产生片面的认识。这种现象不仅发生在芥川龙之介身上,在其他日本近代作家身上亦有不同程度的体现。"①总之,这种中国观是生于明治时期、活跃于大正文坛的一代作家的共同心理。

---

① 孟庆枢:《芥川龙之介与中国文学》,《东北师范大学(哲学社会科学版)》,1996年第 1 期,第 73 页。

第二节　芥川对中国古典文化的热爱

一、芥川与中国古典文学

　　芥川的"中国趣味"时常会成为话题,被众多的研究者所论及。那么,芥川的"中国趣味"到底是什么呢? 井上洋子指出:"作为谷崎与芥川之美意识的中国趣味也同亚细亚主义一样,是与西方抗衡的概念。要明确与西方相对的日本文化的身份,就会意识到日本文化的根源——中国。可以说,'中国趣味'包含着对中国文化的热爱与情结,以及现今处于优势立场的优越感这样一种复杂的感情。"①单援朝在对《中国游记》的解读中,也提到它是"抗衡西方的概念","不能忽视的是,玷污其梦想的倒不如说是'中国'现实中存在的'粗俗'的、'不合时宜'的'西方'。……可以说,对西方的抗拒与对东方的偏爱是潜伏在《中国游记》世界里的暗流。"②另一方面,神田由美子提出,芥川认为的中国的异国情调主要是指,对"'隐居趣味'或者豁达的幽默、决心、忍从的美德等'中国'中'静'的部分"和"如同《水浒传》《西游记》《三国演义》《金瓶梅》等四大奇书所代表的'中国'中'动'的部分"的憧憬、热爱③。在深入思考这个问题时,我们需要先了解芥川的读书经历。

　　芥川自己也曾谈到过他的读书经历,主要集中在《写小说始自朋友煽

---

　　①　井上洋子:「芥川龍之介の中国旅行と〈支那趣味〉の変容 :(その一)中国到着まで」,『福岡国際大学紀要』,2000 年第 3 号。

　　②　単援朝:「芥川龍之介『支那游記』の世界——夢想と現実との間」,『国語と国文学』1991 年第 9 号。

　　③　神田由美子:「芥川龍之介と中国」,『目白近代文学』1979 年第 6 号。

动》①和《爱读书籍印象》②。参照这些作品，我们简单回顾一下芥川的阅读史。芥川读小学时，就把家附近的租书铺的故事书全部看完了。受这些书的引导，他很快又开始阅读《八犬传》《西游记》《水浒传》。中学时代，他热衷于泉镜花的作品，还读了大量汉诗。从高中升入大学后，他转而阅读中国的小说，包括《珠邨谈怪》《新齐谐》《西厢记》《琵琶行》等。可见在芥川读过的书中，中国古典文学占到了非常大的比例。此外，芥川在《爱读书籍印象》中写道："我儿童时代爱读的书首推《西游记》。此类书籍，如今我仍旧爱读。作为神魔小说，我认为这样的杰作在西洋一篇都找不到。就连班扬著名的《天路历程》，也无法同《西游记》相提并论。此外，《水浒传》也是我爱读的书籍之一。如今一样爱读。我曾将《水浒传》中一百单八将的名字全部背诵下来。我觉得即使在当时，《水浒传》和《西游记》也比押川春浪的冒险小说有趣得多。"③芥川把《西游记》《水浒传》与班扬的《天路历程》和押川春浪的冒险小说相比较，通过比较，强调了《西游记》《水浒传》的趣味性。就凭"曾将《水浒传》中一百单八将的名字全部背诵下来"，也可以证明芥川对《水浒传》的热衷与痴迷。后来在《大岛寺信辅的半生》中，他还描写了小学时期反复阅读《水浒传》的热情。"就是不看《水浒传》的时候，他心里也在想象着替天行道的大旗、景阳冈的猛虎、菜园子张青在房梁上挂着的人腿。是想象吗？可那种想象比现实更加真实。他还曾手提木剑在挂着干晾菜的后院里与一丈青扈三娘和花和尚鲁智深拼杀过。这样的热情在三十年间一直支配着他。"④与《西游记》《水浒传》等中国古典文学的邂逅，给之后芥川的创作带来了深远的影响。

我们可以从芥川的阅读史中了解到他对中国古典文学的兴趣，而他在

① 芥川龙之介著，高慧勤、魏大海主编，揭侠、林少华、刘立善译：《芥川龙之介全集（第 4 卷）》，山东文艺出版社 2005 年版，第 672-673 页。

② 同上，第 683-684 页。

③ 同上，第 683 页。

④ 芥川龙之介著，高慧勤、魏大海主编，宋再新、杨伟译：《芥川龙之介全集（第 2 卷）》，山东文艺出版社 2005 年版，第 512 页。

汉诗文上的深刻理解与造诣可以从他的很多文章中找到证据。最有名的是《汉文汉诗的意趣》。在这篇文章中他写道:"读汉诗汉文是否有益处,我认为有益处。……读汉诗汉文既有益于日本古代文学的鉴赏,也有益于日本当代文学的创造。"[①]他举出杜牧"十年一觉扬州梦,赢得青楼薄幸名"的诗句,并解释道"此诗可以使人联想起吉井勇君。就是这样,汉诗之中包含着与我们现在的心情紧密相连的东西,绝不可一概地加以蔑视。"[②]这一观点完全承认汉诗文在过去、现在的日本文学中的价值与意义,是对明治维新后鼓吹汉诗文无用论之人的强有力批判。芥川不仅吟诵、创作汉诗文,还计划译介汉诗文。这在佐藤春夫的《唐物因缘》中有粗略的记载。佐藤让芥川看了他译的《车尘集》的前几篇后,芥川说自己也想翻译相同数量的汉诗,然后一起结集出版。而因为芥川的自杀,佐藤只得独自一人完成《车尘集》的翻译,供奉在芥川的灵前。

不仅是优雅的汉诗文,像《聊斋志异》之类的鬼怪故事,还有《金瓶梅》这样的情色小说对芥川来说,也充满了极大的吸引力。对异常美、怪异美、虚构美、浪漫情调的偏好,也是芥川从中国典籍中获取的东西。他中学时代痴迷于泉镜花的作品,这也是被泉镜花的神秘、怪异的文风所吸引。芥川从幼年开始就十分喜欢恐怖故事,在"一高"上学期间,他把从养父母、姨妈及亲友那里听来的鬼故事编成一个小册子,名为《椒图志异》。芥川进入大学后,开始阅读《珠邨谈怪》《新齐谐》《西游记》《琵琶行》等中国古典小说。这里值得大书特书的是芥川经常取材的《聊斋志异》——与《西游记》《水浒传》一样经常被芥川阅读的书。之前提到的《椒图志异》,这一书名就是由《聊斋志异》而来的。在《肉骨茶》中,他写道:"《聊斋志异》与《剪灯新话》在中国的小说中,都是讲述鬼狐故事,极尽寒灯化为青光之妙,此乃众人皆知的内容。而作者蒲松龄对清政府十分不满,假托牛鬼蛇神故事讽刺

---

①　芥川龙之介著,高慧勤、魏大海主编,揭侠、林少华、刘立善译:《芥川龙之介全集(第4卷)》,山东文艺出版社2005年版,第47页。

②　同上,第49页。

宫掖的阴暗。"①他从《聊斋志异》中读懂了蒲松龄的义愤之情和对社会的讽刺精神,这远远超越了当时人们的猎奇心理和对《聊斋志异》的表面理解。

充满好奇心的芥川还被《金瓶梅》《西厢记》中的情色、恋爱故事所深深吸引,后来还创作过以《金瓶梅》《王嫱》(片段)为题的戏曲。他去中国旅行前给朋友西村贞吉的书信中(1918 年 11 月 20 日)写道:"读了《金瓶梅》《痴婆子传》《红杏传》《牡丹奇缘》《灯芯奇僧传》《欢喜奇观》那些秽书,我对中国人开化的野性兴趣盎然。据说上海书店里,那类秽书多得可以。若除上述以外尚有其他种类,即请帮我买来。书款只要不是太多,我一定给你汇去。"②这也反映了芥川对异国情调和浪漫主义的偏爱。

芥川为什么如此沉迷于中国古典文学呢? 主要是因为创作历史小说的需要及对怪异故事的偏爱。用芥川自己的话说:"我现在捕捉到一个主题,将之形诸小说,为了最有力地艺术性地表现主题,需要一个离奇的事件。唯其离奇,难以将之作为当代日本发生的事件来记述。若勉强为之,多数场合会令读者萌生不自然之感。……为排除这个困难,只能或者求助于'古昔'(求助于'未来'的很少)发生的事件,或者求助于异国发生的事件,或者求助于古昔日本以外的土地上发生的事件。……此外的另一个必要因素就是(我愿意说'我们')对离奇的事物颇感兴趣。"③对于这种独特的小说观,鲁迅曾给予高度评价:"多用旧材料,有时近于故事的翻译。但他(芥川)的复述古事并不专是好奇,还有他(芥川)的更深的根据——他(芥川)想从含在这些材料里的古人的生活当中,寻出与自己的心情能够贴切的触著的或物,因此那些古代的故事经他(芥川)改写之后,都注进新的生

① 芥川龙之介著,高慧勤、魏大海主编,罗兴典、陈生保、刘立善译:《芥川龙之介全集(第 3 卷)》,山东文艺出版社 2005 年版,第 224 页。
② 芥川龙之介著,高慧勤、魏大海主编,林少华、张云多、侯为译:《芥川龙之介全集(第 5 卷)》,山东文艺出版社 2005 年版,第 193 页。
③ 芥川龙之介著,高慧勤、魏大海主编,罗兴典、陈生保、刘立善译:《芥川龙之介全集(第 3 卷)》,山东文艺出版社 2005 年版,第 323-324 页。

命去,便与现代人生出干系来了。"①

二、芥川与中国古代艺术

据《生于爱好文学之家》②中的介绍,养父芥川家是名门世家,养父母和姨妈都是爱好风雅之人。芥川在这样一种环境中成长,从幼年开始就耳濡目染,毕生对书画、古董、戏曲很感兴趣。受"一高"时期的同学松冈让的影响,他对中国书画愈发感兴趣。而且,"一高"时期的德语教师菅虎雄是一位广为人知的书法家,芥川从他那里受教很多。之后投入夏目漱石门下的芥川,跟着漱石学习俳句、汉诗、书画等。成为作家后,他与泷井孝作、小穴隆一等人成为朋友,对中国书画的兴趣更加高涨了。据下岛勋回忆说,芥川经常去一家叫作"晚翠轩"的古董店,购买中国画的摹本或者在日本举办的中国画展的复制画帖,有时去博物馆鉴赏中国书画,在中国旅行期间拜访吴昌硕、陈宝琛、郑孝胥等书画家,向他们索取书画等。因此,芥川收藏的中国书画为数不少。据下岛勋的调查,芥川藏有董九如作山水横幅一幅(在长崎购得)、金冬心人物横幅一幅(在中国购得)、吴昌硕作墨兰图一幅(在上海直接求得)、陈宝琛诗画一幅(署名芥川仁兄正书陈宝琛)、郑孝胥诗画一幅(署名芥川仁兄大雅辛酉暮春孝胥)等。

芥川非常喜欢倪云林、恽南田等中国画家的作品,欣赏了众多的作品,养成了高超的鉴赏能力。《中国的画》就显示了这一点。比如,芥川评价倪云林的《松树图》时说:"南画若表现胸中逸气,则不顾及其他。然而这仅以水墨画成的松树,自然的活力果真就不栩栩如生充溢其间吗?"③他评论《莲鹭图》说:"整体上如此高雅之美感,并非只是近代画里没有。这种美,唯展现于扎根大陆风土之中的我们邻邦的绘画中。不言而喻,日本画与中国画

---

① 鲁迅:《鲁迅全集:第 10 卷》,人民文学出版社 1980 年版,第 226 页。

② 芥川龙之介著,高慧勤、魏大海主编,罗兴典、陈生保、刘立善译::《芥川龙之介全集(第 3 卷)》,山东文艺出版社 2005 年版,第 340-341 页。

③ 同上,第 268 页。

属于亲戚般关系。"①论及金冬心的《鬼趣图》时,他说:"金冬心画的鬼怪没有这种妖气,但两人的画都有招人喜欢之处。"②这些评论都很出众、中肯。对中国书画的爱好给他的创作带来了很大的影响。其实,如果没有芥川对中国书画的偏好,就不会有《秋山图》《地狱变》中的屏风图及《杜子春》中日暮时分洛阳城外油画般的描写。

除中国书画以外,在中国旅行期间及之后,芥川喜欢上了京剧和昆曲。关于这一情况,施小炜曾在《芥川龙之介看过的京剧》③这篇论文中进行过详细介绍。《上海游记》的第九节和第十节以《戏台》为题,记述了芥川在上海的三次看戏体验。《北京日记抄》中也有讲述芥川"流连于各戏院"的段落。芥川不仅观赏了盖叫天、绿牡丹、梅兰芳、杨小楼、尚小云等名角的京剧,而且在北京与胡适围绕京剧的改良进行过辩论。回国后的 1924 年,芥川还看过梅兰芳的访日演出。这些都展现了芥川对京剧的热爱程度。据鹭只雄介绍,芥川 1922 年前后开始对篆刻感兴趣,倾心于收集和鉴赏,并经常在写给友人的书信中论及篆刻。

三、作品中的中国形象

芥川作品中的中国形象大致可分为五类:第一类是历史小说中的中国形象,多从中国古典小说中引经据典;第二类是以现代中国为背景创作的现代小说中的中国形象;第三类是芥川创作的汉诗文中的中国形象;第四类是《中国游记》等纪行文中的中国形象;最后一类是随笔、小品中的中国形象。从这些洋溢着汉文学味道的作品中,我们可以充分体会到芥川对中国古典文化的热爱与欣赏能力。下面,通过这些作品来具体分析一下其中的中国形象。

① 芥川龙之介著,高慧勤、魏大海主编,罗兴典、陈生保、刘立善译::《芥川龙之介全集(第 3 卷)》,山东文艺出版社 2005 年版,第 268 页。
② 同上,第 269 页。
③ 施小炜:「芥川龍之介の観た京劇」,『文芸と批評』1993 年第 7 卷第 8 号。

阅读芥川创作的取材于中国古典的历史小说时,我们可以很明显地看出芥川对中国古典有着强烈的热情。在此,笔者以芥川对改编得极为成功的《杜子春》为例来说明这一点。首先,我们需要关注的是铁冠子所吟诵的汉诗:"朝游北海暮苍梧,袖里青蛇胆气粗。三入岳阳人不识,朗吟飞过洞庭湖。"这一雄壮的汉诗给作品增添了不少神秘色彩。芥川在给河西信三的书信(1927年2月3日)中说:"该诗系唐朝蒲州永乐县人吕岩(字洞宾)所作。……拙作《杜子春》虽借用唐代小说《杜子春传》中的传主为主人公,然而,三分之二以上的情节为创作。再者,铁冠子为三国时仙人左兹之道号。虽生在三国时代,因仙人长生不老,故令其出没于唐朝年间也无妨。"从《杜子春》结尾提到的泰山山脚下桃花盛开的地方,也可以窥见作者对桃花源的殷切向往。神田由美子说那是"位于人间和仙境之间的'中国'独特的'隐遁'之地,唯此'隐遁'之地,才是芥川由汉籍和南画孕育的'中国趣味'所构筑的别有乾坤之处。"[①]除了《杜子春》,《掉头的故事》中关于辽东平原一望无际的高粱地的描写,以及《酒虫》中"中国长山的打麦场"的描写,都让人联想到芥川对中国古典的亲近感,体现出芥川的"中国趣味"。《杜子春》之类的作品给人以抄袭、模仿中国古典的感觉,鲁迅也对此提出批评说:"多用旧材料,有时近于故事的翻译。"但正如前面给河西信三的信中提到的那样,芥川在这部作品中想要表达的东西与原著大不相同。芥川通过对这些中国故事的改编,探究了人性的善恶,歌颂了父母与孩子之间的亲情及恋人之间纯粹的爱情,并寄托了自己的人生观和对理想生活的渴望。

现代小说中与中国有关的作品有《南京的基督》《火神阿耆尼》《母亲》《来自第四丈夫的信》《马腿》《湖南的扇子》等。此外,《影》是横滨日华洋行主人陈彩与日本妻子房子之间的故事。这类作品仅仅把现代中国当作故事背景和舞台,其中的中国古典文化的色彩不多,几乎看不到对中国古典文化中的乡愁,但《来自第四丈夫的信》是一个特例。全世界的家门口都有两三人像"我们"这对夫妻一样在惬意地休息,所有的院子里桃花都在盛

---

① 　神田由美子:「芥川龍之介と中国」,『目白近代文学』1979年第6号。

开——从对"如此平和的景色"的描写中,我们也可以理解芥川对理想家园、桃花源的向往。

汉诗文中的中国形象主要体现于芥川自创的数十首汉诗及对中国诗人的若干评论中。芥川不仅痴迷于吟诵汉诗,而且还模仿中国人的汉诗创作了一些作品。比如,"愁心尽日细细雨,桥北桥南杨柳多。棹女不知行客泪,哀吟一曲采莲歌"。这首诗会使人想起杜牧的《泊秦淮》:"烟笼寒水月笼沙,夜泊秦淮近酒家。商女不知亡国恨,隔江犹唱后庭花。"再比如,"檐户萧萧修竹遮,寒梅斜隔碧窗纱。幽兴一夜书帷下,静读陶诗落烛花"。这首诗则流露出芥川对书斋生活的真实感受。至于对中国诗人的评论,从之前引用的《汉文汉诗的趣味》中可见一斑。相对于汉诗,芥川对汉文的兴趣并不太大,但他中学时代写的《读〈出师表〉、论孔明》和"一高"时代完成的《读孟子》中,中国历史人物频频登场,洋溢着汉文学的色彩,因此是芥川饱读汉文的力证。

严厉批判现实中国的《中国游记》中也能看到芥川对中国古典文化的亲近感。例如,芥川在上海纷乱的人群中找到了《金瓶梅》的陈敬济与《品花宝鉴》的奚十一,在上海城隍庙不断寻找《聊斋志异》《新齐谐》的插画,从西湖岸边的三名中国人中发现了石碣村的阮小二、阮小五、阮小七的影子,从苏州街头卖艺的男子中发现了病大虫薛永、打虎将李忠等豪杰的身影。另外,在对流经扬州的河流不再有杜牧"青山隐隐水迢迢"之趣,秦淮河不再有"烟笼寒水月笼沙"之景,浔阳江边不再有"枫叶荻花秋瑟瑟"之风韵等的批判中,我们也能读出芥川热爱之余的一丝失望。芥川一直努力在现代中国找到汉诗文等中国古典所构筑的、充满异国情调和浪漫情怀的中国形象。

芥川的随笔、小品中也频频出现中国的历史人物和事件。比如,在《义仲论》中,拓跋魏的故事、王荆公的故事、诸葛孔明的故事等都巧妙地交织于其间。《鼻子》中"内供听人讲些震旦的事情,带出了蜀汉刘玄德的长耳来"。《侏儒的话》也引用了赵瓯北的《论诗》和王世贞的言论。此外,在《文艺的,过于文艺的》中,芥川认为日本人"在创作《水浒传》《西游记》《金瓶梅》《红楼梦》《品花宝鉴》等长篇小说上稍逊一筹。"这些引用和例证充分显示了芥川在中国古典文化上的高深造诣与强烈兴趣。

第三节　芥川对现代中国的蔑视

一、《中国游记》中的中国形象

《中国游记》是芥川中国之旅的产物。中国之旅对芥川的身心、创作风格及中国观都产生了巨大影响。宇野浩二认为,"这是芥川短暂的一生中最重要的一件事",对芥川的身体和创作产生了消极影响。[①] 三好行雄也多次提到这次中国之旅改变了芥川的人生和文学。如此看来,我们理所应当重视这个被称作中国旅行的结晶,同时,也对现实中国充满敌意的文本。通过解读《中国游记》,我们也许就可以明白芥川踏上憧憬已久的中国土地后却开始猛烈批判中国,以及对现实中国的蔑视显著增强的原因。

先简单交代一下《中国游记》的写作经过。出发前,芥川就写信告诉薄田淳介说,他不会每天都写游记,打算分成以上海为中心的南方印象和以北京为中心的北方印象这样两部分来写。但是,因生病和繁忙,芥川在旅行途中没有按照计划向报社寄送稿件。回到日本后,他以旅行的笔记为基础,以一天一篇的进度,完成了《上海游记》《江南游记》。这两部游记分别于1921年8—9月和1922年1—2月在《大阪每日新闻》上发表。《长江游记》于1924年9月刊载于《女性》,这篇文章芥川只用了两天时间进行创作。《北京日记抄》于1925年6月登载于《改造》。此外,芥川途中写给朋友的明信片集成了《杂信一束》。同年11月,《中国游记》由改造社刊行。在《中国游记》的自序中,芥川写道:"《中国游记》一卷,毕竟是上天恩赐(或降灾)于

---

　　① 转引自青柳達雄:「李人傑について——芥川龍之介『支那遊記』中の人物」,『言語と文芸』1988年第9号。

我的报道才能的产物。……毫无疑问,我的报道才能已如电光石火一般,至少也应该如戏中的电光石火一般,闪现在这些文字之中了。"①这十分明显地显示了芥川对这部游记的自信。但是,芥川果真拥有报道天赋吗? 如果有的话,这种才能确实如同电光石火一般闪现在《中国游记》中了吗?

芥川首先看到了当时中国的贫穷、肮脏与落后,对此不仅毫不同情,反而以俯视的目光,对中国竭尽讽刺嘲笑之能事。游记中脏兮兮的、面貌丑陋的人力车夫,唾沫飞溅的马车夫,厚颜无耻的卖花老太,向湖心亭水池撒尿的上海人,身披旧报纸的中国乞丐,用戏服擤鼻子的旦角演员等,都是芥川笔下典型的中国人形象。在芥川看来,不仅中国人不文明,中国的城市也相当肮脏、落后。例如,上海的街上飘满尿臭,苏州文庙弥漫着蝙蝠的粪臭,芜湖的街道上有猪在撒尿,长沙霍乱与疟疾肆虐等。在《中国游记》中,这种描写随处可见。芥川在描写之后,还不时加以评论。目睹中国人向水池小便后,芥川写道:"这不仅是一幅令人倍感忧郁的风景画,同时也是我们这老大国辛辣的象征。"②在参观苏州文庙后,芥川写道:"此处的荒废,不也正是整个中国的荒废吗?"③芥川看到老百姓杀猪剥皮后,就这样评价:"再没有比中国更为无聊的国家了。"④对于这些描写和评论,祝振媛反驳道:"芥川在《中国游记》中大量搜集中国的贫困、落后的'丑态',并极有兴味地嘲笑、讽刺。他的目的不单纯是暴露'丑态',而是想通过展示中国的'落后''丑态',彻底否定当时的中国及中国的文化思想。"⑤笔者以为芥川的目的未必像上述那样充满恶意,但不得不承认他对现代中国肮脏、落后面貌的过剩描写,清楚地表明了他对现代中国的蔑视。

芥川从小就喜欢中国古代文化,怀有一种独特的中国文化情结,但中国之行让他旧有的中国情趣荡然无存。芥川以汉诗文中的理想的中国形

---

①　芥川龙之介,秦刚译:《中国游记》,中华书局 2007 年版,第 1 页。

②　同上,第 15 页。

③　同上,第 94 页。

④　同上,第 140 页。

⑤　祝振媛:「支那遊記」,『国文学:解釈と鑑賞』1999 年第 11 号。

象为基准,批判了现代中国的"庸俗"西洋化。例如,芥川视上海为"蛮市"、"不合时宜"的西洋,并认为"现代的中国,并非诗文里的中国,而是小说里的中国,猥亵、残酷、贪婪。"①在杭州,芥川看到红灰两色的砖瓦建筑充斥于江南名胜后,写道:"西湖的恶俗化,更有一种愈演愈烈之势。"②在南京,由于没有"烟笼寒水月笼沙"的风景,芥川视秦淮为"俗臭纷纷的柳桥"。另外,因为扬州的河水中看不到杜牧"青山隐隐水迢迢"的趣味,浔阳江也没有"枫叶荻花秋瑟瑟"的情调,芥川大失所望。他"由文学构筑的'中国'之梦,不只停留在现实层面,还作为现实认识及价值判断的标准而发挥着作用"③。需要注意的是,这里芥川并不讨厌西洋,而是"讨嫌那种俗不可耐的东西",或者说他讨厌中国的西洋化。

芥川是以记者身份来到中国的,"新闻社想要的是关于活生生的、变化中的中国,以及欧美日帝国主义列强蚕食、角逐实力的现实中国的报告。"④芥川虽想积极观察中国现实,但最终没有做到。他一边听章太炎滔滔不绝地谈论现代中国的社会问题,一边不时地瞧墙上的鳄鱼标本。他虽在上海见到了"代表'年轻中国'"的李汉俊,但游记中只简单介绍李汉俊的情况,"没有记录深入其心底的敏锐印象"⑤。对于上海只许外国人进入的公共花园(黄浦公园),芥川只感到"命名之妙",而不去思考个中缘由。在西湖边遇到反日学生,在苏州天平山看到反日标语,还有长沙第一女子师范学校的女生拒绝使用日制铅笔,他都不去思考中国人反日的原因,只是表示本能的厌恶。另外,尽管芥川很喜爱中国古典文学,但他对中国古典文化也有一定误解。例如,芥川视《水浒传》中一百单八将为"无赖汉的结社",认

---

① 芥川龙之介著,秦刚译:《中国游记》,中华书局 2007 年版,第 18 页。
② 同上,第 72 页。
③ 单援朝:「芥川龍之介『支那遊記』の世界——夢想と現実の間」,『国語と国文学』1991 年第 9 号。
④ 鷲只雄:『年表作家読本・芥川龍之介』,河出書房新社 1992 年版。
⑤ 村松定孝、紅野敏郎、吉田熙生:『近代日本文学における中国像』,有斐閣選書 1975 年版。

为《水浒传》的精髓是"放火杀人",可见他对《水浒传》并不是完全理解。

　　旅行中产生的反感、不满与失望的情绪不断增长,芥川终于在芜湖唐家花园对现代中国进行了猛烈攻击:"现代中国有什么? 政治、学问、经济、艺术,难道不是悉数堕落着吗? 尤其提到艺术,自嘉庆、道光以来,有一部值得自豪的作品吗? 而且,国民不分老幼,都在唱着太平曲。当然,在年轻的国民中,或许多少还能看到一些活力。但事实是,他们的呼声中,尚缺少那种足以传达给全体国民的激昂的热情。我不爱中国,想爱也爱不成。在目睹了这种国民的堕落之后,如果还对中国抱有喜爱之情的话,那要么是一个颓废的感官主义者,要么便是一个浅薄的中国趣味的崇尚者。即便是中国人自己,只要还没有心智昏聩,一定会比我这样的一介游客更加不堪忍受吧……"①上述文字这充分表露出芥川对现实中国的蔑视这一态度。

二、《中国游记》的评价

　　芥川在《中国游记》中对现代中国进行了歪曲描写,所以,该书长期以来一直在日本受到否定评价。1926 年 4 月,村松梢风在《骚人》发表《评芥川氏的〈中国游记〉》,较早地对芥川的言论做出了否定评价。吉田精一也认为:"总之,这是小说家眼中的中国,不是报社或者读者所期待的、洞察中国的现在和未来后得出的东西。"②武田泰淳也论述说:"芥川龙之介在《中国游记》中只是恶作剧般地偏重于敏锐感觉,而不能够把大陆人民的苦恼当作自己的问题来对待。"③

　　"二战"后,这种否定性评价在日本国内不断出现。神田由美子认为:"芥川故意忽视'中华民国十年'激变的政治状况,会见中国著名的政治家、社会活动家时,也不对政治抱有浓厚的兴趣,而在现代残存的'中国风俗'

---

①　芥川龙之介著,秦刚译:《中国游记》,中华书局 2007 年版,第 136 页。

②　吉田精一:『芥川龍之介』,三省堂 1942 年版。

③　转引自单援朝:「同時代の中国における芥川龍之介『支那遊記』」,『滋賀県立大学国際教育センター研究紀要』2001 年第 6 号。

和'中国美人'的遗风中重复自己的中国幻象,并表现出强烈的关心。"①祖父江昭二认为:"芥川像地道的大正时期的文人那样,没有关注实际的中国现实,即以政治为核心的现实。"②和田博文认为:"尽管他(指芥川对自己的新闻记者式才能)十分自负,但从此书中很难发现他新闻记者式的才能。"③如上所述,这些否定评价主要来自作为小说家的芥川对中国现实不甚关心,没有写出现代中国的真实面貌。近年来,有的学者如关口安义等开始重新评价《中国游记》,做出了一些不同于以往的肯定评价,但这些只是少数意见,否定评价仍然占据主流。肯定评价的依据主要在于芥川在中共一大召开3个月前,在中共一大会址见到了一大代表李汉俊。但是,芥川不懂中文,又是初次来到上海,因此不可能对时局有如此的敏感性。这应该是大阪每日新闻社安排的一次会面。

　　中国人是如何接受《中国游记》的呢？其实,中国知识分子对《中国游记》中的歪曲描写深为不满。夏丏尊以《芥川龙之介氏的中国观》为题,编译了该书的部分章节,发表在1926年第4期的《小说月报》上(编入1927年12月出版的《芥川龙之介集》时,题目改为《中国游记》),并在题记中指出"书中随处都是讥诮",不过他认为芥川所写的也是事实。秋山于1928年读了这篇游记后,"觉得芥川氏的讽刺,虽然无法争辩,但之终竟感到过于辛辣。平心而论,芥川氏有许多地方,的确是随意讥笑的。"④丁丁在1933年第1期的《新时代》上,发表了题为《芥川龙之介的中国堕落观》的文章。他认为《中国游记》"充满着鄙视、厌憎、讥讽的气息……我们对于芥川氏的对我们有意侮辱似的态度,当然我们会有反感的"。另一方面,他也认为芥川所提出的并不全是诬蔑,应该予以承认。以上的观点反映出三人对于芥川的讽刺虽有些义愤,但基本上是认可和理解的。最早对该书表示不满的

　　① 菊池弘、久保田芳太郎、関口安義:『芥川研究事典』,明治書院1985年版。

　　② 祖父江昭二:『近代日本文学への射程——その視角と基盤と——』,未来社1998年版。

　　③ 和田博文:「芥川の上海体験」,『國文學:解釈と教材の研究』2001年第9号。

　　④ 秋山:《读〈芥川龙之介集〉的〈中国游记〉》,《新评论》1928年第10期,40-41页。

是评论家韩侍桁,他在写于 1929 年的《现代日本文学杂感》中说:"我自从看过芥川氏的《中国游记》后,我总对于他不抱好感,及至再一看他的出世作品《鼻》与《罗生门》,我对于这位作家的艺术的良心就根本起了疑问了。"在 1935 年 1 月 5 日出版的《太白》上,巴金以余一为笔名发表了《几段不恭敬的话》,也以激烈的言辞表达了对该书的批判。①

近年来,许多留日学者也注意到《中国游记》中的歪曲描写,并给予相应回击。祝振媛写道:"《中国游记》是大正时代的产物。芥川龙之介的狭隘的民族优越感和对华歧视意识体现了那个时代多数日本知识分子的局限。"②赵梦云指出:"《上海游记》(也包括《中国游记》),归根结底再现了植根于作者优越感的主观、猎奇、肤浅的世界。……芥川自负的'新闻记者式才能'难道不是他的自我陶醉和一厢情愿吗?"③王晓平在《梅红樱粉——日本作家与中国文化》中指出:"芥川的痛骂,并不是建立在他对当时中国文化动向认真了解的基础上,只不过是以一个'先进'国家的记者看'落后'国家的眼光来扫视一切的。"④这些评价是中肯而切合实际的。因此,芥川的《中国游记》如此不受中国人欢迎也是事实。

三、其他作品中的中国蔑视

《中国游记》之外,也有不少蔑视、误解现代中国的作品。这里仅选取代表性的例子,试作分析。《掉头的故事》中有这样情节:中日甲午战争中,中国士兵何小二被日本骑兵砍断脖子,随后被日本医疗队救活。不得不说这是子虚乌有的事情。众所周知,旅顺沦陷后,日军屠杀了 2 万多名手无寸铁的旅顺民众,仅留下 36 人来掩埋尸体。所以,日军不可能去救濒临死

① 以上均转引自秦刚:《现代中国文坛对芥川龙之介的译介与接受》,《中国现代文学研究丛刊》,2004 年第 2 期。

② 祝振媛:「支那遊記」,「国文学:解釈と鑑賞」1999 年第 11 号。

③ 趙夢雲:『上海・文学残像——日本人作家の光と影』,田畑書店 2000 年版。

④ 王晓平:《梅红樱粉——日本作家与中国文化》,宁夏人民出版社 2002 年版,第 310 页。

亡的中国士兵。此后,死而复生的何小二因为做了坏事而再次丧命,木村少佐因此认为"这种事情只会发生在中国"。这虽然不是芥川直接说出来的话,但也从侧面说明他对中国和中国人存在偏见。《南京的基督》描写了误认无赖混血儿为基督的宋金花对基督教的无知与迷信,想通过传染给他人来治愈自身梅毒的山茶缺乏卫生学常识等,刻画了站在启蒙者立场的日本旅行家形象。这辛辣地讽刺了中国人没有科学思想,一味地沉迷于宗教的迷梦中。

以上是芥川来中国旅行前的作品,那么到中国旅行之后,芥川的作品又如何呢?先来看一下《新艺术家眼中的中国印象——芥川龙之介访谈》这篇报道。芥川回国前接受天津《日华公论》记者的采访时说:"我对中国的第一印象是,随处可见用油烤制出来的鸡和倒挂着的被剥了皮的猪。中国人很早就养成了随意宰杀动物的习惯,这点不太好。这使一般的中国人在不知不觉间染上了残忍的习性。"①这种推论是荒谬的,有些异想天开。要说残忍,中日甲午战争、日俄战争时,日军屠杀无辜中国民众的残暴行径才配得上这个词。

1924 年 4 月发表的《来自第四丈夫的信》描写了拉萨恬静的风光,但从"不以懒惰为恶德就是一种好风气""割掉鼻子只不过是西藏私刑中的一种而已"等描写中,可以窥见拉萨原始、封闭、落后的一面。1926 年 1 月发表的《湖南的扇子》讲述了这样一个故事:主人公"我"在大学时代的朋友谭永年的陪同下游览了长沙,在妓院看到土匪黄六一的情妇玉兰咀嚼沾有黄六一被砍头后的血液的饼干。关口安义在《特派员芥川龙之介》中积极评价这部作品,认为芥川"在患病末期,的确看透了邻国中国的未来"②。单援朝在论文《芥川龙之介〈湖南的扇子〉的虚与实——兼论鲁迅的〈药〉》中,也同

① 芥川龍之介:「新芸術家の眼に映じた支那の印象——芥川龍之介談」,『日華公論』1921 年第 8 号。
② 関口安義:「特派員芥川龍之介——中国でなにを視たのか」,毎日新聞社 1997 年版。

样给出了好评：“像玉兰这样‘富于热情的湖南民众’所生活的中国是……
美好的事物与野蛮的事物、现实与非现实常常错综交织的、不可思议的地
方，也是憧憬顽强行动力、生命力的‘救赎’之地。”①但从长沙这座破烂的城
市仍然让“我”有了失望和幻灭感，以及参观女校时，那里异常强烈的排日
气氛给“我”带来诸多不快等描写来看，芥川并未努力挖掘在革命家频出的
湖南发生这种事件的原因及排日的根源，相反，其猎奇的视角却格外突兀。
也就是说，芥川内心已经把湖南民众认为吃沾血的饼干能除病消灾的想
法，看作是现代中国野蛮、落后的一面。

　　从上述以现代中国为背景的作品来看，这些人物描写与故事情节都歪
曲了现代中国及中国人的形象，通过冷漠的嘲笑与讽刺，展现了芥川对现
代中国现实的蔑视、误解及漠不关心。

第四节　矛盾的中国观之其他原因

　　综上所述，对中国古典文化的热爱与对现代中国现实的蔑视构成了芥
川矛盾的中国观。关于这一矛盾认识的由来，孟庆枢已经阐述了他近似接
受美学的恰当见解。事实上，本文前述各节也尝试对此原因进行探索。第
一节叙述了与日本相关的近代中国社会的变迁，以及当时日本占主流的脱
亚论、兴亚论、侵略论的中国观等历史背景，阐明了在这个动荡时代生活的
芥川不可能不对现代中国的现实持有蔑视、偏见和误解。第二节叙述了芥
川阅读中国古典文学的经历、对中国古代艺术的关心、作品中的中国形象
等，探明了芥川亲近、热爱中国古典文化并拥有高深造诣的原因。第三节
以《中国游记》为中心，分析了芥川矛盾的中国观的具体表现，指出现代中
国的现实打破了芥川理想中的中国形象。除上述原因之外，笔者想从东方

---

　　①　单援朝：「芥川龍之介『湖南の扇』の虚と実——魯迅の『薬』をも視野に入れ
て」，『日本研究』2002 年第 2 号。

主义、接受美学、艺术至上主义的创作态度等视角,进一步分析芥川矛盾的中国观的成因。

一、东方主义视角

众所周知,美国哥伦比亚大学教授爱德华·W. 萨义德于 1978 年出版了《东方学》这一划时代的著作,被誉为"后殖民主义理论创始人"。该著作在学术界引起了巨大反响。这部著作问世以来,得到了广泛的引用和研究,被称为后殖民主义理论的入门书。本文将参照这部著作,来揭示《中国游记》的东方主义色彩。

这部著作里的"东方"与"西方"并非普通意义上的、空洞的地理概念,而是相互联系的带有政治、文化色彩的抽象地理概念。萨义德认为东方主义有三种含义:首先,东方主义是一种学问的名称,可以取代之前的东方研究。在人类学、社会学、历史学等学术领域,只要是从事有关东方的教育、创作及研究活动的人,都可以称作东方学家。其次,东方主义是以东西方在本体论和认识论上的区分为基础的思考方式,即西方人认为自己是文明的、先进的、科学的、中心的、优越的,认为东方是野蛮的、落后的、无知的、边缘的、劣等的这种二元对立的思考方式。最后,东方主义还是一种权力话语方式,即"我们可以将东方学描述为通过做出与东方有关的陈述,对有关东方的观点进行权威裁断,对东方进行描述、教授、殖民、统治等方式来处理东方的一种机制。简言之,将东方学视为西方用以控制、重建和君临东方的一种方式。"①因此,东方主义所表达的是西方在东方世界的统治与霸权。关于东方的描写、言论、评价并不基于其本来面目,而是西方为谋求自身利益所虚构的东西,这扭曲了真实的东方世界。东方主义的目的并不在于传授知识,而在于统治、管理东方。萨义德的这种理论,很大程度上来源于福柯的权利话语理论、德里达的解构理论及葛兰西的文化霸权理论。

---

① 萨义德著,王宇根译:《东方学》,生活·读书·新知三联书店 1999 年版,第 4 页。

　　武田悠一在文章中这样论述东方主义："这种目光（东方主义的目光）对东西方进行了价值判断，视我们（西方）为'先进'，视他们（东方）为'落后'。这不仅催生了对东方的蔑视，还将殖民主义与帝国主义合理化为'先进'的西方对'落后'的非西方世界实施的教化、管理、统治……反之，对非西方世界进行的教化、管理和统治，作为西方优越性的例证，加强并合理化了东方主义。"①这理清了东方主义同殖民主义、帝国主义的关系。张法也指出："东方主义的核心是西方的权力。它以知识的形式支持西方的扩张有理、侵略有理、殖民有理。"②

　　萨义德在这部著作中，论述了西方以东方为对象，为了谋求自身的利益，如何用自己的话语来描述东方的文化、政治、艺术等方面，而这种话语又是如何催生其在东方的政治、文化霸权这一过程。然而，日本知识分子关于亚洲诸国的言论是否适用于这一理论呢？笔者认为完全适用。这是因为日本的近代化就意味着西方化。"文明开化"这一近代化政策以学习先进的西方文明，从而使落后的日本与之并驾齐驱为目标。日本深切担忧西方列强对亚洲的殖民统治，为了摆脱被殖民的屈辱而主动西方化，最终在"富国强兵"的口号下，历经明治维新、中日甲午战争、日俄战争，跻身于列强的行列。之后，日本以亚洲唯一的"发达国家"、世界"一等国"自居，为炫耀其霸权而对当时"落后的"中国、朝鲜等亚洲各国进行侵略。如此一来，日本也逐渐接受了西方的东方主义思想。从明治维新后日本知识分子关于亚洲各国（特别是中国）的言论中，便能发现东方主义式的、二元对立式的思维方式。芥川也是活跃于该时期的文学家之一。因此，从东方主义的视角来研究芥川的中国观是完全可行的。

　　萨义德认为，东方几乎就是一个欧洲人的发明，它自古以来就是一个充满浪漫传奇色彩和异国情调的、萦绕着人们的记忆和视野的、有着奇特

---

①　佐々木英昭：『異文化への視線——新しい比較文学のために』，名古屋大学出版会 2001 年版。

②　张法：《论后殖民理论》，《教学与研究》，1999 年第 1 期，第 40 页。

经历的地方。① 从"读了《金瓶梅》《痴婆子传》《红杏传》《牡丹奇缘》《灯芯奇僧传》《欢喜奇观》那些秽书,我对中国人开化的野性兴趣盎然"(1918 年 11 月 20 日、给西村贞吉的信)等书信来看,我们不仅能看出芥川对中国古典文学的热爱,还能窥见萨义德所说的异国情调和传奇色彩。可以说,芥川不仅因喜爱中国古典而从中获取小说的素材,还把当时的中国看作"落后的"东方。除此之外,对《掉头的故事》中头颅愈合后又再次掉落的何小二,《南京的基督》中住在奇望街的私娼宋金花,《湖南的扇子》中吃沾有爱人鲜血的饼干的玉兰等人物,芥川都向他们投射了东方主义的视线。

除了这种异国情调,东方主义还包含了如前所述的文明和野蛮、先进和落后、科学和无知、中心和边缘、上位和下位等一系列二元对立的思考方式。西方人常以优秀民族自居,将东方或其他民族视为劣等的、野蛮的民族,自认为是世界文化的中心所在,因此理所当然地背负着拯救东方文化的使命。正如萨义德说的那样:"面对现代东方显而易见的衰败及政治上的无能,欧洲的东方学家们发现有责任挽救东方已经丢失的、昔日的辉煌,以'推进'现代东方的'改良'。……将一个地区从其现在的愚昧状态复兴为以前曾有过的辉煌状态,以现代西方的方式对东方施以教化(为了使东方自身受益)。"②换言之,他们在寻求本国所没有的异国情调的同时,产生了对东方的蔑视,还妄想打着复兴东方文化的旗号,教化、统治"落后的"东方。

芥川从东京帝国大学英语专业毕业,并活跃于日本式的东方主义几近定型的大正时代,通过对西方文化和思想的学习,拥有东方主义二元对立的思考方式,这也是不无道理的。同时,热爱中国古典文化的芥川,在考察"过去中国的伟大"和"现代中国的伟大"中,开始了他的中国之行。结果,

---

① 王平:《后殖民主义视野中的东方学》,《上海交通大学学报(哲学社会科学版)》2005 年第 1 期,第 48 页。

② 萨义德著,王宇根译:《东方学》,生活·读书·新知三联书店 1999 年版,第 103、111 页。

他在"现代的中国"中只看到了中国人的贫穷、不洁与中国的落后景象。值得注意的是,这是基于西方和已实现近代化的日本之政治、学问、经济、艺术所作出的判断。旅途中的芥川也常常以此为准绳。例如,他因苏州与日本的松江相似而喜欢上了苏州。确实,芥川有俯瞰"落后"中国的视线及日本优越论的意识,但他不具有作为"东亚盟主"的日本应复兴中国文化的辉煌这一使命感。而之后,日本使命论在热爱中国古典文化的日本知识分子的言论中常有出现。

二、接受美学和比较文学视角

下面将从接受美学和比较文学的视角,试分析芥川对中国古典的理解和芥川文学中的中国形象。众所周知,姚斯的接受美学在很大程度上起源于伽达默尔的解释学,因此要先简单介绍下伽达默尔的文学解释学理论。伽达默尔特别强调理解的历史性。历史性是人类生存的基本事实。由于作为理解主体的人类和理解的对象都存在于历史中,人类对文本的理解也是历史性的。理解的历史性造成了人类的前见。换句话说,在理解文本的时候,每个读者的脑子都不是一张白纸,而是各自带着海德格尔所说的"前理解"或前见。前见在历史与传统的基础上形成,是人类必须接受的存在。伽达默尔主张,我们并非要完全消除前见,而是要区分合理的前见与错误的前见,扩大促进理解的合理的前见,避免阻碍理解的错误的前见。理解的主体与理解的客体本身就包含不同视野的内容,所以对文本的理解本质上就是不同视野的融合。用伽达默尔的话来说:"理解其实总是这样一些被误认为是独立自在的视域的融合过程。"①因此,对于历史及历史文本的理解就是现在的视野同过去的视野相融合的过程,任何对于古典文学的理解,毫不例外地都带有现代的色彩。伽达默尔在《真理与方法》一书中,关于这点进行了如下的论述:"在对传统的研究中,这种融合不断在出现。因

———————————

① 转引自朱立元:《当代西方文艺理论》,华东师范大学出版社 2014 年版,第 210 页。

此,新的视域和旧的视域不断地在活生生的价值中汇合在一起,这两者中的任何一个都不可能被明确地去除掉。"①

因此,若从文学解释学的视角来考察芥川的中国观,把中国看作一个大的"文本"的话,那么处于复杂的近代中日关系史中的芥川,带着将现实中国理想化为汉诗文中的中国之前见,从而产生矛盾的中国观,暴露出当时日本知识分子普遍拥有的局限性。这从某种意义上来说是理所当然的事情,也是不可避免的。在很长一段时间内,日本知识分子憧憬中国古典文化,并对中国充满敬意。芥川也是其中之一。他自幼崇拜中国古典文化,饱读汉诗文,在心中构建了一个桃花源般的、理想的中国形象。换言之,芥川在理解、认识中国古典文化的时候,并未将目光投向风云变幻的现实中国与当时复杂的中日关系,而是一味地沉溺于汉诗文和南画的世界里,也没有为融合现在的视野与过去的视野而付诸努力,因为在现代中国找不到汉诗文中的中国形象,便开始蔑视、嘲讽、辱骂中国。这或许正是芥川未将现在的视野与过去的视野融合,单方面地消除现在的视野而导致的。关于前见,芥川自身似乎也有一定程度的了解。吉田精一在《关于〈秋山图〉》中分析道:"芥川认为艺术最终是鉴赏者与创作者的共同劳动。不带成见所获得的艺术的第一印象,与胸怀成见所获得的印象判若两物。与其说理想的艺术形象只存在于鉴赏者的想象中,倒不如说是由于现实在想象中被美化、理想化,才有了接触实物后的失落感。——可以说,他在《记秋山图始末》中发现了这样的艺术观乃至人生观。"②

姚斯继承了伽达默尔的前见和视野融合概念,将其发展为期待视野,开创了接受美学这一全新的领域。接受美学同以往以作家为中心的实证主义文学批评、以文本为中心的形式主义文学批评不同,是重视读者的审美接受与审美经验的新型文学研究范式,产生于 20 世纪 70 年代初的西德。

---

① 转引自乐黛云、陈跃红、王宇根等:《比较文学原理新编》,北京大学出版社 1998 年版,第 84 页。

② 吉田精一:『芥川龍之介』,三省堂 1942 年版。

重视期待视野与审美距离是接受美学的特征。期待视野由基于既成审美经验的、狭义的文学性期待视野和基于以前生活经验的、更广义的生活性期待视野组成。具体来说,期待视野来源于读者所受的教育、社会地位和境遇、生活经验和人生经历、读者的性格、气质和审美趣味,以及人生观、价值观。因此,期待视野不同,读者所追求的阅读客体也不相同。姚斯把文本的阅读过程看作读者的期待视野客体化的过程。若某文本与读者的期待视野一致,便能迅速将其客体化,完成阅读。若不一致,即产生审美距离时,读者只有否定熟知的经验,创造出新的经验,形成新的期待视野,才能理解文本内容。另外,期待视野又分为个人期待视野和公众期待视野。公众期待视野是指在一定历史时期占统治地位的、共同的期待视野,它以隐蔽的方式影响着个人期待视野的形成,并决定着文学接受在一定历史时期内的深度与广度。

从姚斯的理论来看,芥川热爱中国古典文化,在追求理想的中国形象这一公众期待视野及通过读书来了解人生的影响下,形成了独特的个人期待视野。他的个人期待视野是什么样的呢?可以说,芥川追求的中国是一个汉诗文的世界,是一个南画等中国古代艺术构筑的理想的精神世界。芥川在邂逅现实中国这一个“大文本”时,之前的期待视野与现实的“大文本”不相符合,从而产生了审美距离。例如,以上海为代表的中国南方地区与芥川的期待完全不吻合,“中国的气氛比较淡薄”,从而引起了芥川的反感与失望。以北京为代表的中国北方地区与芥川脑海中的理想的中国形象一致,有着“大陆式的气氛”,则唤起了他的留恋与乡愁。然而,我们在芥川的身上却看不到他抛弃以往的期待视野,进而创造出合乎现实“文本”的新视野来鉴赏、认识现实中国的姿态,他一味地禁锢于旧期待视野和心中理想的中国形象,抗拒、蔑视现实的“文本”,最终无法理解现实的中国。憧憬中国古典文化的芥川对现实中国产生幻灭感的背后,流露出了他对中国过剩的、不切合实际的期待。

除了伽达默尔的文学解释学和姚斯的接受美学,笔者将参考王向远《比较文学学科新论》中的“涉外文学研究”,尝试分析芥川文学中的中国形象以及中国人形象。尽管涉外文学这一概念来源于形象学,但其内涵和外延远大于形象学,是王向远独创的概念。它指的是以外国为舞台,以外国人为对象,以外国问题为题材的作品。芥川取材于中国古典的历史小说、《南京的基督》等以中国为舞台的现代小说及《中国游记》即属此类。分析此类作品中的中国形象、中国人形象时,首先要关注文化成见和时空视差。每个作家都属于某个特定的民族、时代、阶级,也就是所谓的特定文化集团,都带有自己的文化成见和意识形态倾向。这些文化成见或多或少都会体现于他们的创作中。因此,生于明治和大正时代的芥川,自然会有当时日本知识分子共有的"中国趣味",以及中日甲午战争后逐渐增强的蔑视中国的情绪。对中国古典文化的热爱与对现代中国现实的蔑视错综交织的中国观,是当时日本知识分子的共同心理。因此,芥川表现出矛盾的中国观,从某种意义上来说也是不可避免的。

除此之外,时空视差也是一个重要的问题。由于涉外文学是以外国问题为题材的文学,本国作家与描写对象之间产生的时间、空间上的距离是无法避免的。这种距离会对作家对于异国、异民族的情感、态度及价值判断产生影响。一般来说,该距离越大,则对于外国描写的写实性和社会性越弱,主观性和审美要素越强。作家常常会利用这种距离来表达自己的理想,主观地描写对外国的印象,或者将其理想化,创作出乌托邦式的文学作品。因此,芥川热爱、敬重与其有着较大距离并少有利害关系的中国古典文化,经常将这些收入作品之中,来表达自己的桃花源志向和"中国趣味"。反之,芥川同现代中国间的距离较小,作品中则会频繁地出现对现代中国的蔑视、偏见及反感。

在时空视差的启发下,笔者想到与芥川相似的、长与善郎的中国观。这在竹内实的著作中略有提及,在此稍作引用:"在相当程度上,日本人至今仍属于那种怀有依恋中国文化的文人情趣的信奉者。中国曾是他们逃避日本现实的去处,也可以成为他们批判自身世界的立足点。……而长与善郎以'满铁'(日本'南满洲'铁路股份有限公司)顾问的特殊身份,多次去中国旅行时,则发现中国文化的基本特征是所谓的'古董文化'。于是,当他沉浸于日本人那种迷恋古董的趣味时,也就对中国文化有了零距离的感受。……因为长与把中国文化的本质断定为'古董文化',他无法共鸣于当时中国的现代青年们改革传统文化的热情。他在中国旅行,就有这样的感受。因此,长与对中国文化的零距离感,同时也就表现为对中国社会现实保持无限大的距离。可以将这种心态,视为日本人对中国怀有兴趣的一种类型。"①参照以上论述,我们不难发现长与善郎有着与同时代的芥川相同的中国观和"中国趣味"。因此,可以认为当时的日本知识分子中普遍存在着这种矛盾的中国观。

三、艺术至上主义的创作态度

艺术至上主义到底是什么呢?《日本国语大辞典》解释为:"艺术至上主义以法国哲学家库辛提出的"l'art pour l'art"(为艺术而艺术)为基础,不允许政治、哲学、宗教等其他文化领域的介入,也不作为实现其他目的的手段而发挥作用,伴随着高度洗练的表现形式及唯美主义倾向。"那么,芥川的创作态度是这样的吗?芥川是否称得上是艺术至上主义者呢?从他毕生的作品及写作生涯来看,答案是肯定的。芥川在《文艺与其他》中开篇明义:"艺术家必须力求作品的完美。否则,服务于艺术便没有任何意义。"②可见,芥川主张艺术的绝对性与完美性。关于芥川留下遗言说感到"漠然的不安"后自杀,三好行雄指出:"恐怕他最大的不安并非来自无产阶级文学的压迫感,亦非对未知新时代的恐惧吧。"③他认为芥川之死是其创作源泉枯竭后的文学性自杀。《戏作三昧》和《地狱变》淋漓尽致地展现了芥川作为艺术至上主义者的姿态。"人生不如波德莱尔的一行诗"(《某傻子的一生》),这句名言也体现了芥川的艺术至上主义。然而,芥川的艺术至上

---

①　竹内实著,程麻译:《回忆与思考》,中国文联出版社 2002 年版,第 244-245 页。

②　芥川龙之介著,高慧勤、魏大海主编,揭侠、林少华、刘立善译:《芥川龙之介全集(第 4 卷)》,山东文艺出版社 2005 年版,第 24 页。

③　三好行雄:『日本文学の近代と反近代』,東京大学出版会 1986 年版。

主义又有所不同，与"为艺术而艺术"的步调并不一致。野寄勉认为："尽管芥川的艺术至上主义倾向十分鲜明，却不赞成'为艺术而艺术'。之所以有这种矛盾态度，是因为他自觉对抗当时已误入歧途的、主张'为人生而艺术'的自然主义文学。"①关于这一点，芥川在《艺术与其他》中明确说明："为艺术的艺术，一步走错就会掉进艺术的游戏论中。为人生的艺术，一步走错就会掉进艺术的功利论中。"②这表明了其既不赞成"为艺术而艺术"，也不赞成"为人生而艺术"的创作态度。

那么，作为艺术至上主义者的芥川到底如何看待艺术和人生的关系呢？三好行雄认为："在芥川龙之介的艺术至上主义中，艺术或人生绝不是单纯的二律背反的选择。芥川没有为了否定人生而选择艺术，而是面对'人生的残渣'而选择了'人生'。"③也就是说，正如"人生比地狱还像地狱"、"我们人类的生活都是黯淡无望的"（《侏儒的话》），以及"坚信任何社会组织都无法拯救我们人类的苦难"（《文艺的，过于文艺的》）描述的那样，芥川尽管认为人生是暗淡无望的，但并未像主张"为艺术而艺术"的唯美派般否定人生，也没有像主张"为人生而艺术"的流派那样，倡导人生的重要性高于艺术。韩小龙深入分析了《戏作三昧》和《地狱变》后，将芥川认为的艺术和人生之关系归纳为"为了艺术的人生"④。从"人生有苦当求乐。人间为死方知生。脱离死苦多平淡。凡人死苦胜仙人"（《仙人》）及"唯因是梦，尤需真活。……要活得无愧于说：此生确曾活过"（《黄粱梦》）等句子中，我们能看到芥川即使直面暗淡无望的人生、丑陋的现实，也不曾否定人生。他归根结底还是通过艺术和读书来体验人生，而且凭借艺术创作来深化对人生的认识。艺术对芥川来说，正是灵魂的救赎之地。

---

① 志村有弘：『芥川龍之介大事典』，勉誠出版 2002 年版。
② 芥川龙之介著，高慧勤、魏大海主编，揭侠、林少华、刘立善译：《芥川龙之介全集（第 4 卷）》，山东文艺出版社 2005 年版，第 24 页。
③ 三好行雄：『芥川龍之介論』，筑摩書房 1993 年版。
④ 韩小龙：《"为了艺术的人生"思想之形成轨迹——从〈戏作三昧〉到〈地狱变〉》，《扬州大学学报（人文社会科学版）》2004 年第 1 期，第 53 页。

　　虽然芥川没有否定人生，但他也没有通过活生生的现实去了解人生。现实对他来说是毫无意义的，所以他对现实漠不关心。如第一节所述，明治末期到大正时代是日本近代史上日新月异的时期。日本通过中日甲午战争和日俄战争，成功加入西方列强的队伍。战争的胜利和巨额的战争赔款促进了日本资本主义的发展，给日本经济带来了显著变化，与此同时也导致了各种各样的社会问题。第一次世界大战时，日本夺取了更多的殖民地和经济利益。大战结束后，世界性的经济危机也危及到了日本。这一系列的社会变迁却并未在芥川的作品中出现。前期的历史小说自不必说，后期的私小说作品中也几乎毫无其踪影。在《中国游记》中，我们也看不到中国各地军阀割据及列强的侵略等极不安定的社会局面。

　　芥川"所有知识当然都是从书里学的，……他为了了解人生而对街上的行人视而不见。为了观察街上的行人他宁愿去了解书中的人生。……他为了了解他们的爱，为了了解他们的憎恶，为了了解他们的虚荣心，除了读书没有其他的方法"[①]。《大导寺信辅的半生》中的这段话鲜明地体现了他通过读书来体验人生及对现实的漠不关心。他想用理智来重构现实，不直接把现实写入作品，而是选择了历史小说这样的形式。王向远在《鲁迅与芥川龙之介、菊池宽历史小说创作比较论》中，阐明了鲁迅和芥川的历史小说间存在着现实性与超现实性、具体性与抽象性的对立构图。也就是说，相对于鲁迅"取古代的事实，注入新的生命，便与现实生出干系来"的创作态度，芥川的创作态度则为"取古代的事实，注入新的生命，便与现代人生出干系来"。作为艺术至上主义者的芥川，视作品的完美为创作的绝对价值，"为了最有力地艺术性地表现主题"，而选择了历史小说这样的形式，不像鲁迅那样关心现实。另外，"鲁迅的历史小说大都与当时的具体社会问题紧密相连，而芥川的历史小说则力图在超现实中追求一种跨时代、跨

---

　　① 芥川龙之介著，高慧勤、魏大海主编，宋再新、杨伟译：《芥川龙之介全集（第4卷）》，山东文艺出版社 2005 年版，第 512 页。

民族的全人类共通的抽象意义与普遍主题"①。于是,江口涣认为豁达的理智和精炼的幽默奠定了芥川文学的基调,芥川始终伫立于生活之外静观旋涡,因此把芥川界定为人生的旁观者。菊池宽也认为芥川"用银镊子翻弄人生"。另一方面,自然主义作家们也激烈地批评了芥川忽视现实的创作态度,比如,"没有直接用诚心面对现实","他的作品中看不到雄浑的气魄和深沉的心灵。他作品的唯一趣味,只不过是从无限大的人生中截取少许片段,巧妙地将其画面化而已"②,等等。

如前所述,学者们否定《中国游记》的原因在于芥川对现代中国的现实状况漠不关心,未能捕捉到现代中国的实情。的确如此,即使芥川在与中国著名政治家的见面时,也丝毫没有显露出对现实中国的关切。而芥川与李人杰、章炳麟的会面是少数学者积极评价《中国游记》的原因,笔者以为这似乎不妥。因为这些会面是大阪每日新闻社上海分社的村田孜郎等人安排的,而且芥川不了解这些政治家,似乎也不想去了解他们的主张。例如,会见郑孝胥时,他说:"当时令我头脑发热的原因,除了我轻浮的裹性之外,现代的中国也的确是应该负一半的责任的。如果有人认为此话不实的话,不妨请他自己去中国看一看。必定在一个月之内,便会莫名其妙地产生出议论政治的强烈欲望来。……虽然并没有人要求我如此,但我的头脑里却一直在思考着那些与艺术相比要低俗得多的政治问题。"③横光利一来中国前去拜访芥川,芥川曾跟他抱怨说在上海时为政治的事情而头疼。会见章炳麟时,章炳麟"滔滔不绝地阐述着炯见。而我……只是觉得很冷。……我一边洗耳恭听着,一边不时地抬头望着墙壁上悬挂的那只鳄鱼,暗自思量着与中国问题风马牛不相及的事情。"④从这些证据来看,我们可以

---

① 王向远:《鲁迅与芥川龙之介、菊池宽历史小说创作比较论》,《鲁迅研究月刊》,1995 年第 12 期,第 44-
② 转引自三好行雄:「芥川文学の肯定と否定——同時代の評価から」,『国文学』1966 年 14 号。
③ 芥川龙之介著,秦刚译:《中国游记》,中华书局 2007 年版,第 32 页。
④ 同上,第 27-28 页。

感到芥川对现代中国政治的反感和对现代中国现实的漠不关心。会见李人杰时，芥川说："我对中国的艺术感到失望。我所见到的小说和绘画中，还没有值得一提的作品。……除了作为宣传之手段之外，是否有余力顾及一下艺术？李氏答：几近于无。"①从这一节中，也能窥见芥川对艺术沦为政治宣传手段的担心，以及主张艺术从政治中独立出来的态度。

芥川对现代中国漠不关心，另一方面却追求着由汉诗文和南画构筑的理想的中国形象，即如同他精神的安息地和灵魂的救赎地的、桃花源般的中国形象。然而，当无法从现实的中国找到理想的中国形象时，他意识到现实的中国只是"俗世的延伸"，便加强了对现代中国的蔑视。因此，单援朝认为，"芥川常常把书中的'中国'放在现实和自我之间，不得不以此为基准来评判现实，因此，梦想与现实较量的图式便无可避免。"②也就是说，芥川以对待艺术的方式来对待现实的中国，而且已形成以审视艺术的姿态来看待现实社会的思考方式。如此一来，现实对他来说就毫无意义。总而言之，作为艺术至上主义者的芥川一味地关注书本中的中国，却对现实的中国毫不在意。

诚然，关于近代日本知识分子中国观的研究有着重要的研究价值。这是因为日本近代的大多数知识分子都是侵华战争的倡导者、鼓吹者、推进者、拥护者，他们错误的中国观给中日两国人民带来了惨痛的悲剧。对于芥川热爱中国古典文化，却蔑视现代中国的这种矛盾的中国观的研究，其意义非凡。因为这不仅具有明确中国古典文学对芥川的影响及在芥川的作品中所处位置这一文学研究方面的价值，还具有通过研究产生于中日甲午战争到九·一八事变这一时期的芥川的中国观，从而理解该时期全体日本知识分子及普通民众的中国观这一史学研究方面的价值。

---

① 芥川龙之介著，秦刚译：《中国游记》，中华书局 2007 年版，第 47 页。
② 单援朝：「芥川龍之介『支那遊記』の世界——夢想と現実との間」，『国語と国文学』1991 年 9 号。

　　基于这种思考,本章分析了芥川矛盾的中国观之表现和原因。第一节叙述了中日甲午战争、义和团运动、日俄战争、"二十一条"的签订、五四运动等在芥川一生中发生的当时中国社会的变迁,当时占主导地位的脱亚论中国观、兴亚论(亚细亚主义)中国观、侵略论中国观等历史背景,并对芥川唯一的海外旅行——中国之行的背景和行程加以说明,引出芥川在此背景下形成的矛盾的中国观。第二节首先从芥川的"中国趣味"入手,梳理了芥川的阅读经历,从他对《水浒传》、汉诗文、《聊斋志异》等的评论中,发现了他对中国古典文学的浓厚兴趣;接着又总结了他对中国书画、京剧等古代艺术的喜好及五类作品中的中国形象,展示了他对中国古典文化的高深造诣和热爱之情。第三节首先重点介绍了《中国游记》的成书和主要内容,以及中日学界长久以来对此书的负面评价和一些中国作家的驳斥,然后举例说明了《南京的基督》《湖南的扇子》等蔑视、误解中国现实的作品,强调了热爱中国古典文化却蔑视现代中国现实这一矛盾的中国观并非芥川一个人的问题,亦非暂时性的问题,而是明治末期至昭和时代的日本知识分子的共同心理。第四节主要从萨义德的东方主义、姚斯的接受美学、艺术至上主义的创作态度等视角,探究了贯穿芥川一生的、矛盾的中国观的其他成因。

　　比较文学和文学理论、文学史、文学批评一样,是文学研究的一个重要领域。比较文学以跨民族、跨语言、跨文化、跨学科的文学关系为研究对象,主要研究方法有法国学派的影响研究、美国学派的平行研究、中国学派的阐释研究等。本章有意识地采取了影响研究的方法,因为芥川是一位较多地受到中国文学影响的作家,他的作品里也经常出现中国人和典型的中国意象。本章第二、三节关于芥川如何受到中国古典文化和现实中国的影响,受到了哪些影响,这些影响又是如何体现在他的作品中等一系列问题,进行了详细的论述。

　　除了影响研究,笔者还参考了东方主义、文学解释学、接受美学等与比较文学理论密切相关的当代文艺理论,来探究芥川矛盾的中国观之成因。第四节首先援引萨义德的东方主义,揭示了芥川的"中国趣味"之真面目和他二元对立的思考方式。芥川从优势文化的立场出发,以西方和日本为基准,视现代中国为落后的国家。他虽未主张日本应担负起复兴中国文化的日本使命论,但他一系列蔑视中国的言论形成的日本优越论,在某种程度上为之后日本发动的侵华战争提供了根据。另一方面,笔者参考伽达默尔的文学解释学和姚斯的接受美学,承认了芥川将现实中国理想化为汉诗文中的中国,拥有错误的前见、期待视野及矛盾的中国观——这从某种程度来说是无法避免的,同时也批评了芥川未将现在的视野和过去的视野相融合,当过去的期待视野不符合现实中国这一"文本"时,他没有创造出新的视野来认识现实中国。此外,还从艺术至上主义的视角出发,阐明了他对日本和中国的现实都漠不关心的创作态度。

第四章 高潮与低谷并存
——在华译介论

第一节 芥川文学在华译介九十年之反思
——从接受美学出发

芥川有"鬼才"之誉,是日本现代文学史上少有的一流作家,也是世界短篇小说巨匠。他以短暂的 35 年生命(1892—1927),留下了 148 篇小说、55 篇小品文、66 篇随笔及大量的评论、游记、札记、诗歌等。芥川的《罗生门》和《鼻子》早在 1921 年就由鲁迅翻译介绍到中国,并在 20 世纪二三十年代形成其作品译介的第一次高潮。日本发动侵华战争后,他的作品翻译逐渐减少。中华人民共和国成立后的头 30 年由于被看作资产阶级作家,其作品的译介也不见踪迹。直到改革开放之后,芥川的作品才又被大量译介,形成了第二次译介高潮。

在这两次译介高潮中,译者起着非常重要的作用。因为译者在翻译活动中兼具两重身份:既是原文文本的读者,又是译文文本的创造者。他们既有自身的审美诉求,很难避免既有的先见对译本选择和翻译策略的影响,又要考虑到读者的期待视野和审美层次,因此我们有必要从接受美学的角度考察一下芥川龙之介的作品在华九十多年的译介史。

一、鲁迅的首译

王向远教授在《二十世纪中国的日本翻译文学史》前言中指出,译本的历史地位一般由三个条件决定：原作是名家名作，译者是名家，名家名作名译中首译本特别重要。由此看来，鲁迅对芥川龙之介的首译具有重要的研究价值。那么，鲁迅为什么要选择翻译芥川的作品呢？一般来说，译者选题的内在因素与自身的思想倾向、审美趣味有关，外在因素则受时代背景、社会环境、出版走向等制约。

先看当时的社会文化大背景。中国近现代翻译史是在鸦片战争后，先进知识分子积极引进西方文化的大背景下拉开序幕的，一开始便有明显的功利性。鲁迅等新文化运动先驱在梁启超的影响下，非常重视翻译改变国民素质的作用。他引进厨川白村是为了批判中国传统文化，翻译《域外小说集》，介绍东南欧弱小民族的呻吟和呐喊是为国人注入反抗思想，而《罗生门》和《鼻子》则注重揭露与生俱来的利己主义，表达了对整个世界的悲观态度，这跟鲁迅进行思想启蒙、改造落后国民性的目的似乎相去甚远。

再看译者的审美趋向。五四运动后乃至 20 世纪 20 至 30 年代，中国文坛的主导倾向是主张文学为"人生"服务的。这不同于五四运动以前翻译中的功利主义，在他们看来"文学是手段，同时文学本身也是目的。他们对日本文学的选择还是以文学为本位的"[1]。

以此推之，鲁迅当时应该很推崇芥川作品的文学价值，但鲁迅在《鼻子》的"译者附记"中却对芥川颇有微词——"不满于芥川氏的，大约因为这两点：一是多用旧材料，有时近于故事的翻译；一是老手的气息太浓厚，易使读者不欢欣。"其中的"旧材料"是指取材于日本的旧传说，鲁迅认为"作者只是给他换上了新装，篇中的谐味，虽不免有才气太露的地方，但和中国的所谓滑稽小说比较起来，也就十分淡雅了"[2]。所谓"老手的气息太浓"是指芥川小说的哲理性太强，过于抽象，难以理解。显然，鲁迅不满于芥川把创作当成对抽象哲理的探求。

---

① 王向远：《二十世纪中国的日本翻译文学史》，北京师范大学出版社 2001 年版，第 44 页。

② 鲁迅：《鲁迅全集：第 10 卷》，人民文学出版社 1981 年版，第 231 页。

由此看来，鲁迅当初选择翻译芥川的作品既不符合时代潮流，也不能体现自身的审美趣味。然而，值得注意的是在《鼻子》的"译者附记"中，鲁迅是以"日本新兴文坛中一个出名的作家"来介绍芥川的，所以鲁迅翻译芥川是源于其在日本的声誉，而所选的两篇作品恰好也是芥川早期最有代表性的作品。

《鼻子》译出后，发表于 1921 年 5 月 11 日—13 日的《晨报副镌》，一个月后《罗生门》译出，发表于 6 月 14 日—17 日的《晨报副镌》。在《罗生门》的"译者附记"中，鲁迅对芥川的评价有所提高。1923 年鲁迅将这两篇译文收入与周作人合译的《现代日本小说集》，并在附录的《关于作者的说明》里将两篇贯通起来，重新评价了芥川的创作特色。鲁迅说，芥川的作品"多用旧材料，有时近于故事的翻译。但他的复述古事并不专是好奇，还有他的更深的根据：他想从含在这些材料里的古人的生活当中，寻出与自己的心情能够贴切的触著的或物，因此那些古代的故事经他改作之后，都注进新的生命去，便与现代人生出干系来了"①。

直到此时，鲁迅对芥川的评价才真正符合了作者的创作风格。他后来一直关注芥川，多次求购、搜集芥川的作品。1927 年 7 月芥川去世后，鲁迅、夏丏尊等译的《芥川龙之介集》于同年 12 月由上海开明书店出版。1930 年，鲁迅在他创办的《文学研究》上，请翻译家韩侍桁翻译了日本评论家唐木顺三执笔的《芥川龙之介在思想史上的位置》，并将其发表在刊物的创刊号上。据增田涉回忆，鲁迅曾在芥川的《中国游记》遭到非议时为其辩白："芥川写的游记中讲了很多中国的坏话，在中国评价很不好。但那是翻译者的做法不当，本来是不该急切地介绍那些东西的。我想让中国的青年再多读些芥川的作品，所以打算今后再译一些。"②

为什么鲁迅对芥川的态度会由不满、批评转为肯定、维护呢？有学者

---

① 鲁迅：《鲁迅全集：第 10 卷》，人民文学出版社 1981 年版，第 226 页。

② 增田涉著，钟敬文译，陈秋帆校：《鲁迅的印象》，湖南人民出版社 1980 年版。

认为这与鲁迅本人受了芥川的影响有关。[1] 1922 年 12 月鲁迅发表了他的首篇历史题材小说《不周山》,至 1935 年又陆续写了 8 篇同题材小说,编成《故事新编》一书,他的创作明显受到了芥川历史题材小说的启示。他们都是借用传统题材进行艺术再创作,通过想象和虚构传达自己的生活体验和思想认识。同时,鲁迅的接受过程也说明他的审美经验、期待视野与芥川的作品最初是不一致的,但是鲁迅通过翻译和写作扩展了自己的视野,跨越了先见,达到了自我视野和芥川视野的融合,从而重新发现了自我和他者。

二、第一次译介高潮

接受美学认为,当读者发现作品与自己的审美经验基本一致或相近时,则会顺利接受该作品;反之就会抵制接受该作品。芥川作品在 20 世纪二三十年代的接受情况也可分为两类:顺利接受和抵制接受。下面先看前者。

继鲁迅之后,夏丏尊从芥川的《中国游记》中选译了部分章节,命名为《芥川龙之介氏的中国观》,发表于 1926 年 4 月号的《小说月报》。文中表达了芥川访华后中国梦的破灭,以及对心仪已久的中国现状的不满和失望。夏丏尊对芥川的"讥诮"深有同感,恨不能借此文猛催国人警醒。在"译者题记"中他表示:"平心而论国内的实况,原是如此,人家并不曾妄加故意的夸张,即使作者在我眼前,我也无法为自国争辩,恨不得令国人个个都阅读一遍,把人家的观察做了明镜,看看自己究竟是什么一副尊容!"[2]夏丏尊似乎意犹未尽,后又翻译了芥川回国后创作的、对中国有讽刺意味的小说《湖南的扇子》,刊载在《小说月报》1927 年 9 月的芥川专辑上。该小说与《秋》《南京的基督》和那篇游记同收于开明书店出版的《芥川龙之介集》,其中 3

---

① 秦刚:《现代中国文坛对芥川龙之介的译介与接受》,《中国现代文学研究丛刊》,2004 第 2 期,第 248 页。

② 夏丏尊:《芥川龙之介氏的中国观》,《小说月报》,1926 年第 4 期,第 1 页。

篇都属于芥川的中国题材作品。

接受美学认为学校教育、流行刊物及批评舆论都会对读者的接受产生或多或少的影响。从鲁迅为《中国游记》辩解的话中可以看出,夏丏尊的这些译文对中国读者形成对芥川的先见的确产生了重要影响。然而,真正震动中国文坛的是1927年7月芥川自杀的消息,当时各文学期刊纷纷登文纪念。其中最有代表性的是《小说月报》。

《小说月报》1927年9月号上推出了《芥川龙之介专辑》,对芥川作品的译介相当全面而系统,共收录"创作十篇、小品四篇、杂著两种",其中很多篇目都是芥川最有代表性的作品。专辑前面还有郑心南的评介文章《芥川龙之介》。郑心南对专辑中的译作进行了分析,并且高度评价了芥川晚期作品《河童》的艺术成就。专辑中译作最多的谢六逸在《隽语集》正文之前写下的一段附记中,对芥川不惜赞美之词。这些肯定性评价无疑对芥川作品的译介和传播起到了促进作用。另外,专辑似乎偏重于芥川中期的创作,十篇小说中有两篇是以现代中国为背景的,此外,四则小品都取材于中国的历史或现实。这种倾向一定程度上体现了编者和译者的个人喜好,另一方面也可能是考虑到容易引起中国读者从外国作家笔下反观自身的兴趣,便于中国读者理解和接受芥川作品的艺术特色。

期刊对芥川作品的大量译介直接推动了作品集的出版。1928年7月,北平文化学社出版了汤鹤逸选译的《芥川龙之介小说集》。译者有意避免与开明书店版的鲁迅等人翻译的《芥川龙之介集》重复,所选篇目不一定为代表作但多为首译,并且为了使中国读者多方面了解芥川,选择了芥川不同风格的作品。1928年8月,黎烈文翻译的《河童》由商务印书馆出版,此书后来一版再版,深受读者欢迎。

这些顺利接受的译者都对芥川的作品有强烈共鸣,从艺术的角度对芥川的艺术成就由衷赞美。他们的审美经验和期待视野与芥川的作品是一致的。再看芥川译介中的抵制接受。

1931年,冯乃超用笔名冯子韬翻译的《芥川龙之介集》在上海中华书局出版,1934年再版。在"译者前言"里,冯乃超不遗余力地讽刺挖苦芥川,

"他耸动了中国文坛的注意,大约是他的自戕而不是他的作品吧","他的作品是表现某种性格在某种环境中如何发展的记录,换到历史小说上来说,就是一时代特色的记录。的确像他有自知之明一样,也许有人因读他的作品而打呵欠呢"①。不可否认,冯乃超之所以否定芥川,是因为二人的世界观和文学观存在着差异。在当时的日本,芥川已作为落后于时代的文学标本,遭到了普罗文学阵营的批判,而冯乃超本人也是站在左翼文学的立场上,反对芥川以自我表现为中心的艺术至上主义。冯乃超之所以选译《河童》和《一个傻子的一生》,是因为这两篇小说可以体现自己的文学主张,而《母亲》和《将军》都以中国为背景,与早期无产阶级反战文学有很多相似之处。②

　　芥川《中国游记》中对中国现实的批判,引起了一些接受者的反感。韩侍桁写了《现代日本文学杂感》一文,表达了对《中国游记》的强烈不满:"说来也奇怪,我自从看过芥川氏的《中国游记》后,我总对于他不抱好感,及至再一看他的出世作品《鼻子》与《罗生门》,我对于这位作家的艺术良心就根本起了疑问了。"③"九一八"事变后,中日关系日益紧张,因此这些批判言论就更能被接受。丁丁的文章《芥川龙之介的中国堕落观》(《新时代》1933 年1 月)认为《中国游记》充满了鄙视、厌恶和讽刺。巴金也发表了《几段不恭敬的话》(《太白》1935 年1 月),强烈表达了对芥川中国观的不满,甚至把现代日本文学也批得一无是处。

　　从这里可以看出,对芥川作品的抵制接受首先与时代背景有关,日本发动侵华战争,使读者对芥川尖锐的不恭之词变得非常敏感;其次是接受者审美经验与芥川的作品之间存在距离;再者是接受者期待视野的变迁,以及救亡图存的时代使命把无产阶级革命文学推到了时代的最前沿,人生

---

　　①　芥川龙之芥著,冯子韬辑译:《芥川龙之介集》,中华书局 1934 年版,第 1、4 页。
　　②　秦刚:《现代中国文坛对芥川龙之介的译介与接受》,《中国现代文学研究丛刊》,2004 年第 2 期,第 259、260 页。
　　③　韩侍桁:《文学评论集》,现代书局 1934 年版,第 19 页。

的现实需求压倒了一切,从而使一些中国读者远离了芥川构筑的个人观念世界。此后,由于政治,对芥川作品的译介日渐稀少,很少有单行本出现,多是在译文集、丛书里零星显现。20 世纪 40 至 60 年代,芥川龙之介似乎淡出了人们的视野。

三、第二次译介高潮

每一代读者都会重写文学接受史。读者的期待视野和审美经验会因时间的流逝、体验的加深、时代的变迁而变化,读者需要不断与新的译本会合。走过了多年文化禁闭的寒冬,终于迎来了改革开放后芥川作品译介的第二个春天。

1. 20 世纪 80 年代的翻译

老翻译家楼适夷翻译的《芥川龙之介小说十一篇》于 1980 年由湖南人民出版社出版。这是改革开放后公开出版的第一种芥川译本,其中多半是历史题材小说。译者在"译后记"中说:"我对这位作家的作品读过一些,但不全面,平素也无深入的研究,但他在初中期写的一些历史题材的短篇,却深深吸引了我。"因此译者选的都是自己喜爱的篇目,翻译这些作品不是为了出版,而是为了逃避痛苦和与友人交流。

无独有偶,1981 年人民文学出版社出版了由文洁若、吕元明、文学朴、吴树文等翻译的《芥川龙之介小说选》。书中选入小说多达 45 篇,几乎包揽了芥川的代表作品,但所选篇目也是以历史题材居多,没有收录一般日本版集多选的《西方的人》等基督教题材小说。显然,译者考虑到了当时的时代背景与读者的接受心理。同年,文洁若编选的《日本短篇小说选》(人民文学出版社版)收录了吕元明译的《罗生门》和自译的《戏作三昧》。高慧勤 1983 年编的《日本短篇小说选》(中国青年出版社版)选录了吕元明译的《地狱图》。1982 年第一本研究译介日本文学的季刊《日本文学》创刊,第二期就刊出了《芥川龙之介专集》,发表了《海边》等 4 篇新译作,还有文洁若、仰文渊的评论,新时期的芥川文学研究开始起步。

2. 20 世纪 90 年代的翻译

1997 年漓江出版社出版了林少华等人翻译的小说集《罗生门》,共收录芥川小说 11 篇及随笔《侏儒警语》。林少华在"译本序"中写道:"芥川确是一颗奇星,一颗放射奇光异彩的哈雷。……《罗生门》以风雨不透的布局将人推向生死抉择的极限,从而展示了'恶'的无可回避,第一次传递出作者对人的理解、对人的无奈与绝望。"①从这篇序可以看出,中国接受者对芥川的认识达到了一个新的高度。

1998 年南京的译林出版社出版了《罗生门——中短篇小说集》,大部分译文是旧译。20 世纪 90 年代规模最大的中文选本要数叶渭渠主编的《芥川龙之介作品集》,1998 年由中国世界语出版社出版,共上下两卷。小说卷收入了楼适夷的《芥川龙之介小说十一篇》和人民文学出版社的《芥川龙之介小说选》的部分译文,近 20 篇译文为新作。散文卷由李正伦等翻译,有文艺札记、游记、日记、小品、杂感等 35 篇,绝大多数都是首译。另外,不少丛书和作品选中也收有芥川龙之介的部分作品。

3. 21 世纪的翻译

21 世纪初,不同版本的芥川作品译本层出不穷,老一辈翻译家楼适夷、文洁若、高慧勤等人的译作被不同出版社一版再版。除此之外,新译作也不断面世。最令人瞩目的是,2005 年山东文艺出版社出版的由高慧勤、魏大海主编的《芥川龙之介全集》,开创了日本作家个人全集的翻译出版新纪元。《全集》共五大卷,近 300 万字,由高慧勤、魏大海、林少华等 15 位日本文学研究界的专家集 5 年之力翻译而成。

《中国游记》(包括《上海游记》《江南游记》《长江游记》《北京日记抄》《杂信一束》)现在也有了中文单行本,由陈生保、张青平译出,作为北京十月文艺出版社"大家小书·洋经典"丛书之一于 2006 年出版。此外,中华书局 2007 年也出版了秦刚翻译的《中国游记》。就译本总体来看,陈译本

---

① 芥川龙之介著,林少华、陆德、林青华等译:《罗生门》,漓江出版社 1997 年版,第 1 页。

和秦译本都是质量较高的全译本,都以标准的现代汉语译出,行文流畅,译文准确。两个译本都添加了大量的注释,而且进行了不同程度的勘误,指出了多处日文底本的错误。

芥川作品的第二次翻译热潮与我国政治、经济、文化的不断发展密不可分。政治上邦交正常,经济上对外开放,文化上对外交流,意识形态上对译者的思想禁锢逐渐解除,译者个人的美学追求在译本选择中发挥着主导作用。与此同时,读者的期待视野大大拓展,了解世界各个民族的优秀文化成了时代的主旋律之一。读者的审美经验不断丰富,审美层次得到提升,他们也期待着不同于以往的文学作品的问世,所以对读者文学涵养要求比较高的芥川作品受到越来越多人的欢迎。

四、结　语

文学接受过程是一个不断建立、改变、修正、再建立期待视野的过程。[①]正是鲁迅和第一次译介高潮中先驱们的译介和他们的先见,使芥川龙之介的作品被中国读者理解成为可能。伽达默尔有个著名的隐喻:理解活动乃是个人视野与历史视野的融合。视野描绘出了我们在世界中所处的位置,我们也正随着视野去理解世界,所以直到第二次译介高潮,解释者的先见和被解释者的内容融合在一起,才真正实现了对芥川作品的理解。总之,芥川龙之介在中国九十多年的译介历程,一方面足可以见证芥川作品的艺术魅力,另一方面也可以看到中国译者和读者期待视野的变迁与审美层次的提升。

---

① 　金元浦:《接受反应文论》,山东教育出版社 1998 年版,第 11 页。

第二节　《罗生门》在中国的译介与传播

《罗生门》是芥川登上文坛的处女作（之前也有《大川之水》《老年》等习作发表），创作于 1915 年 9 月，发表于同年 11 月份的《帝国文学》上。这部小说叙述了一个因失业而走投无路的仆人在罗生门上遇到一个拔死人头发的老太婆，听了她利己主义的解释后，从而坚定了做盗贼的决心这一心理过程。小说取材于日本古代故事集《今昔物语集》，但是芥川在原作的主要情节和人物的基础上，将自己巧妙的布局、新颖的构思、精湛的描写技巧融入其中，可以说是对原作脱胎换骨的升华。小说成功地描绘出主人公心理变化的全过程，尖锐地暴露出人类处于绝境时的自私本性。这部小说结构严谨，安排得当，结局的处理耐人寻味，而且叙事技巧高超。另外，对于人物言行和外貌的描写也非常出色、传神，例如对两个主人公行动和外貌的动物式比喻，就使人物形象更加鲜明、生动。总之，《罗生门》是一部主题深刻、技巧超群的小说。因此，《罗生门》虽然是芥川早期的作品，但在其全部作品中是有着巨大影响力的代表作。它不仅经常出现在芥川的选集和日本中学语文课本上，在日本国内广为人知，而且随着黑泽明的同名电影《罗生门》（实际上取材于芥川的另一部作品——《竹林中》）获得 1951 年度奥斯卡最佳外语片奖，它的名声已经走向世界。

一、鲁迅的首译

正因为《罗生门》拥有无与伦比的艺术魅力和影响力，所以它作为芥川的代表作被翻译为多国文字，仅中文译本就有 20 种之多，这在中国的日本近现代小说翻译史上是罕见的。而且这部小说在中国的日本近现代小说翻译史上两次高潮的初始阶段就被率先翻译，对芥川其他小说的翻译起到了引领的作用。最早翻译《罗生门》的是鲁迅。他于 1921 年 5 月翻译了《鼻子》之后，又在同年 6 月 14 日—17 日的《晨报副镌》上发表了《罗生门》，并在"译者附记"里写道:"芥川氏的作品,我先前曾经介绍过了。这一篇历史的小说(并不是历史小说),也算是他的佳作,取古代的事实,注进新的生命去,便与现代人生出干系来。"①1923 年,鲁迅把《鼻子》和《罗生门》这两篇译文收在他与周作人合编的《现代日本小说集》(上海商务印书馆 1923 年版)里,并在《关于作者的说明》里对芥川作品的主题及其"历史的小说"的特色做了进一步阐释。而译文在《晨报副镌》连载时,芥川恰好以大阪每日新闻社海外特派员的身份在中国旅行、采访,而且于 6 月中旬到达北京。丸山昏迷在此期间曾经陪同过芥川,丸山在关于《现代日本小说集》的书评中说,芥川在访华期间读过《晨报副镌》上的《罗生门》译文(《背景周报》1923 年 81 号)。但在芥川的《中国游记》中找不到相关的记述。不过,芥川于 1925 年 3 月在《新潮》上发表了《日本小说的中国译本》一文。文中称赞道:"至于翻译水平,以我的作品为证,译得十分准确,且地名、官名和器具的名称等,都认真地附有注释。……这本小说集(指《现代日本小说集》)比之目前日本流行的西方文艺译著,也绝不逊色。"②不过,芥川却将这两篇译文的译者误认为是周作人,至于他是否见到了鲁迅,现在还不能肯定。③ 鲁迅的这两篇译文问世六年之内,芥川的小说没有再度被译为中文。1927 年 7 月 24 日芥川自杀以后,中国文学界才兴起了翻译、评论芥川作品的热潮,详情请参照王向远的《芥川龙之介与中国现代文学——对一种奇特的接受现象的剖析》和秦刚的《现代中国文坛对芥川龙之介的译介与接受》。鲁迅译文的最大特色就是直译色彩鲜明,详情请参见本章第三节。

二、改革开放后的译介与传播

正如《罗生门》的翻译引发了 20 世纪二三十年代芥川小说译介的第一

---

① 鲁迅著:《鲁迅全集:第 10 卷》,人民文学出版社 1981 年版,第 252 页。

② 芥川龙之介著,高慧勤、魏大海主编,罗兴典、陈保生、刘立善译:《芥川龙之介全集(第 3 卷)》,山东文艺出版社 2005 年版,第 439-440 页。

③ 芥川在京期间,会见了胡适、辜鸿铭等文人,没有遇到在西山养病的周作人。

次高潮那样,芥川小说译介的第二次高潮也是从《罗生门》开始的。1976 年
4 月—6 月,老翻译家楼适夷翻译了《罗生门》等 11 篇小说,当时他只把翻
译芥川小说"作为逃避现实,逃避痛苦的一种手段",没有想到出版。1980
年 5 月湖南人民出版社为他出版了这部《芥川龙之介小说十一篇》,并把
《罗生门》置于开篇处,而 1982 年湖南人民出版社再版这本书时,用"罗生
门"作了书名,副题是"芥川龙之介小说十一篇"。在这本书的"书后"部分,
楼适夷称赞芥川道:"他是一位才华洋溢,学力丰厚,思想深刻,气品高迈,
文字清丽,在艺术琢磨上颇有功力的作家。"并提到自己曾参考过鲁迅的
《罗生门》译文。楼译《罗生门》的最大特色是简洁流畅,漏译较多,这也许
与楼适夷的作家风格有关。他不仅漏译了某些句子成分,还经常省略连
词,把几句话连在一起,从而使语气连贯,给人一种一气呵成的感觉。典型
的例子如下,为了对比,笔者也把鲁迅的译文放在一起。

原文:
　すると、老婆は、見開いていた目を、いっそう大きくして、じっとその下
人の顔を見守った、まぶたの赤くなった、肉食鳥のような、鋭い目で見た
のである、それから、しわで、ほとんど、鼻と一つになったくちびるを、何
か物でもかんでいるように動かした、細い喉で、とがった喉仏の動いてい
るのが見える、その時、その喉から、鴉の鳴くような声が、あえぎあえぎ、
下人の耳へ伝わってきた。①

楼:
　于是,老婆子眼睛睁得更大,用眼眶红烂的肉食鸟一般矍铄的眼光盯
住家将的脸,然后把发皱的同鼻子挤在一起的嘴,像吃食似的动着,牵动了

---

　　①　芥川龍之介:『芥川龍之介集』,河出書房 1967 年版。

细脖子的喉尖，从喉头发出乌鸦似的嗓音，一边喘气，一边传到家将的耳朵里。①

鲁：

老妪更张大了圆睁的眼睛，看住了家将的脸；这看的是红眼眶，鹰鸟一般锐利的眼睛。于是那打皱的，几乎和鼻子连成一气的嘴唇，嚼着什么似的动起来了。颈子很细，能看见尖的喉结的动弹。这时从这喉咙里，发出鸣叫似的声音，喘吁吁地传到家将的耳朵里。②

通过以上比较，我们发现楼译不仅省略了"見開いて""ほとんど""見える""その時"等词汇，还把原文的五句话连成一句，都作为主语"老婆子"的言行而统一起来，从表面的言行突出了老太婆内心的剧烈变化。

1981年人民文学出版社将文洁若、吕元明、文学朴、吴树文四人翻译的《芥川龙之介小说选》作为"日本文学丛书"之一出版发行。全书收录芥川有代表性的小说45篇，共40余万字，基本上反映了芥川小说的面貌和艺术特色。其中《罗生门》是吕元明翻译的。这个译本比较完整，基本上没有漏译，而且比较通顺。在文洁若写的序言里，她引用《某傻子的一生》中的《尸体》一节，说明芥川为了写罗生门上的尸体，曾专程到医科大学的解剖室去参观，以此证明了"芥川很重视细节的真实，字字句句苦心孤诣，一丝不苟"。

1991年上海译文出版社出版了吴树文翻译的芥川小说选集——《疑惑》。这是一个收录小说20篇，共14万字的小册子，前面附有芥川的照片及他自杀后的相关报道。吴树文的《罗生门》译文也比较流畅，而且附有多

---

① 芥川龙之介著，楼适夷译：《芥川龙之介小说十一篇》，湖南人民出版社1980年版，第5页。

② 北京鲁迅博物馆编：《鲁迅译文全集》（第2卷），福建教育出版社2008年版，第92页。

幅插图。他没有像鲁迅那样为日本固有的词汇添加注释，而是对"羅生門"
"市女笠""揉烏帽子""鴟尾""火桶""聖柄の太刀"进行画图说明，并且书中
为仆人抓老太婆及夹老太婆的衣服逃跑这两个场面制作了精美的插图。
这些插图为译文锦上添花，无疑有助于读者更加形象地理解芥川的这篇
杰作。

　　1997 年漓江出版社出版了林少华等人翻译的小说集——《罗生门》。
全书篇幅不大，只有 11 万多字，共收录芥川小说 11 篇及随笔《侏儒警语》。
林少华在"译本序"里以优雅的笔调写道："芥川确是一颗奇星，一颗放射奇
光异彩的哈雷。……《罗生门》以风雨不透的布局将人推向生死抉择的极
限，从而展示了'恶'的无可回避，第一次传递出作者对人的理解、对人的无
奈与绝望。"①并且提到以这几篇译文来纪念他的导师王长新先生，因为王
长新先生生前最喜欢芥川的作品。林少华的译文归化程度较高，详情请参
见本章第三节。

　　1998 年湖南文艺出版社出版了聂双武译的《芥川龙之介短篇小说选》。
全书共 31 万字，收录小说 36 篇。聂双武翻译的《罗生门》虽然比较准确，但
有的句子冗长、啰唆，有拖泥带水之感。2003 年华夏出版社出版了文洁若
等人翻译的题为《罗生门》的芥川小说集，前面附有与 1981 年《芥川龙之介
小说选》相同的序言。文洁若翻译的《罗生门》也很流畅，美中不足的是有
几处译文口语色彩浓厚，不符合原文的语言风格。例如，"抽冷子拔刀出
鞘""咀嚼似的吧嗒着""嗓窝儿""听着的当儿"等字句。尤其是老太婆以下
的话："可不是呢，薅死人头发这档子事儿，也许是缺德带冒烟儿的勾当。
可是，撂在这儿的死人，一个个都欠这么对待。"②这句话的语气不像是日本
平安朝的老太婆的，而与我国北方地区的语言习惯非常相似。

　　2000 年延边人民出版社出版了方洪庆翻译的《芥川龙之介经典小说》，

　　①　芥川龙之介著，林少华、陆德、林青华等译：《罗生门》，漓江出版社 1997 年版，
序言第 2-3 页。
　　②　芥川龙之介著，文洁若译：《罗生门》，华夏出版社 2003 年版，第 17 页。

内收《罗生门》等小说 12 篇。

以上的译文各具特色,都在不同程度上再现了芥川小说的艺术魅力。除了这些译本,《罗生门——中短篇小说集》①、《芥川龙之介作品集·小说卷》②、《地狱变》③、《罗生门》④《罗生门》、⑤等已有译文的编选本,也收录了《罗生门》的不同译文,而且多以"罗生门"作为书名。其中,楼适夷的译文收录次数最多,最有影响力。2005 年山东文艺出版社出版了高慧勤主编的《芥川龙之介全集》。全书共五卷,洋洋 280 万字,是中国翻译出版的第一套日本作家全集。这套全集第一卷收录了魏大海翻译的《罗生门》,译文也非常出色,基本上做到了"信""达""雅"。

三、台湾的译介与传播

除了以上的译本,笔者还收集到几个中国台湾译本,并初步与大陆译本做了比较。1969 年台湾志文出版社将名为《罗生门·河童》的芥川小说选作为"新潮文库丛书"之一出版,译者是金溟若。1988 年台湾新潮出版社出版了沈敏玲翻译的《芥川龙之介杰作选集》,内收小说 11 篇。该书附有《文学的彗星——芥川龙之介的生涯(1892－1927)》和芥川龙之介的作品背景简介,但其中有几处错误,如芥川享年"三十六岁","昔日香火鼎盛的古刹罗生门"。1998 年台湾星光出版社出版了郑秀美、许朝栋、刘华亭翻译的题为《罗生门》的小说集。全书共收录小说 9 篇,后面附有吉田精一的《解说》和陈系美整理的《年谱》,是"日本经典名著系列"之一。因为该书没有注明每篇的译者,所以《罗生门》的译者也不得而知。2001 年小知堂文化

---

① 芥川龙之介著,楼适夷、吕元明、文洁若译:《罗生门——芥川龙之介中短篇小说集》,译林出版社 1998 年版。

② 芥川龙之介著,叶渭渠主编:《芥川龙之介作品集(小说卷)》,中国世界语出版社 1998 年版。

③ 芥川龙之介著,楼适夷、文洁若等译:《地狱变》,解放军文艺出版社 1999 年版。

④ 芥川龙之介著,高慧勤、文洁若译:《罗生门》,中国戏剧出版社 2005 年版。

⑤ 芥川龙之介著,楼适夷等译:《罗生门》,浙江文艺出版社 2006 年版。

事业有限公司出版了李燕芬译的题为《罗生门》的小说集，该书前言部分有对芥川及该书的说明，最后附有作者年谱。译者在《关于本书》中写道："本书收集了芥川龙之介八篇经典短篇小说作品。这些作品的主要特色在于它们是历史小说，各篇都有其出处及典故"，"《罗生门》是芥川龙之介最早的杰作"。① 除此之外，根据台湾"国家图书馆"藏书目录，还有叶笛、黄恒正、李毓昭、李晓雯等人的7种译本，其中叶笛的译本曾在4家出版社出版。总体来说，这些译文都不如大陆的译文质量高，遗漏和添加的地方比较多，语气词不符合当时语境，对原作不够忠实，有的译文竟有明显的理解错误。试举两例如下。

原文：

羅生門が、朱雀大路にある以上は、この男のほかにも、雨やみをする市女笠や揉烏帽子が、もう二三人はありそうなものである。それが、この男のほかにはだれもいない。

郑：

罗生门坐落在朱雀大道上，除了躲雨的男人，<u>大道上还有二、三位头戴高顶斗笠或黑帽的官吏在行走</u>。所以城门下除了这个男人以外，再也没有其他的人了。②

原文：

この意識は、今までけわしく燃えていた憎悪の心を、いつのまにかさましてしまった。あとに残ったのは、ただ、ある仕事をして、それが円満

---

① 芥川龙之介著，李燕芬译：《罗生门》，小知堂文化事业有限公司2001年版，第7页。

② 芥川龙之介著，郑秀美、许朝栋、刘华亭译：《罗生门》，星光出版社1998年版，第1页。

に成就した時の、安らかな得意と満足とがあるばかりである。

李：

而这种意识，竟然使仆人一直炽烈燃烧的憎恨感，不知不觉冷却下来。现在唯一要做的，就是可以圆满的解决这件事。①

在第一个例子中，郑秀美没有考虑上下文语境，所以导致画线句的意思与作者原意正相反，而作者强调的是"本应该有两三个避雨的人，但是只有仆人一个"。不仅如此，"头戴高顶斗笠或黑帽的官吏"的译法也有歧义，因为官吏不可能戴"市女笠"，"市女笠"和"揉乌帽子"分别指的是女商贩和官吏。在第二个例子中，李燕芬忽视了"安らかな得意と満足とがあるばかりである"，从而使主语强调的对象成了"圆满地解决这件事"，而不是原作所指的"圆满地完成某件工作后的得意和满足这种心情"。这种漏译并不是译者有意为之，而是译者疏忽大意所致。从这两个例子可以看出，这两本书的译者工作态度不是很认真。

除了翻译家的积极译介，中国学界对《罗生门》的研究也呈现出火热的局面。根据中国知网（CNKI）的统计，截至2017年，相关论文接近300篇。而且《罗生门》也进入了中国的大多数《日本文学作品选读》和《高级日语》教材，全国开设日语专业的500多所高等院校的十几万名师生应该都有机会接触到这篇小说，可以说日语系的师生对这篇小说应该到了耳熟能详的程度。

四、跨媒介传播

《罗生门》在中国的声誉和影响，与鲁迅、楼适夷、林少华等几代日本文

---

① 芥川龙之介著，李燕芬译：《罗生门》，小知堂文化事业有限公司2001年版，第20页。

学翻译家长达 90 多年的热心译介紧密相关,也与改革开放后激增的日语学习者和日本文学研究者的关注是分不开的。同时,同名电影《罗生门》的影响也是空前的,以至于出现了主题相似的同名歌曲和戏剧。香港歌星谢霆锋 2002 年退出歌坛时的最后一张专辑《无形的他》就收录了题为《罗生门》的歌曲,由著名词人林夕创作的歌词开头部分为:"你说看到一个苹果,我说看到一点星火。到底我们谁看错? 我们只看到自己爱看的结果,看不到最丑陋的心魔。"由此我们可以看出其与电影《罗生门》一脉相承的地方——人的不可信赖性和不可知性。另外,苏打绿乐团和罗志祥也先后演唱过题为《罗生门》的歌曲。

1998 年上海戏剧学院导演系学生曾经把《罗生门》搬上话剧舞台,著名剧作家吴兴国也曾将其改编成京剧。2002 年 7 月,文化部艺术服务中心和北京市戏剧家协会又共同将其改编成昆曲《罗生门》和话剧《罗生门后》,并在北京人艺小剧场演出。这两部戏既有联系,在风格上又截然不同,不过由同一批演员隔天轮换演出。2010 年 5 月,北京繁星戏剧村上演了中国艺术研究院首届戏剧戏曲学艺术硕士共同创作的小剧场探索戏剧《罗生门》。"在黑泽明通过影像赋予了'罗生门'以专有生命的半个多世纪之后,以戏曲、舞蹈、歌谣等多种艺术形式碰撞出的戏剧《罗生门》显现了中国戏台的魅力。这是一群身怀绝技又富有创造力的年轻人对'罗生门'的崭新呈现。"①

时至今日,在小说、电影、戏剧、歌曲等多种媒介的共同作用下,"罗生门"已经不单单指代平安时代京都的南大门,也不再局限于芥川的同名小说中的象征意义。它的语意已经发生了很大变化,通常泛指人为了自己的利益而编造谎言,令事实真相不为人所知。今天,"罗生门"已经成为汉语新词,经常出现在各种新闻标题中。

---

① 孟潇:《小剧场探索戏剧〈罗生门〉的七重生命》,《中国文化报》,2010 年 6 月 22 日,第 7 版。

综上所述，芥川对《今昔物语集》故事的再创作，奠定了《罗生门》作为文学经典的基础。日本学者的研究、日本高中语文教科书的收录和黑泽明的电影改编，共同普及并推广了这部日本文学经典，并使之走向全世界。而作为外国文学经典，鲁迅首先把它带到了中国，之后多位翻译家也为它的译介付出了极大的心血，同名电影、戏剧、歌曲等多种媒介又在更大范围内传播了这部经典之作，因此这部外来的文学经典在中国也具有一定的地位。在这个经典化和再经典化的过程中，《罗生门》显露出巨大的艺术魅力和旺盛的生命力。

第三节 从《罗生门》的翻译看中国文学与翻译文学的关系

1921 年，鲁迅以《鼻子》《罗生门》的译文掀起了芥川小说的第一次翻译高潮。在 20 世纪 70 年代后芥川小说的第二次翻译高潮中，《罗生门》的十几种译本接连问世，成了最受译者青睐的日本近现代小说之一。从总体上看，鲁迅的译文异化程度较高，有些地方是逐字逐句的直译；而 20 世纪 70 年代后的译本都以意译为主，更加符合现代汉语的表达习惯。在这些以意译为主的译本中，林少华的译本最有代表性。因此，笔者想简单比较一下鲁迅与林少华译本的异同和各自特点，并试着分析一下不同翻译策略产生的原因。

一、鲁迅与林少华译本的比较

1. 文化词汇的翻译

《罗生门》的舞台背景被作者设定在平安时代，那时的服饰、官名、地名自然与现在不同，即使是当代日本人，如果不具备相关文化知识，也会出现理解上的困难。因此，译者在翻译这些原语民族色彩浓厚的文化词汇时，必须发挥更大的能动性和创造性。下面分别是鲁迅和林少华对几个文化词汇的翻译。

例:［市女笠］［揉烏帽子］［檢非違使］［太刀帯の陣］①

鲁:"市女笠""揉写帽子""检非违使""带刀的营里"(直译加注)、(加注)②

林:"高斗笠""三角软帽""按察使""禁军营地"③

从以上例子来看,鲁迅大多采用了直译加注的形式,最大限度地传达了原文的"异国情调",这也是鲁迅追求"洋气"和"异国情调"的表现。而林少华为了使中国读者容易理解,对这些日本民族特有的文化词汇采取了意译的策略,同时也在一定程度上削弱了这些词汇的日本特色。

2. 主语的翻译

例1:ある日の暮れ方の事である。一人の下人が、羅生門の下で雨やみを待っていた。

鲁:是一日的傍晚的事。有一个家将,在罗生门下待着雨住。

林:薄暮时分。罗生门下。一个仆人正在等待雨的过去。

在例1中,鲁迅除了将日语的"宾＋谓"结构改为汉语的"谓＋宾"结构外,其余的句式与原作完全相同。他不仅像原作那样省略了第一句的主语,而且在第二句的主语后加了逗号,以表示停顿。而林少华则将原作的两句话调整为三句,"薄暮时分"和"罗生门下"这两个词组单独成句,与剧

---

① 芥川龍之介:『芥川龍之介集』,河出書房1967年版。以下原文都出自这个版本,不再注明。

② 鲁迅:《鲁迅全集:第11卷》,人民文学出版社1973年版。以下引用都出自这个版本,不再注明。

③ 芥川龙之介著,林少华、陆德、林青华等译:《罗生门》,漓江出版社1997年版。以下引用都出自这个版本,不再注明。

本的场景说明极为相似,预示了一场惊心动魄的悲剧即将上演。

例2:しばらく、死んだように倒れていた老婆が、死骸の中から、その裸のからだを起こしたのは、それからまもなくの事である。老婆はつぶやくような、うめくような声を立てながら、まだ燃えている火の光をたよりに、梯子の口まで、はって行った。そうして、そこから、短い白髪をさかさまにして、門の下をのぞきこんだ。

鲁:暂时气绝似的老妪,从死尸间挣起伊裸露的身子来,是相去不久的事。伊吐出唠叨似的呻吟似的声音,借了还在燃烧的火光,爬到楼梯口边去。而且从这里倒挂了短的白发窥向门下面。

林:过了好一会儿,死一样倒着的老太婆才从死尸中撑起裸体,发出不知是呓语还是呻吟的声响,借着仍在燃烧的火光爬到楼梯口,垂下短短的白发朝门下张望。

在例2中,鲁迅按照原作的句式译为三句话,在第三句中省略了主语,而林少华将三句合为一句,共用一个主语。第一句的主语应该是"しばらく、死んだように倒れていた老婆が、死骸の中から、その裸のからだを起こした"这件事,并且"しばらく"与"まもなく"相呼应,由此看来,鲁迅的译文忠实地反映了这一句式。而林少华忽略了"それからまもなくの事である",将"しばらく"与"まもなく"合并译出,所以"老太婆"就成了整句话的主语,统领后两句的动作。

3. 状语的翻译

例3:しかし下人にとっては、この雨の夜に、この羅生門の上で、死人の髪の毛を抜くという事が、それだけですでに許すべからざる悪であった。もちろん、下人は、さっきまで自分が、盗人になる気でいた事なぞは、とうに忘れているのである。

鲁:但由家将看来,在这阴雨的夜间,在这罗生门的上面,拔取死人的头发,即此便已经是无可宽恕的恶。不消说,自己先前想做强盗的事,在家将自然也早已忘却了。

　　林:只是在仆人眼里,在这雨夜罗生门上拔取死人头发一事本身即足以构成不可饶恕的恶。当然,刚才自己本身还宁肯为盗的念头早已忘到九霄云外。

　　在例3中,鲁迅译文的句式、标点与原作基本相同。第一句尤为明显,鲁迅逐字逐句地把时间状语和地点状语翻译出来。而林少华省略了这三个逗号,将这句话译为"在这雨夜罗生门上拔取死人头发一事本身即足以构成不可饶恕的恶",给人一种一气呵成、简洁流畅的感觉,而且在第二句里添加了"九霄云外"一词。

　　例4:なるほどな、死人の髪の毛を抜くという事は、なんぼう悪い事かもしれぬ。じゃが、ここにいる死人どもは、皆、そのくらいな事を、されてもいい人間ばかりだぞよ。

　　鲁:自然的,拔死人的头发,真不知道是怎样的恶事呵。只是,在这里的这些死人,都是,便给这么办,也是活该的人们。

　　林:不错,拔死人的头发的确算不得正经勾当。可话又说回来,这些死人个个都是罪有应得的。

　　在例4中,鲁迅译文又逐字逐句地与原作呼应,标点的用法也与原作基本一致,尤其将"皆"这个副词译为"都是",并在前后加逗号,突出反映了老太婆支支吾吾的语气。而林少华译文改变了原作的句式,省略了几个表示停顿的逗号。这样虽然流畅,但失去了原作所强调的结结巴巴的语气。

4.　定语的翻译

　　例5:下人は七段ある石段のいちばん上の段に、洗いざらした紺の襖の尻をすえて、右の頬にできた、大きなにきびを気にしながら、ぼんやり、雨のふるのをながめていた。

鲁：家将把那洗旧的红青袄子的臀部，坐在七级阶的最上级，恼着那右颊上发出来的一颗大的面疱，惘惘然地看着雨下。

林：仆人身穿洗得发白的青布褂，在七级石阶的最上一级弓身坐下，百无聊赖地望着雨丝。而右脸颊那颗大大的粉刺又给他增添了几分烦躁。

在例 5 中，"把那洗旧的红青袄子的臀部，坐在七级阶的最上级"这一句，集中体现了鲁迅的直译手法。"尻をすえる"是个惯用词组，意为"一つの所におちついて居すわる"（《広辞苑》）。而鲁迅把它作为一个普通的动宾词组，并像原作一样用"洗いざらした紺の襖"来修饰"尻"，所以才产生了这个匪夷所思的译法。林少华并没有拘泥于原作的句式，他没有用"洗いざらした紺の襖"来修饰"尻"，而是将它与"仆人"联系起来，添加了原作所没有的"身穿"一词。不仅如此，林少华还将原作的一句话截为两句，在第二句里又灵活地将"気にしながら"译为"给他增添了几分烦躁"。

例 6：下人の目は、その時、はじめてその死骸の中にうずくまっている人間を見た。檜皮色の着物を着た、背の低い、やせた、白髪頭の、猿のような老婆である。

鲁：那家将的眼睛，在这时候，才看见蹲在死尸中间的一个人。是穿一件桧皮色衣服的，又短又瘦的，白头发的，猴子似的老妪。

林：仆人的眼睛这时看清死尸中间蹲有一个人，一个身穿桧树皮色衣服的白发老太婆，又瘦又矮，浑如猴子。

在例 6 中，两个译本的区别也主要体现在定语的翻译上。鲁迅严格按照原作的语序，用"穿一件桧皮色衣服的，又短又瘦的，白头发的，猴子似的"来修饰"老妪"。而林少华则改变了定语的语序，把"背の低い、やせた、白髪頭"，由"老太婆"的定语改为谓语。在这个例子中，鲁迅的译文不仅与原作的定语语序、句子成分一一对应，而且标点的位置也与原作别无二致。

从以上的例子可以看出，鲁迅采用的是直译策略，没有对原作进行增删，力求与原作在字词、句式、标点、分段等方面一一对应，最大限度地贴近原作和保留原作的"洋气"。而林少华采用的是意译策略，他为了使译作符合现代汉语的语言习惯，便于读者接受，就对原作的句式做了若干调整，形式上并没有照搬原作。应该说，这两部译作都忠实地再现了原作的内容，成功地将原作移植到中国文化语境中，但在形式上各有特色。虽然从今天的眼光来看，鲁迅的译文不甚通顺，但那是特定时代的特定翻译观的产物，所以不能轻率地对它做出价值判断，而应该发掘其背后的原因。

二、鲁迅和林少华的翻译观

提起鲁迅的翻译观，人们往往立刻会想到"硬译""宁信而不顺"及为此与梁实秋、赵景深进行的论战。他的直译观自诞生以来就不断受到指责，其译文也因为生涩难懂而屡次遭到批评。实际上，其"硬译""宁信而不顺"的翻译思想有着特定的历史背景。这需要我们仔细梳理和认真思考，不能盲目下结论。

1909 年，鲁迅和周作人出版《域外小说集》时，一改以前任意增删原作的翻译方法，采用了直译的翻译策略。这代表了文学翻译的一种新倾向，在 20 世纪中国文学翻译史上具有开拓意义。鲁迅提倡直译并非一时心血来潮，这种翻译策略的变化隐含了深刻的社会历史原因和鲁迅的良苦用心。笔者以为，鲁迅提倡直译的目的在于：纠正不"信"的译风，发展白话文。陈福康认为："他们强调直译，首先是针对当时盛行的任意删削、颠倒、附益的翻译方法，为了扫荡翻译界的混乱观念。"①随着翻译实践的增多，鲁迅认为，林纾等人那种任意改变原作内容、形式的"豪杰译"，严重阻碍了西方文化在中国的进一步传播和中国社会的进步，这才招致了他的不满和批评。

---

①　陈福康:《中国译学理论史稿》，上海外语教育出版社 1992 年版，第 175 页。

鲁迅直译的另一个目的在于发展白话文。在新文化运动以前,文言文盛行,著述和翻译都以文言文为主,而文言文离普通民众的语言非常遥远。只有推广白话文,才能让科学、民主的思想深入人心,从而实现社会进步。鲁迅是白话文运动的先锋,他于1918年发表了中国现代文学史上第一篇白话小说——《狂人日记》,而初创期的白话文还不成熟,所以他主张通过学习外国的文法、句法来改造、发展白话文。这也是他"别求新声于异邦"的一种表现。

鲁迅的直译主张主要体现在"硬译"和"宁信而不顺"上。"硬译"的主张是在与梁实秋的论战中提出来的。1929年梁实秋发表了《论鲁迅先生的"硬译"》一文,称鲁迅翻译的卢那卡尔斯基论著中的晦涩难懂之处为"死译"。1930年初鲁迅发表《"硬译"与"文学的阶级性"》,予以驳斥。在这篇文章中,鲁迅阐明了"硬译"与"死译""曲译"的区别,并指出"硬译"不仅可以"不失原来的精悍的语气",同时也可以"逐渐添加新句法",而且强调"硬译"有其特定范围和读者对象。[①] 鲁迅的"硬译"绝非梁实秋所批评的"死译",也不是一般人所理解的对原文进行的逐字逐句的机械式转换。

"宁信而不顺"的主张是针对赵景深的"顺译"观提出来的。1931年赵景深发表了《论翻译》一文,文中说:"我以为译书应为读者打算;……译得错不错是第二个问题,最要紧的是译得顺不顺。"[②]鲁迅将这种观点归纳为"与其信而不顺,不如顺而不信",并批驳说:"译得'信而不顺'的至多不过看不懂,想一想也许能懂,译得'顺而不信'的却令人迷误,怎样想也不会懂,如果好像已经懂得,那么你正是入了迷途了。"[③]

鲁迅从《域外小说集》开始确立起直译的翻译观,以后一直没有改变,他曾在多部译作的序言、后记里反复强调这一主张。可以说,鲁迅后半生

---

① 鲁迅:《鲁迅全集:第4卷》,人民文学出版社1981年版,第195-212页。

② 转引自陈福康:《中国译学理论史稿》,上海外语教育出版社1992年版,第295页。

③ 鲁迅:《鲁迅全集:第4卷》,人民文学出版社1981年版,第344页。

都坚持了直译的方法,而且这种方法逐渐被人们接受,并在五四以后成为绝大多数翻译家自觉采用的方法,因此鲁迅的直译翻译思想是符合历史发展规律的。笔者之所以用这么多笔墨来论述鲁迅翻译观产生的原因,是想说明鲁迅翻译的《罗生门》虽然从今天的眼光来看不够简洁流畅,而且有些地方令人费解,但那是特殊历史文化背景的产物,所以我们应该带着历史的观点评价这篇译文。

　　与鲁迅译的《罗生门》相比,显然林少华的译本更加优美通顺,符合现代汉语的表达习惯,没有浓重的翻译腔,也没有照搬日文句式。由此看来,林少华遵守的是现代汉语的文化规范,采用的是意译法,这也是林少华翻译观的产物。在《"和臭"要不得》一文中,林少华将日文式的翻译腔称为"和臭",并认为最妙的"除臭剂"在于钱钟书所说的"化"字。① 林少华认为:"要'化',就要入于原文而出于原文。如欣赏一幅山水画,我们主要并非在看山观水,而是通过山水以至抛开山水去感悟画家的意趣和情怀。……同样,译文可以而且必须跳出原作一字一句的表层结构以求融之化之。这其实是一种高层次的真正的忠实——'忠实得以至于读起来不像译本'。"虽然林少华认为"汉语委实是美不胜收变化无穷的语种",但是他"也不赞成把类似'一言既出驷马难追''多年的媳妇熬成婆'等没有化为日语的带有典型中国文化特征或特殊中国味儿的表达方式轻易用到译文中去"②。可以说,林少华主张的是在尊重原文基础上的意译。

三、从中国文学的影响试论两个译本不同的翻译策略

　　从总体上看,20 世纪 70 年代以后的《罗生门》译本都基本上采用了意译法,没有像鲁迅那样逐字逐句地直译,所以这些译文总体上比鲁迅的译文流畅、自然。这一方面源于白话文的发展,另一方面又是不同翻译观的结果。他们的翻译观和翻译策略为什么有这么大差异呢?笔者以为可以

①　林少华:《落花之美》,中国工人出版社 2006 年版,第 139 页。
②　林少华:《落花之美》,中国工人出版社 2006 年版,第 140-141 页。

用埃文-佐哈尔的多元系统理论来解释一下。

多元系统理论是以色列著名学者埃文-佐哈尔于 20 世纪 70 年代初提出的。该理论主张文学是一个多元系统，包含经典文学与非经典文学、成人文学与儿童文学、本国文学与翻译文学等一系列相互对立的系统。这些系统的位置不是固定的，而是处于从中心到边缘、从边缘到中心的运动中。翻译文学通常在文学系统中处于边缘位置，但在以下三种条件下也可以占据中心位置：①当文学多元系统还没有完全形成，正处于初创阶段时；②当文学多元系统在社会大多元系统中处于边缘或"弱势"时；③当文学多元系统出现转折点、危机或真空时。① 当翻译文学处于文学多元系统的中心位置时，译者往往会遵守原语文化的规范，从而突出译文的"充分性"，即采用异化的翻译策略；当翻译文学处于文学多元系统的边缘时，译者会遵守目的语的文化规范，注重译文的"可接受性"，即采用归化的翻译策略。

虽然直译不完全等于异化，意译不完全等于归化，但它们之间在内涵和外延上有极大的相似性，可以说异化和归化是直译与意译的发展。正如孙致礼所说："异化法要求译者向作者靠拢，采取相应于作者所使用的原语表达方式，来传达原文的内容；而归化法则要求译者向目的语读者靠拢，采取目的语读者所习惯的目的语表达方式，来传达原文的内容。从这个界定来看，异化大致相当于直译，归化大致相当于意译。"② 值得注意的是，无论是直译与意译，还是异化与归化，它们之间的对立都不是绝对的，没有正确和错误之分，它们都是不同历史文化背景下产生的翻译策略，有其历史的合理性和必然性。因此，我们不能用静止僵化的观念对翻译史上的策略选择盲目做出价值判断，进行彻底的肯定或否定，应该从当时的历史条件出发，具体问题具体分析。

---

① 伊塔马·埃文-佐哈尔著，张南峰译：《多元系统论》，《中国翻译》，2002 年第 4 期，第 19-25 页。

② 孙致礼：《中国的文学翻译：从归化趋向异化》，《中国翻译》，2002 年第 1 期，第 40 页。

　　鲁迅在我国文坛和译坛都是领袖式的人物。他的"硬译""宁信而不顺"的直译观、异化理论在当时产生了重要影响,值得我们从多角度、多方面进行深入研究,而不是以传统的"忠实""信、达、雅"等标准进行衡量。鲁迅和林少华翻译的《罗生门》在语言风格上差异很大,仅仅从文本内部对这两个译本进行比较、分析是远远不够的,翻译离不开文本外部的历史背景和文化因素,所以我们应该借鉴多元系统理论,并结合两个时期的文化环境进行分析。

　　根据佐哈尔的多元系统理论,本国文学与翻译文学这一组对立的系统是相互影响的,本国文学的强弱决定了翻译文学在文学多元系统中的位置,从而决定了译者的翻译策略。佐哈尔所说的翻译文学占据文学多元系统中心位置的第三种情形,基本上可以解释鲁迅后半生即 20 世纪二三十年代的翻译文学状况。而我国文学历史悠久,文学家辈出,各种体裁的文学作品灿若群星,可谓"江山代有才人出,各领风骚数百年"。即使到了清末民初,文言诗文的创作也很兴盛,所以第一、二种情形不符合当时的文学状况。

　　1918 年鲁迅发表中国现代文学史上第一篇白话小说——《狂人日记》以来,中国的白话文运动逐步发展起来,可以说鲁迅主张异化的时候,中国文学正处于一个由文言到白话、由旧到新的转型期,鲁迅本人也是白话文运动的先锋和领军人物。鸦片战争以来,西方列强不断在政治、经济、军事、文化上侵略中国,在西方强势文化的冲击下,中国文化日益暴露出它的弊端。与这种没落文化相适应的恰恰是僵化、腐朽的文言文,它已经不能承担批判社会、教育民众、振兴文化的重任,无法适应中国社会的新发展,相反已经成为中国文学健康发展的障碍。鲁迅对此深感不满,强烈的历史使命感和社会责任感使他毅然肩负起改造、发展中国文学的时代重任。鲁迅大力提倡白话文,而初创阶段的白话文在词汇、语法等方面还不成熟、完善,即鲁迅所说的"法子实在太不精密""话不够用",所以他主张"不但输入新的内容,也输入新的表现法",即引进西方新的文学样式和表现方式,丰富白话文的体裁及表现技巧,促进汉语的现代化。虽然鲁迅翻译的《罗生门》在今天看来是生涩、拗口的,但那毕竟是白话文初创期的作品,而且包含着鲁迅改造白话文的良苦用心,所以我们必须历史地看待它。实践证明,鲁迅等人的异化翻译不仅为中国新文学引进了外国的新文体、新体裁,如书信体小说、自由体诗、话剧等,而且也输入了不少新词汇。总之,鲁迅的异化翻译丰富了白话文的表现力,促进了中国文学的发展,合乎当时的历史条件,有着内在的必然性。

到了 20 世纪八九十年代,中国的白话文经过 60 余年的磨炼,已经脱离了昔日幼稚的状态,发展到相当成熟的地步,用白话文创作的诗歌、小说、散文、戏剧等体裁数不胜数,都取得了很高的成就。总之,此时的中国文学既没有处于初创阶段和边缘地位,也没出现转折点、空白或危机,所以翻译文学在文学多元系统中没有占据中心位置,而是处于弱势。因此,像鲁迅翻译的《罗生门》那样极端异化的译文在当代中国已十分少见,像林少华那样采用归化策略的译文成了主流。当前翻译文学处于边缘位置,所以译者往往会套用中国文学中现成的语言模式,遵守现代汉语的文化规范,为的是让中国读者更好地理解和接受。这反映在《罗生门》的翻译中就是,林少华等译者很少像鲁迅那样照搬日文的句式、词汇及标点,而是按照现代汉语的表达习惯,调整句子的前后顺序,较多地采用了四字成语,例如林少华译本中的"历历在目""百无聊赖""无计可施""漫无边际""想方设法""等闲之辈""劫掠一空""势不可挡""九霄云外""仓皇逃命""咄咄逼人"等。由此可见,这两篇不同历史时期的译文验证了多元系统理论关于本国文学的文化地位制约译者翻译策略这一观点的正确性。

除此之外,佐哈尔提出了"绝不以价值判断为准则来预先选择研究对象"的原则,强调了"批评"与"研究"的区别。这也对我们国内的翻译研究有着启迪意义。长期以来,国内的翻译研究多集中在对某个译者的某部译作或某一段落甚至某个句子的高低优劣判断上,即佐哈尔所说的"批评"

上,例如岑治在《评芥川龙之介〈罗生门〉的汉译》①中就做了褒鲁(迅)贬吕(元明)的价值判断,而忽视了翻译研究的另一个重要方面,即"研究"。谢天振指出:"指出'批评'与'研究'的差异,强调不要把两者相混淆,并不意味着肯定后者和否定前者。事实上,两者各有其不可相互替代的功能。"②现在"翻译批评"的成果已经很丰硕了,既有个人翻译经验的总结,也有具体译作的比较、分析。这些多属于翻译文本内部研究,而从文本外部出发的描述性"研究"还不多见,这应该成为我们今后翻译研究的侧重点。

以上,笔者从不同角度比较了鲁迅与林少华的《罗生门》译本,发现了鲁迅与林少华在翻译策略上的不同点,即鲁迅坚持异化翻译,林少华坚持归化翻译。在此基础上,笔者借鉴佐哈尔的多元系统理论,具体分析了中国文学与翻译文学的地位变迁对两位译者翻译策略的影响,指出应该从当时的历史条件出发,具体分析译者选择不同翻译策略的原因。

第四节　芥川《中国游记》在华译介之反思

芥川作品中与中国关系最为密切,在中国引起争论最大的莫过于《中国游记》。《中国游记》在中国大陆迄今为止有两个节译本和四个全译本。对《中国游记》各种译本进行比较研究,可以厘清《中国游记》在中国译介的脉络,同时对促进《中国游记》及芥川龙之介的研究也将具有一定的积极意义。

一

如前所述,受大阪每日新闻社派遣,芥川于 1921 年 3 月至 7 月访问了

---

① 岑治:《评芥川龙之介〈罗生门〉的汉译》,《外国语》,1982 年第 6 期,第 48-52 页。

② 谢天振:《多元系统理论:翻译研究领域的拓展》,《外国语》,2003 年第 4 期,第 60 页。

中国,回国后陆续发表了《上海游记》(1921)、《江南游记》(1922)、《长江游记》(1924)和《北京日记抄》(1925)。1925 年 11 月,日本改造社出版了芥川《中国游记》的第一个单行本,其中收录了以上提到的四种游记,同时还收录了以前未曾发表过的《杂信一束》。该书面世后不久,夏丏尊就翻译了其中的部分章节①,以"芥川龙之介氏的中国观"为题连载于《小说月报》(1926年 4 月号)。这是《中国游记》在中国的首译,具有深远的影响和历史意义。1927 年 12 月,芥川作品在中国的第一个单行本《芥川龙之介集》由上海开明书店出版。该作品集由鲁迅、夏丏尊、方光焘等人合译,共收录小说 8篇,另外还有附录 2 篇,夏丏尊翻译的《芥川龙之介氏的中国观》以《中国游记》为题收于附录一。从内容上来看,和之前发表的《芥川龙之介氏的中国观》并没有什么不同,只是换了一个题目,因此本文将二者看作《中国游记》的同一个节译本来考察。

20 世纪初,鲁迅和周作人兄弟率先提倡"直译",这成为当时日本文学翻译家普遍采用的一种翻译方法。夏丏尊在翻译《中国游记》时也难免受到直译思想的影响,一个明显的例证就是夏译本中直接借用了大量的日语词汇。现以《芥川龙之介集》中收录的《中国游记》译文为例:

(1)浪漫得几乎可使人为之恐缩。(144 页)

(2)有的披着新闻纸。(144 页)

(3)人们的聚集,和日本的「缘日」相似。(146 页)

---

① 节译的章节如下:《上海游记》(原文共有 21 节)中的《二、第一瞥(上)》第一段、《六、城内(上)》第四段的一部分、《七、城内(中)》第一段和第三段、《八、城内(下)》第一段和第二段、《九、戏台(上)》、《十、戏台(下)》、《十一、章炳麟氏》、《十三、郑孝胥氏》、《十五、南国美人(上)》、《十六、南国美人(中)》和《十七、南国美人(下)》。《江南游记》(原文共有 29 节)中的《一、车中》第一段、《二、车中(承前)》、《六、西湖(一)》第四段和第五段、《七、西湖(二)》、《八、西湖(三)》第一段和第二段、《十一、西湖(六)》最后一段、《十四、苏州城内(中)》、《十五、苏州城内(下)》、《二十一、客栈和酒栈》、《二十七、南京(上)》的开头部分。《长江游记》(原文共有 4 节)中的《一、芜湖》。《北京日记抄》(原文共有 5 节)中的《一、雍和宫》、《二、辜鸿铭先生》和《三、什刹海》。

（4）在上品的无边眼镜背后……（153 页）

（5）和村田君波多君同坐了自动车……（155 页）

（6）坐在车里，车掌就来检票。（166 页）

（7）到这地步，婆子的来意，也不必再待岛津氏的通译了。（180 页）

（8）岛津氏拿出二个铜货来。（182 页）

　　20 世纪二三十年代比较通行的译名并没有一直沿用下来，以上几个例子中出现的日语词汇，直到今天也基本上没有被现代汉语所接纳，当代读者阅读起来就要更费一些心思了。另外，20 世纪初的翻译家们在翻译外来词汇时多采用音译的方式，如把「デモクラシー」（民主）音译成"德谟克拉西"，把「インスピレーション」（灵感）音译成"烟士披里纯"等。这种翻译方式在夏译本《中国游记》中也留有印记。如把「ジョン・ブル」（英国佬）音译成"约翰・勃尔"、把「アンクル・サム」（美国佬）音译成"克尔・撒姆"等，看上去好像是一个人的名字，甚至把「ありがとう」（谢谢）直接音译成了"阿里额托"，不熟悉日语的人就不那么容易理解了。汉字是表意文字，往往从字形上就能推断出字义，而中国人很难从字形去推断音译词的含义。因此，一些词最初被翻译成音译词，后来就被意译词所取代。夏译本中出现的一些音译词，在以后的几个译本中都改成了意译词。

　　夏译本虽然以当代读者的眼光来看未免有些生涩，但从总体来看，它不失为一个高质量的译本。当然，译本中还是存在一些缺憾。最大的缺憾是夏译本并非全译本，而是简略的节译本，译出的部分不足原书的三分之一。而且译者在译文中没有标明章节次序，在章节的取舍上也颇有"豪杰译"的气势，或在一节中省略数行内容，或将数节合并成一节，甚至只选译了《长江游记》第一节中的部分内容，其余都省略了，而《杂信一束》则全部省略不译。因为译文省略过多，所以读者难窥《中国游记》的全貌，这或多或少影响了读者对《中国游记》的接受和理解。另外，夏译本中也偶有误译。例如，把"先生、何か早口に答ふれど、生憎僕に聞き取ること能はず。「もう一度どうか」を繰り返せば、先生、さも忌忌しさうに藁半紙の上に

大書して曰、「老、老、老、老、老……」と"①翻译成"先生虽曾即刻回答,可是我终是不懂。只是无聊地重复说'再出去试试如何?'先生乃愤愤地在纸上大书着说'老,老,老,老,老……'"。②夏译本尽管存在个别错误,但这只是白璧微瑕。

夏丏尊是我国20世纪二三十年代著名的翻译家之一,曾翻译出版过《国木田独步集》、田山花袋的代表作《棉被》等有影响力的作品。可以说,他对翻译选题具有较高的敏锐度,眼光独特。关于《中国游记》的翻译动机,他曾在《芥川龙之介氏的中国观》的"译者题记"中提到:"果然,书中到处都是讥诮。但平心而论国内的实况,原是如此,人家并不曾妄加故意的夸张,即使作者在我眼前,我也无法为自国争辩,恨不能令国人个个都阅读一遍,把人家的观察做了明镜,看看自己究竟是什么一副尊容!想到这层,就从原书中把我所认为要介绍的几节译出……"③由此可以看出,《中国游记》在夏丏尊心目中并不是一部单纯的游记,国人可以以此为镜,自省自查。同时从"芥川龙之介氏的中国观"这一译题可以看出,夏丏尊力图从《中国游记》中揭示出芥川龙之介的中国观。这种翻译动机直接影响了他的翻译策略,主要表现在以下两个方面:

第一,为了凸显芥川龙之介的中国观,译者只把《中国游记》的主干部分译出,对他认为不重要的章节,以及散落在各个章节中的有关日本、西洋的描述和议论都省略不译。

第二,为了让国人以游记为镜,自省自查,译者并没有刻意回避《中国游记》中有关中国的负面描写。如《第一瞥》中关于车夫的议论:"中国的车夫,即使说他就是龌龊自身,也绝不是夸张。"④《上海城内》关于老大中国的

---

① 芥川龍之介:『芥川龍之介全集(第六卷)』,筑摩書房1977年版,第96頁。

② 芥川龙之介著,鲁迅、夏丏尊等译:《芥川龙之介集》,开明书店1927年,第189页。

③ 夏丏尊:《芥川龙之介氏的中国观》,《小说月报》,1926年第4期,第1页。

④ 芥川龙之介著,鲁迅、夏丏尊等译:《芥川龙之介集》,开明书店1927年版,第142页。

印象："换句话说，现在的所谓中国，已不是从前诗文中的中国，是在猥亵残酷贪欲的小说中所现着的中国了。"①《芜湖》中对现代中国的激烈批评："现代的中国有什么？政治、学问、经济、艺术，不是如数堕落着吗？尤其是艺术，从嘉庆道光以来，有一可以自豪的作品吗？……就是中国人，只要是心不昏的，对于中国，比之于我一介旅客，应该更熬不住憎恶吧。"②《中国游记》中大部分有关中国的负面描写都在译本中有所保留。另外，由于译本只节译了原作三分之一的内容，所以使得文中有关中国的负面描写显得更加集中、突出。这也可能是引发中国文坛对芥川不满的一个诱因。

增田涉在《巴金的日本文学观》中，曾提到1931年前后鲁迅关于芥川龙之介的一段谈话："芥川写的游记中讲了很多中国的坏话，在中国评价很不好。但那是翻译者的做法不当，本来是不应该急切地介绍那些东西的。我想让中国的青年再多读些芥川的作品，所以今后打算再译一些……"③1931年前《中国游记》只有夏丏尊的中译本，所以鲁迅所说的"翻译者"自然是指夏丏尊。"在中国评价很不好"自然是国人读了夏译本后所做出的反映。鲁迅这段话恰好从一个侧面反映出夏丏尊节译的《中国游记》在当时的影响力。

夏丏尊翻译《中国游记》的初衷是希望国人以《中国游记》为镜鉴，但是结果并没有如其所愿。在日本帝国主义妄图侵略中国的大背景下，《中国游记》中对中国的负面描写引发了中国文坛强烈的不满。韩侍桁、冯乃超、巴金等人先后撰文表达了对芥川的不满，这在秦刚的论文《现代中国文坛对芥川龙之介的译介与接受》中已有详细的论述，本文不再赘述。

---

① 芥川龙之介著，鲁迅、夏丏尊译：《芥川龙之介集》，开明书店1927年版，第146页。

② 芥川龙之介著，鲁迅、夏丏尊等译：《芥川龙之介集》，开明书店1927年版，第184页。

③ 秦刚：《现代中国文坛对芥川龙之介的译介与接受》，《中国现代文学研究丛刊》，2004年第2期，第246-266页。

二

由于历史原因及《中国游记》本身的特点，从 1926 年以后的 70 多年间，虽然国内陆续翻译出版过 10 余种芥川的作品集，但是《中国游记》再也没有出现过复译本。直到 1998 年，中国世界语出版社出版了叶渭渠主编的《芥川龙之介作品集·散文卷》，其中收录了《江南游记》。或许由于成书仓促，在某些地方译者对原文的理解不够准确，对原意的表达没有落实到位。例如把"五六日前やはり村田君と、上海の郊外を歩いていたら、突然一頭の水牛に路を塞がれた事がある。私は動物園の柵内は知らず、目のあたりこんな怪物に遭遇した事は始めてだから、つい感心した拍子に、ほんの半歩ばかり退却した"①翻译成"五六天之前我和村田君漫步于上海郊外，突然一头水牛拦住去路。我还不知道我们身在动物园的栅栏之内，眼前碰到这种怪物还是第一次，刚感到高兴便不由得后退了半步"②，把"私は料理を待ちながら、村田君には内証だったが、ひそかに無想庵氏を羨望した"③翻译成"我在等待上菜的时候，向村田君悄悄地表达了自己私下对无想庵氏的羡慕之情"④，等等。尽管有些错误，但是译者全部译出了《江南游记》，并在译文中添加了一些注释，这在一定程度上可以促进读者对该游记的理解。

随着中日文化交流的日益频繁，国内对于日本文学作品的翻译也日渐活跃。2005 年山东文艺出版社出版了高慧勤主编的五卷本《芥川龙之介全集》，其中第三卷收录了陈生保翻译的《中国游记》。这是该游记在中国大陆的第一个全译本，具有填补空白的历史意义。2006 年又出版了陈生保和

---

① 芥川龍之介：『芥川龍之介全集（第六卷）』，筑摩書房 1977 年版，第 39 頁。
② 芥川龙之介著，叶渭渠主编：《芥川龙之介作品集（散文卷）》，中国世界语出版社 1998 年版，第 112 页。
③ 芥川龍之介：『芥川龍之介全集（第六卷）』，筑摩書房 1977 年版，第 50 頁。
④ 芥川龙之介著，叶渭渠主编：《芥川龙之介作品集（散文卷）》，中国世界语出版社 1998 年版，第 127 页。

张青平合译的《中国游记》，这是该游记在中国大陆的第一个单行本。从内容上来看，该单行本和收录在《芥川龙之介全集》中的译本没有太大区别，只是增加了若干注释和一篇导读。2007年中华书局出版了秦刚翻译的《中国游记》全译本，这是该游记在中国大陆的第一个复译本。2010年新世界出版社出版了陈豪翻译的《中国游记》。短短五年间，《中国游记》就出现了四个全译本，这和中国文坛对《中国游记》的重新认识不无关系。在陈生保和张青平合译的《中国游记》的序言中，陈生保专门撰写了一篇《芥川龙之介〈中国游记导读〉》。在这篇导读中，译者除了介绍芥川龙之介其人和芥川访华的行程及游记的出版情况之外，还用大量篇幅分析了芥川访华的大背景，这些对读者理解《中国游记》大有帮助。同时，陈生保还辩证地对《中国游记》做出了评价。一方面，译者对这部游记基本上持肯定态度，认为此书"具有较高的历史价值"，"富于知识性、趣味性，可读性较强"，认为"芥川是爱中国的，也是同情中国人民的处境的。特别是他反对日本帝国主义对中国的侵略"①；另一方面，他认为游记中的某些议论留下了时代的烙印，应予以批判，如关于秦桧的议论、关于中国小说的议论等。可以说这是一篇高质量的导读，为译本增色不少。秦刚译本中也有一篇很有见地的译者序。在序言《芥川龙之介的中国之行与〈中国游记〉》中，译者特别指出《上海游记·李人杰氏》一文中所假托的"备忘录"是不存在的。尽管如此，在当时日本政府正在镇压社会主义者的形势下，芥川甘冒风险把与中国共产党的创始人之一李人杰的会面写成游记并公开发表，这一举动本身就具有十分积极的意义。

　　就译本总体来看，陈生保译本、秦刚译本、陈豪译本都是质量较高的全译本，都以标准的现代汉语译出，行文流畅，译文准确。这三个译本不约而同地添加了大量的注释，如对金玉均、李瑞清、德富苏峰、拉·莫特等中外名人的介绍，对日里、明星派、中国银团等专有名词的解释，这些对读者全

---

① 芥川龙之介著，陈生保、张青平译：《中国游记》，北京十月文艺出版社2005年版，第16页。

面理解《中国游记》大有裨益。此外,三个译本都进行了不同程度的勘误,指出了多处日文底本的错误。如陈生保译本在《上海游记·戏台(下)》的注释中指出,盖叫天演出的剧场名叫"共舞台"而非"亦舞台";在《上海游记·李人杰》的注释中指出,与芥川见面时李人杰的年龄应该是 31 岁而非28 岁;等等。秦译本在《上海游记·戏台(下)》的注释中指出,"绿牡丹(黄玉麟)"乃是"白牡丹(荀慧生)"之误;在《上海游记·南国美人》的注释中指出余洵的字应该是"穀名"而非"穀民";等等。这些勘误显示了译者严谨的翻译态度,还原了历史真相,避免了读者的误读。另外,陈生保译本收录了16 张原作中没有的老照片,给读者提供了直观的感受。尤其是书中收录了章炳麟的一幅半身照,照片中章炳麟的双眼大而有神,不免让人怀疑《上海游记·章炳麟》中所记"只有那双如线一般的细眼"的正确性了。秦刚译本中收录了 5 张芥川在中国旅行时的照片,直接选自芥川的影集,在此之前都未曾公开过,可谓弥足珍贵。尤其是《江南游记·西湖(四)》中收录的芥川在西湖楼外楼菜馆吃饭时的照片,生动地再现了芥川在楼外楼吃饭时偶遇一个五口之家的情景。此外,秦刚译本还收录了《日华公论》(1921 年 8月 1 日)刊登的一篇有关芥川的采访录《新艺术家眼中的中国印象》,文中芥川概述了自己访华时的中国印象,这对读者理解《中国游记》也是很有帮助的。陈豪译本没有译者序和照片、附录等,略显单薄,不过译文还是流畅的。

陈生保译本在《上海游记·章炳麟》一节里,省略了章炳麟的一段议论:"然而中国的国民从来是不走极端的,只要这个特性存在中国就不会被赤化。诚然,有一些学生欢迎并接受农工主义,但是,学生不等于国民。即使他们一度被赤化,也早晚会有放弃那些主张的时候。这样说是因为国民性所至。国民对于中庸的爱好,要远远比一时的冲动更加根深蒂固。"①这些话在现在看来确实不合时宜,但那是 1921 年的言论,本身已成为历史,我们何不选择尊重历史?但是,陈生保译本中并没有使用省略号,也没有

---

① 芥川龙之介著,秦刚译:《中国游记》,中华书局 2007 年版,第 27 页。

相应的说明或注释,略显不够严谨。

在近现代日本人的中国游记中,芥川的《中国游记》是最重要的游记之一,从 1926 年首次被译介到中国以来,先后出现了两个节译本和四个全译本,在中国大陆产生了较大的影响。《中国游记》具有较重要的历史意义和文本欣赏价值,今后针对《中国游记》的研究必将不断深入下去。本文对迄今为止在大陆出版的各个译本进行了梳理分析,希望能对今后的《中国游记》研究有所补充。

主要参考文献

日文专著

[1] 芥川龍之介. 芥川龍之介全集[M]. 東京:岩波書店,1977.

[2] 関口安義,庄司達也. 芥川龍之介全作品事典[M]. 東京:勉誠出版,2000.

[3] 菊地弘,久保田芳太郎,関口安義. 芥川龍之介事典[M]. 東京:明治書院,1985.

[4] 宮坂覚. 芥川龍之介作品論集成——別巻·芥川文学の周辺[M]. 東京:翰林書房,2001.

[5] 関口安義. 特派員芥川龍之介——中国でなにを視たのか[M]. 東京:毎日新聞社,1997.

[6] 鷲只雄. 年表作家読本·芥川龍之介[M]. 東京:河出書房新社,1992.

[7] 吉田精一. 芥川龍之介[M]. 東京:三省堂,1942.

[8] 三好行雄. 芥川龍之介論[M]. 東京:筑摩書房,1993.

[9] 葛巻義敏. 芥川龍之介未定稿集[M]. 東京:岩波書店,1968.

[10] 宇野浩二. 芥川龍之介[M]. 東京:文芸春秋新社,1953.

[11] 森本修. 人間　芥川龍之介[M]. 東京:三弥井書店,1981.

[12] 笠井秋生. 芥川龍之介作品研究[M]. 東京:双文社,1993.

[13] 松沢信佑. 新時代の芥川龍之介[M]. 東京:洋々社,1999.

[14] 佐藤泰正. 芥川龍之介を読む[M]. 東京:笠間書院,2003.

[15] 「一冊の講座」編集部. 一冊の講座·芥川龍之介[M]. 東京:有精堂,1982.

[16] 佐藤嗣男.芥川龍之介——その文学の地下水を探る[M].東京：おうふう,2001.

[17] 下島勲.芥川龍之介の回想[M].東京：日本図書センター,1990.

[18] 勝倉寿一.芥川龍之介の歴史小説[M].東京：教育出版センター,1983.

[19] 中村真一郎.芥川龍之介の世界[M].東京：青木書房,1956.

[20] 長野甞一.古典と近代作家 芥川龍之介[M].東京：有朋堂,1967.

[21] 芥川文,中野妙子.追想 芥川龍之介[M].東京：筑摩書房,1975.

[22] 久保田正文.芥川龍之介 その二律背反[M].東京：いれぶん出版,1976.

[23] 三好行雄.芥川龍之介必携[M].東京：学燈社,1979.

[24] 平岡敏夫.芥川龍之介——抒情の美学[M].東京：大修館書店,1982.

[25] 石割透.芥川龍之介——初期作品の展開[M].東京：有精堂,1985.

[26] 石割透.芥川龍之介——作家とその時代[M].東京：有精堂,1987.

[27] 海老井英次.芥川龍之介論攷——自己覚醒から解体へ[M].東京：桜楓社,1988.

[28] 関口安義.芥川龍之介——実像と虚像[M].東京：洋々社,1988.

[29] 河出書房新社.新文芸読本 芥川龍之介[M].東京：河出書房新社,1990.

[30] 佐古純一郎.芥川龍之介の文学[M].東京：朝文社,1991.

[31] 関口安義.『羅生門』を読む[M].東京：三省堂,1992.

[32] 関口安義.芥川龍之介 闘いの生涯[M].東京：毎日新聞社,1992.

[33] 宮坂覺.芥川龍之介——理知と抒情[M].東京：有精堂,1993.

[34] 奥野政元.芥川龍之介論[M].東京：翰林書房,1993.

[35] 清水康次.芥川文学の方法と世界[M].大阪：和泉書院,1994.

[36] 小山田義文.世紀末のエロスとデーモン——芥川龍之介とその病い[M].東京：河出書房新社,1994.

[37] 曺紗玉.芥川龍之介とキリスト教[M].東京:翰林書房,1995.

[38] 平岡敏夫.芥川龍之介と現代[M].東京:大修館書店,1995.

[39] 関口安義.この人を見よ——芥川龍之介と聖書[M].東京:小沢書店,1995.

[40] 山崎光夫.藪の中の家——芥川自死の謎を解く[M].東京:文芸春秋,1997.

[41] 河泰厚.芥川龍之介の基督教思想[M].東京:翰林書房,1998.

[42] 山崎甲一.芥川龍之介の言語空間——君看雙眼色[M].東京:笠間書院,1999.

[43] 関口安義.芥川龍之介とその時代[M].東京:筑摩書房,1999.

[44] 志村有弘.芥川龍之介大事典[M].東京:勉誠出版,2002.

[45] 佐々木雅發.芥川龍之介——文学空間[M].東京:翰林書房,2003.

[46] 神田由美子.芥川龍之介と江戸・東京[M].東京:双文社出版,2004.

[47] 関口安義.芥川龍之介の歴史認識[M].東京:新日本出版社,2004.

[48] 関口安義.芥川龍之介—— 永遠の求道者[M].東京:洋々社,2005.

[49] 安藤公美.芥川龍之介——絵画・開化・都市・映画[M].東京:翰林書房,2006.

[50] 東郷克美.佇立する芥川龍之介[M].東京:双文社出版,2006.

[51] 張蕾.芥川龍之介と中国——受容と変容の軌跡[M].東京:国書刊行会,2007.

[52] 関口安義.世界文学としての芥川龍之介[M].東京:新日本出版社,2007.

[53] 邱雅芬.芥川龍之介の中国——神話と現実[M].福岡:花書院,2010.

[54] 関口安義.芥川龍之介新論[M].東京:翰林書房,2012.

[55] 孔月.芥川龍之介 中国題材作品と病[M].東京:学術出版会,2012.

[56] 足立直子.芥川龍之介——異文化との遭遇[M].東京:双文社出

版,2013.

[57] 宮坂覺.芥川龍之介と切支丹物——多声・交差・越境[M].東京：
翰林書房,2014.

[58] 庄司達也.芥川龍之介ハンドブック[M].東京：鼎書房,2015.

[59] 村松定孝,紅野敏郎,吉田煕生.近代日本文学における中国像[M].
東京：有斐閣,1975.

[60] 伊藤虎丸,祖父江昭二,丸山昇.近代文学における中国と日本——
共同研究・日中文学交流史.近代文学における中国と日本[M].東
京：汲古書院,1986.

[61] 芦谷信和,上田博,木村一信.作家のアジア体験——近代日本文学の
陰画[M].京都：世界思想社,1992.

[62] 竹内好.現代日本思想大系9・アジア主義[M].東京：筑摩書
房,1963.

[63] 歴史学研究会,日本史研究会.講座　日本歴史7・近代1[M].東京：
東京大学出版会,1985.

[64] 中島嶺雄.近現代史のなかの日本と中国[M].東京：東京書
籍,1992.

[65] 趙夢雲.上海・文学残像——日本人作家の光と影[M].東京：田畑
書店,2000.

[66] 祖父江昭二.近代日本文学への射程——その視角と基盤と[M].東
京：未来社,1998.

[67] 佐々木英昭.異文化への視線——新しい比較文学のために[M].名
古屋：名古屋大学出版会,1996.

[68] 三好行雄.日本文学の近代と反近代[M].東京：東京大学出版
会,1986.

日文论文

[1] 関口安義. 中国旅行——芥川龍之介の道程(9)[J]. 都留文科大学研究紀要,1992(37).

[2] 祝振媛. 支那遊記[J]. 国文学:解釈と鑑賞,1999,64(11).

[3] 和田繁二郎. 芥川龍之介と中国文学[J]. 国文学:解釈と教材の研究,1959,4(5).

[4] 青柳達雄. 芥川龍之介と近代中国 序説(承前)[J]. 関東学園大学紀要,1989(16).

[5] 飯倉照平. 北京の芥川龍之介——胡適、魯迅とのかかわり[J]. 文学,1981,49(7).

[6] 単援朝. 芥川龍之介と胡適——北京体験の一側面[J]. 言語と文芸,1991(8).

[7] 青柳達雄. 李人傑について——芥川龍之介『支那遊記』中の人物[J]. 言語と文芸,1988(9).

[8] 邱雅芬. 芥川龍之介の中国旅行の背景[J]. 現代社会文化研究,1996(5).

[9] 神田由美子. 芥川龍之介と中国[J]. 目白近代文学,1979(6).

[10] 井上洋子. 芥川龍之介の中国旅行と〈支那趣味〉の変容——(その一)中国到着まで[J]. 福岡国際大学紀要,2000(3).

[11] 単援朝. 芥川龍之介『支那游記』の世界——夢想と現実との間[J]. 国語と国文学,1991,68(9).

[12] 山敷和男. 所蔵漢籍から何が分かるか[J]. 国文学:解釈と教材の研究,1996(4).

[13] 施小煒. 芥川龍之介の観た京劇[J]. 文芸と批評,1993,7(8).

[14] 海老井英次. 芥川龍之介文学典拠一覧[J]. 国文学:解釈と教材の研究,1992,37(2).

[15] 李愛順. 芥川龍之介の中国——仙人考[J]. 広島大学教育学部紀要,

1999(48).

[16] 須田千里. 芥川龍之介『第四の夫から』と『馬の脚』──その典拠と主題をめぐって[J]. 光華日本文学,1996(4).

[17] 施小煒. 中国──芥川龍之介……来て見て書いた[J]. 国文学：解釈と鑑賞,2001(1).

[18] 伊藤一彦. 中国と『支那』[J]. 中国研究月報,1995,49(3).

[19] 丸山昇. 中国文学に現れた日本像[J]. 日本文学,1962,11(2).

[20] 単援朝. 同時代の中国における芥川龍之介『支那遊記』[J]. 滋賀県立大学国際教育センター研究紀要,2001(6).

[21] 内村剛介. 未熟と成熟──上目づかいの『支那游記』[J]. 国文学：解釈と教材の研究,1977,22(6).

[22] 和田博文. 芥川の上海体験[J]. 国文学：解釈と教材の研究,2001,46(11).

[23] 中島長文. 芥川龍之介『支那遊記』補跋[J]. 滋賀大国文,1982(20).

[24] 単援朝. 芥川龍之介『湖南の扇』の虚と実──魯迅の『薬』をも視野に入れて[J]. 日本研究,2002(24).

[25] 崔明淑. 夏目漱石『満韓ところどころ』──明治知識人の限界と「朝鮮・中国人」像[J]. 国文学：解釈と鑑賞,1997,62(12).

[26] 西山康一.「幻想」「迷信」としての〈中国〉──芥川『南京の基督』における〈科学〉と〈帝国主義〉[J]. 文学,2002,3(3).

[27] 三好行雄. 芥川文学の肯定と否定──同時代の評価から[J]. 国文学：解釈と教材の研究,1966,11(14).

[28] 富田仁. 芥川、比較文学の視点から[J]. 国文学：解釈と教材の研究,1988,33(6).

[29] 杉本優.『秋山図』──美の超越性と〈所有〉をめぐって[J]. 国文学：解釈と鑑賞,1999,64(11).

[30] 神田由美子. 芥川龍之介『湖南の扇』[J]. 国文学：解釈と鑑賞,1997,62(12).

[31] 吉岡由紀彦.上海遊記[J].国文学:解釈と鑑賞別冊,2001(1).

[32] 宮坂覚.芥川龍之介全小説要覧[J].国文学:解釈と教材の研究,1996,41(5).

中文专著

[1] 邱雅芬.芥川龙之介学术史研究[M].南京:译林出版社,2014.

[2] 鲁迅.鲁迅全集:第10卷[M].北京:人民文学出版社,1981.

[3] 冯乃超.芥川龙之介集[M].上海:中华书局,1931.

[4] 张宏运.时空诗学[M].银川:宁夏人民出版社,2002.

[5] 吕同六.20世纪世界小说理论经典(下)[M].北京:华夏出版社,1995.

[6] 王向远.东方文学史通论[M].上海:上海文艺出版社,1997.

[7] 芥川龙之介.罗生门[M].钱稻孙,译.北京:中国电影出版社,1979.

[8] 王岳川.后现代主义文化研究[M].北京:北京大学出版社,1992.

[9] 刘象愚.从现代主义到后现代主义[M].北京:高等教育出版社,2003.

[10] 赵毅衡.当说者被说的时候——比较叙述学导论[M].北京:中国人民大学出版社,1998.

[11] 罗婷,易银珍,王凤华,等.女性主义文学批评在西方与中国[M].北京:中国社会科学出版社,2004.

[12] 黄华.权力、身体与自我——福柯与女性主义文学批评[M].北京:北京大学出版社,2005.

[13] 张岩冰.女权主义文论[M].济南:山东教育出版社,1998.

[14] 爱德华·W.萨义德.东方学[M].王宇根,译.北京:生活·读书·新知三联书店,1999.

[15] 西原大辅.谷崎润一郎与东方主义——大正日本的中国幻想[M].赵怡,译.北京:中华书局,2005.

[16] 芥川龙之介.中国游记[M].秦刚,译.北京:中华书局,2007.

[17] 德富苏峰.中国漫游记 七十八日游记[M].刘红,译.北京:中华书

局,2008.

[18] 内藤湖南,青木正儿.两个日本汉学家的中国纪行[M].王青,译.北京:光明日报出版社,1999.

[19] 王向远."笔部队"和侵华战争——对日本侵华文学的研究与批判[M].北京:北京师范大学出版社,1999.

[20] 陈秀武.日本大正时期政治思潮与知识分子研究[M].北京:中国社会科学出版社,2004.

[21] 王成,秦刚,北京日本学研究中心文学研究室.日本文学翻译论文集[M].北京:人民文学出版社,2004.

[22] 王晓平.梅红樱粉——日本作家与中国文化[M].银川:宁夏人民出版社,2002.

[23] 朱立元.当代西方文艺理论[M].上海:华东师范大学出版社,1997.

[24] 王向远.比较文学学科新论[M].南昌:江西教育出版社,2002.

[25] 乐黛云.比较文学简明教程[M].北京:北京大学出版社,2003.

[26] 王琢.中日比较文学研究资料汇编[M].杭州:中国美术学院出版社,2002.

[27] 王晓秋.近代中日关系史研究[M].北京:中国社会科学出版社,1997.

[28] 王晓平.近代中日文学交流史稿[M].长沙:湖南文艺出版社,1987.

[29] 叶渭渠.日本文学思潮史[M].北京:经济日报出版社,1997.

[30] 叶渭渠,唐月梅.20 世纪日本文学史[M].青岛:青岛出版社,2004.

[31] 王向远.东方各国文学在中国 译介与研究史述论[M].南昌:江西教育出版社,2001.

[32] 王向远.二十世纪中国的日本翻译文学史[M].北京:北京师范大学出版社,2001.

[33] 金元浦.接受反应文论[M].济南:山东教育出版社,1998.

[34] 芥川龙之介.罗生门——芥川龙之介中短篇小说集[M].楼适夷,吕元明,文吉若,译.南京:译林出版社,1998.

[35] 芥川龙之介.罗生门[M].林少华,陆德、林青华,等,译.桂林:漓江出

版社,1997.

[36] 陈福康.中国译学理论史稿[M].上海:上海外语教育出版社,1992.

[37] 鲁迅.鲁迅全集:第 4 卷[M].北京:人民文学出版社,1981.

[38] 芥川龙之介.中国游记[M].陈生保,张青平,译.北京:北京十月文艺
　　　出版社,2006.

中文论文

[1] 王向远.芥川龙之介与中国现代文学——对一种奇特的接受现象的剖
　　析[J].国外文学,1998(1).

[2] 秦刚.现代中国文坛对芥川龙之介的译介与接受[J].中国现代文学研
　　究丛刊,2004(2).

[3] 高洁.芥川龙之介与《聊斋志异》[J].日语学习与研究,2002(1).

[4] 杜文倩,高文汉."比抒情诗还要复杂的主观性的文艺"——简论芥川龙
　　之介的私小说创作[J].湘潭大学学报(哲学社会科学版),2006(3).

[5] 王鹏.芥川龙之介"切支丹物"的艺术性[J].东方丛刊,2008(2).

[6] 王鹏.民国时期芥川龙之介研究反思[J].汉语言文学研究,2011(3).

[7] 龙迪勇.论现代小说的空间叙事[J].江西社会科学,2003(10).

[8] 张一玮.叙事雾霭中的竹林——评芥川龙之介的小说《竹林中》[J].唐
　　山师范学院学报,2003(6).

[9] 范静遐.叙述者的不可靠性与伦理阅读[J].理论月刊,2007(5).

[10] 马红旗.后殖民主义文学批评的对象[J].四川外语学院学报,2003
　　(6).

[11] 张月.观看与想象——关于形象学和异国形象[J].郑州大学学报(哲
　　学社会科学版),2002(3).

[12] 达尼埃尔-亨利·巴柔.比较文学意义上的形象学[J].孟华,译.中国
　　比较文学,1998(4).

[13] 方忆.15—19 世纪日本画家笔下的《西湖图》[J].杭州文博,2006(3).

[14] 孔颖.芥川龙之介的杭州之行——一个大正西湖梦的破灭[J].浙江工商大学学报,2009(4).

[15] 李雁南.在文本与现实之间——浅析日本近代文学中的中国形象[J].天津外国语学院学报,2005(1).

[16] 陆耀东.昭和前期日本文学在中国[J].鄂州大学学报,1998年第4期

[17] 李秀卿.想象中国古典 抒写人生理想——论芥川龙之介的中国题材作品群[J].西昌学院学报(社会科学版),2004(2).

[18] 孟庆枢.芥川龙之介与中国文学[J].东北师范大学学报(哲学社会科学版),1996(1).

[19] 严绍璗.20世纪日本人的中国观[J].岱宗学刊,1999(2).

[20] 臧世俊.福泽谕吉的中国观[J].日本学刊,1995(1).

[21] 戚其章.日本大亚细亚主义探析——兼与盛邦和先生商榷[J].历史研究,2004(3).

[22] 徐静波.村松梢风的中国游历和中国观研究——兼论同时期日本文人的中国观[J].日本学论坛,2001(2).

[23] 泊功.近代日本文学家的"东方学"——以芥川龙之介为中心[J].日本学论坛,2002(3,4).

[24] 张法.论后殖民理论[J].教学与研究,1999(1).

[25] 韩小龙."为了艺术的人生"思想之形成轨迹——从《戏作三昧》到《地狱变》[J].扬州大学学报(人文社会科学版),2004(1).

[26] 王向远.鲁迅与芥川龙之介、菊池宽历史小说创作比较论[J].鲁迅研究月刊,1995(12).

[27] 郭艳萍.芥川龙之介与《聊斋志异》[J].日本学论坛,2000(3).

[28] 谷川绢.芥川龙之介的《仙人》与《聊斋志异》[J].长沙大学学报,1999(1).

[29] 邱雅芬.中国文人画对日本作家芥川龙之介创作的影响——《秋山图》论[J].中山大学学报论丛,1999(5).

[30] 许宗元.芥川龙之介《中国游记》的文化解读[J].北京第二外国语学院

学报,2002(4).

[31] 林岚,吴静.近代中国文化人对一个日本作家的影响——评芥川龙之介的小说《桃太郎》[J].东北师范大学学报(哲学社会科学版),1998(6).

[32] 邱雅芬.章炳麟对日本作家芥川龙之介创作之影响[J].中山大学学报(社会科学版),1999(1).

[33] 刘春英.芥川龙之介在中国[J].唐都学刊,2003(3).

[34] 李春红.芥川龙之介历史小说的现代意识[J].日本研究,2004(1).

[35] 高增杰.福泽谕吉与近代日本人的中国观——思想史和国际关系的接点[J].日本学刊,1993(1).

[36] 班伟.明治启蒙思想家的中国论[J].安徽师范大学学报(人文社会科学版),2001(5).

[37] 盛邦和.19世纪与20世纪之交的日本大亚洲主义[J].历史研究,2000(3).

[38] 杨建平.文化误读与审美[J].文艺评论,1996(1).

[39] 叶成林.中江兆民与其中国文化观[J].日本学刊,2000(2).

[40] 王向远.中日现代文学比较研究的宏观思考[J].北京师范大学学报(人文社会科学版),1997(1).

[41] 徐志啸.近代中日文学的影响与交流[J].中州学刊,1999(4).

[42] 马红旗.后殖民主义文学批评的对象[J].四川外语学院学报,2003(6).

[43] 王宁.后殖民主义理论思潮概观[J].外国文学,1995(5).

[44] 从郁.文学与霸权主义——萨伊德的文学的文化政治观照[J].徐州师范大学学报(哲学社会科学版),1995(1).

[45] 黎跃进.后殖民理论及其意义[J].湘潭大学社会科学学报,2002(5).

[46] 伊塔马·埃文-佐哈尔.多元系统论[J].张南峰,译.中国翻译,2002(4).

[47] 孙致礼.中国的文学翻译:从归化趋向异化[J].中国翻译,2002(1).

[48] 岑治.评芥川龙之介《罗生门》的汉译[J].外国语,1982(6).

[49] 谢天振.多元系统理论:翻译研究领域的拓展[J].外国语,2003(4).

附　录　芥川奖获奖作家及作品

受賞回	受賞年度（受賞発表日）	受賞作家	受賞作品
第 1 回	昭和 10 年上半期（1935年 8 月 10 日）	石川達三	『蒼氓』
第 2 回	昭和 11 年下半期（1936年 3 月 12 日）	/	/
第 3 回	昭和 11 年上半期（1936年 8 月 10 日）	小田嶽夫	『城外』
		鶴田知也	『コシャマイン記』
第 4 回	昭和 11 年下半期（1937年 2 月 12 日）	石川淳	『普賢』
		冨沢有為男	『地中海』
第 5 回	昭和 12 年上半期（1937年 8 月 12 日）	尾崎一雄	『暢氣眼鏡』
第 6 回	昭和 12 年下半期（1938年 2 月 7 日）	火野葦平	『糞尿譚』
第 7 回	昭和 13 年上半期（1938年 8 月 2 日）	中山義秀	『厚物咲』
第 8 回	昭和 13 年下半期（1939年 2 月 12 日）	中里恒子	『乗合馬車』
第 9 回	昭和 14 年上半期（1939年 8 月 1 日）	長谷健	『あさくさの子供』
		半田義之	『鶏騒動』
第 10 回	昭和 14 年下半期（1940年 2 月 14 日）	寒川光太郎	『密獵者』

受賞回	受賞年度（受賞発表日）	受賞作家	受賞作品
第 11 回	昭和 15 年上半期（1940 年 8 月 1 日）	高木卓（未領奖）	『歌と門の盾』
第 12 回	昭和 15 年下半期（1941 年 1 月 28 日）	桜田常久	『平賀源内』
第 13 回	昭和 16 年上半期（1941 年 8 月 1 日）	多田裕計	『長江デルタ』
第 14 回	昭和 16 年下半期（1942 年 2 月 4 日）	芝木好子	『青果の市』
第 15 回	昭和 17 年上半期（1942 年 8 月 1 日）	／	／
第 16 回	昭和 17 年下半期（1943 年 2 月 3 日）	倉光俊夫	『連絡員』
第 17 回	昭和 18 年上半期（1943 年 8 月 2 日）	石塚喜久三	『纏足の頃』
第 18 回	昭和 18 年下半期（1944 年 2 月 7 日）	東野辺薫	『和紙』
第 19 回	昭和 19 年上半期（1944 年 8 月 15 日）	小尾十三	『登攀』
		八木義徳	『劉廣福』
第 20 回	昭和 19 年下半期（1945 年 2 月 8 日）	清水基吉	『雁立』
第 21 回	昭和 24 年上半期（1949 年 6 月 25 日）	小谷剛	『確證』
		由起しげ子	『本の話』
第 22 回	昭和 24 年下半期（1950 年 1 月 31 日）	井上靖	『闘牛』
第 23 回	昭和 25 年上半期（1950 年 8 月 31 日）	辻亮一	『異邦人』
第 24 回	昭和 25 年下半期（1951 年 2 月 13 日）	／	／

受賞回	受賞年度（受賞発表日）	受賞作家	受賞作品
第 25 回	昭和 26 年上半期（1951 年 7 月 30 日）	安部公房	『壁 S・カルマ氏の犯罪』
		石川利光	『春の草』
第 26 回	昭和 26 年下半期（1952 年 1 月 21 日）	堀田善衞	『廣場の孤独』『漢奸』
第 27 回	昭和 27 年上半期（1952 年 7 月 25 日）	/	/
第 28 回	昭和 27 年下半期（1953 年 1 月 22 日）	五味康祐	『喪神』
		松本清張	『或る「小倉日記」伝』
第 29 回	昭和 28 年上半期（1953 年 7 月 20 日）	安岡章太郎	『悪い仲間』『陰氣な愉しみ』
第 30 回	昭和 29 年下半期（1954 年 1 月 22 日）	/	/
第 31 回	昭和 29 年上半期（1954 年 7 月 21 日）	吉行淳之介	『驟雨』
第 32 回	昭和 29 年下半期（1955 年 1 月 22 日）	小島信夫	『アメリカン・スクール』
		庄野潤三	『プールサイド小景』
第 33 回	昭和 30 年上半期（1955 年 7 月 20 日）	遠藤周作	『白い人』
第 34 回	昭和 30 年下半期（1956 年 1 月 23 日）	石原慎太郎	『太陽の季節』
第 35 回	昭和 31 年上半期（1956 年 7 月 20 日）	近藤啓太郎	『海人舟』
第 36 回	昭和 31 年下半期（1957 年 1 月 21 日）	/	/
第 37 回	昭和 32 年上半期（1957 年 7 月 22 日）	菊村到	『硫黄島』
第 38 回	昭和 32 年下半期（1958 年 1 月 20 日）	開高健	『裸の王様』

受賞回	受賞年度（受賞発表日）	受賞作家	受賞作品
第 39 回	昭和 33 年上半期（1958年 7 月 21 日）	大江健三郎	『飼育』
第 40 回	昭和 33 年下半期（1959年 1 月 20 日）	/	/
第 41 回	昭和 34 年上半期（1959年 7 月 21 日）	斯波四郎	『山塔』
第 42 回	昭和 34 年下半期（1960年 1 月 21 日）	/	/
第 43 回	昭和 35 年上半期（1960年 7 月 19 日）	北杜夫	『夜と霧の隅で』
第 44 回	昭和 35 年下半期（1961年 1 月 23 日）	三浦哲郎	『忍ぶ川』
第 45 回	昭和 36 年下半期（1961年 7 月 18 日）	/	/
第 46 回	昭和 36 年下半期（1962年 1 月 23 日）	宇能鴻一郎	『鯨神』
第 47 回	昭和 37 年上半期（1962年 7 月 23 日）	川村晃	『美談の出発』
第 48 回	昭和 37 年下半期（1963年 1 月 22 日）	/	/
第 49 回	昭和 38 年上半期（1963年 7 月 23 日）	河野多恵子	『蟹』
		後藤紀一	『少年の橋』
第 50 回	昭和 38 年下半期（1964年 1 月 21 日）	田辺聖子	『感傷旅行（センチメンタル・ジャーニィ）』
第 51 回	昭和 39 年上半期（1964年 7 月 21 日）	柴田翔	『されどわれらが日々』
第 52 回	昭和 39 年下半期（1965年 1 月 19 日）	/	/
第 53 回	昭和 40 年上半期（1965年 7 月 19 日）	津村節子	『玩具』

受賞回	受賞年度（受賞発表日）	受賞作家	受賞作品
第 54 回	昭和 40 年下半期（1966 年 1 月 17 日）	高井有一	『北の河』
第 55 回	昭和 41 年上半期（1966 年 7 月 18 日）	/	/
第 56 回	昭和 41 年下半期（1967 年 1 月 23 日）	丸山健二	『夏の流れ』
第 57 回	昭和 42 年上半期（1967 年 7 月 21 日）	大城立裕	『カクテル・パーティー』
第 58 回	昭和 42 年下半期（1968 年 1 月 22 日）	柏原兵三	『徳山道助の帰郷』
第 59 回	昭和 43 年上半期（1968 年 7 月 22 日）	大庭みな子	『三匹の蟹』
		丸谷才一	『年の残り』
第 60 回	昭和 43 年下半期（1969 年 1 月 20 日）	/	/
第 61 回	昭和 44 年上半期（1969 年 7 月 18 日）	庄司薫	『赤頭巾ちゃん気をつけて』
		田久保英夫	『深い河』
第 62 回	昭和 44 年下半期（1970 年 1 月 19 日）	清岡卓行	『アカシヤの大連』
第 63 回	昭和 45 年上半期（1970 年 7 月 18 日）	古山高麗雄	『プレオー 8 の夜明け』
		吉田知子	『無明長夜』
第 64 回	昭和 45 年下半期（1971 年 1 月 18 日）	古井由吉	『杏子（ようこ）』
第 65 回	昭和 46 年下半期（1971 年 7 月 16 日）	/	/
第 66 回	昭和 46 年下半期（1972 年 1 月 20 日）	李恢成	『砧をうつ女』
		東峰夫	『オキナワの少年』
第 67 回	昭和 47 年上半期（1972 年 7 月 19 日）	畑山博	『いつか汽笛を鳴らして』
		宮原昭夫	『誰かが触った』

受賞回	受賞年度(受賞発表日)	受賞作家	受賞作品
第 68 回	昭和 47 年下半期(1973 年 1 月 18 日)	郷静子	『れくいえむ』
		山本道子	『ベティさんの庭』
第 69 回	昭和 48 年上半期(1973 年 7 月 17 日)	三木卓	『鶸』
第 70 回	昭和 48 年下半期(1974 年 1 月 16 日)	森敦	『月山』
		野呂邦暢	『草のつるぎ』
第 71 回	昭和 49 年上半期(1974 年 7 月 17 日)	/	/
第 72 回	昭和 49 年下半期(1975 年 1 月 16 日)	阪田寛夫	『土の器』
		日野啓三	『あの夕陽』
第 73 回	昭和 50 年上半期(1975 年 7 月 17 日)	林京子	『祭りの場』
第 74 回	昭和 50 年下半期(1976 年 1 月 14 日)	岡松和夫	『志賀島』
		中上健次	『岬』
第 75 回	昭和 51 年上半期(1976 年 7 月 5 日)	村上龍	『限りなく透明に近いブルー』
第 76 回	昭和 51 年下半期(1977 年 1 月 18 日)	/	/
第 77 回	昭和 52 年上半期(1977 年 7 月 14 日)	池田満寿夫	『エーゲ海に捧ぐ』
		三田誠広	『僕って何』
第 78 回	昭和 52 年下半期(1978 年 1 月 17 日)	高城修三	『榧の木祭り』
		宮本輝	『蛍川』
第 79 回	昭和 53 年上半期(1978 年 7 月 14 日)	高橋揆一郎	『伸予』
		高橋三千綱	『九月の空』
第 80 回	昭和 53 年下半期(1979 年 1 月 19 日)	/	/
第 81 回	昭和 54 年上半期(1979 年 7 月 18 日)	青野聡	『愚者の夜』
		重兼芳子	『やまあいの煙』

受賞回	受賞年度（受賞発表日）	受賞作家	受賞作品
第 82 回	昭和 54 年下半期（1980年 1 月 17 日）	森禮子	『モッキングバードのいる町』
第 83 回	昭和 55 年上半期（1980年 7 月 17 日）	／	／
第 84 回	昭和 55 年下半期（1981年 1 月 19 日）	尾辻克彦	『父が消えた』
第 85 回	昭和 56 年上半期（1981年 7 月 16 日）	吉行理恵	『小さな貴婦人』
第 86 回	昭和 56 年下半期（1982年 1 月 18 日）	／	／
第 87 回	昭和 57 年上半期（1982年 7 月 15 日）	／	／
第 88 回	昭和 57 年下半期（1983年 1 月 17 日）	加藤幸子	『夢の壁』
		唐十郎	『佐川君からの手紙』
第 89 回	昭和 58 年上半期（1983年 7 月 14 日）	／	／
第 90 回	昭和 58 年下半期（1984年 1 月 17 日）	笠原淳	『杢二の世界』
		高樹のぶ子	『光抱く友よ』
第 91 回	昭和 59 年上半期（1984年 7 月 16 日）	／	／
第 92 回	昭和 59 年下半期（1985年 1 月 17 日）	木崎さと子	『青桐』
第 93 回	昭和 60 年上半期（1985年 7 月 18 日）	／	／
第 94 回	昭和 60 年下半期（1986年 1 月 16 日）	米谷ふみ子	『過越しの祭』
第 95 回	昭和 61 年上半期（1986年 7 月 17 日）	／	／
第 96 回	昭和 61 年下半期（1987年 1 月 16 日）	／	／

受賞回	受賞年度（受賞発表日）	受賞作家	受賞作品
第 97 回	昭和 62 年上半期（1987 年 7 月 16 日）	村田喜代子	『鍋の中』
第 98 回	昭和 62 年下半期（1988 年 1 月 13 日）	池澤夏樹	『スティル・ライフ』
		三浦清宏	『長男の出家』
第 99 回	昭和 63 年上半期（1988 年 7 月 13 日）	新井満	『尋ね人の時間』
第 100 回	昭和 63 年下半期（1989 年 1 月 12 日）	李良枝	『由熙』
		南木佳士	『ダイヤモンドダスト』
第 101 回	平成 1 年上半期（1989 年 7 月 13 日）	／	／
第 102 回	平成 1 年下半期（1990 年 1 月 16 日）	大岡玲	『表層生活』
		瀧澤美恵子	『ネコババのいる町で』
第 103 回	平成 2 年上半期（1990 年 7 月 16 日）	辻原登	『村の名前』
第 104 回	平成 2 年下半期（1991 年 1 月 16 日）	小川洋子	『妊娠カレンダー』
第 105 回	平成 3 年上半期（1991 年 7 月 15 日）	辺見庸	『自動起床装置』
		荻野アンナ	『背負い水』
第 106 回	平成 3 年下半期（1992 年 1 月 16 日）	松村栄子	『至高聖所（アバトーン）』
第 107 回	平成 4 年上半期（1992 年 7 月 15 日）	藤原智美	『運転士』
第 108 回	平成 4 年下半期（1993 年 1 月 13 日）	多和田葉子	『犬婿入り』
第 109 回	平成 5 年上半期（1993 年 7 月 15 日）	吉目木晴彦	『寂寥郊野』
第 110 回	平成 5 年下半期（1994 年 1 月 13 日）	奥泉光	『石の来歴』

受賞回	受賞年度（受賞発表日）	受賞作家	受賞作品
第 111 回	平成 6 年上半期（1994 年 7 月 13 日）	笙野頼子	『タイムスリップ・コンビナート』
		室井光広	『おどるでく』
第 112 回	平成 6 年上半期（1995 年 1 月 12 日）	／	／
第 113 回	平成 7 年上半期（1995 年 7 月 18 日）	保坂和志	『この人の閾（いき）』
第 114 回	平成 7 年下半期（1996 年 1 月 11 日）	又吉栄喜	『豚の報い』
第 115 回	平成 8 年上半期（1996 年 7 月 17 日）	川上弘美	『蛇を踏む』
第 116 回	平成 8 年下半期（1997 年 1 月 16 日）	辻仁成	『海峡の光』
		柳美里	『家族シネマ』
第 117 回	平成 9 年上半期（1997 年 7 月 17 日）	目取真俊	『水滴』
第 118 回	平成 9 年下半期（1998 年 1 月 16 日）	／	／
第 119 回	平成 10 年上半期（1998 年 7 月 16 日）	花村萬月	『ゲルマニウムの夜』
		藤沢周	『ブエノスアイレス午前零時』
第 120 回	平成 10 年下半期（1999 年 1 月 14 日）	平野啓一郎	『日蝕』
第 121 回	平成 11 年上半期（1999 年 7 月 15 日）	／	／
第 122 回	平成 11 年下半期（2000 年 1 月 14 日）	玄月	『蔭の棲みか』
		藤野千夜	『夏の約束』
第 123 回	平成 12 年上半期（2000 年 7 月 14 日）	松浦寿輝	『花腐し』
		町田康	『きれぎれ』

受賞回	受賞年度（受賞発表日）	受賞作家	受賞作品
第 124 回	平成 12 年下半期（2001年 1 月 16 日）	青来有一	『聖水』
		堀江敏幸	『熊の敷石』
第 125 回	平成 13 年上半期（2001年 7 月 17 日）	玄侑宗久	『中陰の花』
第 126 回	平成 13 年下半期（2002年 1 月 16 日）	長嶋有	『猛スピードで母は』
第 127 回	平成 14 年上半期（2002年 7 月 17 日）	吉田修一	『パークライフ』
第 128 回	平成 14 年下半期（2003年 1 月 16 日）	大道珠貴	『しょっぱいドライブ』
第 129 回	平成 15 年上半期（2003年 7 月 17 日）	吉村萬壱	『ハリガネムシ』
第 130 回	平成 15 年下半期（2004年 1 月 15 日）	金原ひとみ	『蛇にピアス』
		綿矢りさ	『蹴りたい背中』
第 131 回	平成 16 年上半期（2004年 7 月 15 日）	モブ・ノリオ	『介護入門』
第 132 回	平成 16 年下半期（2005年 1 月 13 日）	阿部和重	『グランド・フィナーレ』
第 133 回	平成 17 年上半期（2005年 7 月 14 日）	中村文則	『土の中の子供』
第 134 回	平成 17 年下半期（2006年 1 月 17 日）	絲山秋子	『沖で待つ』
第 135 回	平成 18 年上半期（2006年 7 月 13 日）	伊藤たかみ	『八月の路上に捨てる』
第 136 回	平成 18 年下半期（2007年 1 月 16 日）	青山七恵	『ひとり日和』
第 137 回	平成 19 年上半期（2007年 7 月 17 日）	諏訪哲史	『アサッテの人』
第 138 回	平成 19 年下半期（2008年 1 月 16 日）	川上未映子	『乳と卵』

受賞回	受賞年度（受賞発表日）	受賞作家	受賞作品
第 139 回	平成 20 年上半期（2008 年 7 月 15 日）	楊逸	『時が滲む朝』
第 140 回	平成 20 年下半期（2009 年 1 月 15 日）	津村記久子	『ポトスライムの舟』
第 141 回	平成 21 年上半期（2009 年 7 月 15 日）	磯崎憲一郎	『終の住処』
第 142 回	平成 21 年下半期（2010 年 1 月 14 日）	／	／
第 143 回	平成 22 年上半期（2010 年 7 月 15 日）	赤染晶子	『乙女の密告』
第 144 回	平成 22 年下半期（2011 年 1 月 17 日）	朝吹真理子	『きことわ』
		西村賢太	『苦役列車』
第 145 回	平成 23 年上半期（2011 年 7 月 14 日）	／	／
第 146 回	平成 23 年下半期（2012 年 1 月 17 日）	円城塔	『道化師の蝶』
		田中慎弥	『共喰い』
第 147 回	平成 24 年上半期（2012 年 7 月 14 日）	鹿島田真希	『冥土めぐり』
第 148 回	平成 24 年下半期（2013 年 1 月 16 日）	黒田夏子	『abさんご』
第 149 回	平成 25 年上半期（2013 年 7 月 17 日）	藤野可織	『爪と目』
第 150 回	平成 25 年下半期（2014 年 1 月 16 日）	小山田浩子	『穴』
第 151 回	平成 26 年上半期（2014 年 7 月 17 日）	柴崎友香	『春の庭』
第 152 回	平成 26 年下半期（2015 年 1 月 15 日）	小野正嗣	『九年前の祈り』

受賞回	受賞年度（受賞発表日）	受賞作家	受賞作品
第 153 回	平成 27 年上半期（2015年 7 月 16 日）	羽田圭介	『スクラップ・アンド・ビルド』
		又吉直樹	『火花』
第 154 回	平成 27 年下半期（2016年 1 月 19 日）	滝口悠生	『死んでいない者』
		本谷有希子	『異類婚姻譚』
第 155 回	平成 28 年上半期（2016年 7 月 19 日）	村田沙耶香	『コンビに人間』
第 156 回	平成 28 年下半期（2017年 1 月 19 日）	山下澄人	『しんせかい』
第 157 回	平成 29 年上半期（2017年 7 月 19 日）	沼田真佑	『影裏』

后　记

　　我与芥川龙之介结缘是在硕士一年级的时候。当时,我拿着日本文部省奖学金,以日本文化研修生(当年全国仅录取 11 人)的身份在九州大学文学部留学。这个机会来之不易,如果没有河北大学日语系李芳老师的大力举荐,没有中国海洋大学日语系李庆祥老师的从中斡旋,这个难得的机会就会化为泡影,因此我要再次向两位老师表示感谢。2002 年 9 月初到中国海洋大学办好入学及休学手续后,没上什么课,就登上了飞往日本的班机。之后,承林少华老师不弃,我成了林老师指导的第一届硕士生。

　　虽然大四时我修了日本外教马场重行老师(现任日本山形县立米泽女子短期大学图书馆长)的《日本近现代文学史》和《日本近现代文学作品选读》这两门课,但当时对日本文学实在了解不多,读过的作品也非常有限,只是记住了一些考研需要的日本文学史常识。考研前我通读过中村新太郎的《日本近代文学史话》(卞立强译,北京大学出版社 1986 年版)。该书对日本无产阶级文学着墨甚多,受其影响,我计划硕士阶段研究日本左翼文学与中国左翼文学的关系。当时的我对日本文学懵懵懂懂,连《雪国》也无法理解,同时受老一套文学研究方法论的影响,对日本文学的认识还停留在小林多喜二、宫本百合子上面。

　　进入九州大学文学部后,我有幸认识了经常在学习、生活上帮助我的河内重雄学长(九大博士毕业后,在北九州市立大学工作),当时他是文学研究科硕士二年级学生。他向我推荐了芥川龙之介,因为芥川写的基本是短篇,阅读和研究都比较方便。因此,我就开始阅读芥川的小说,有意识地收集相关论文,并把听课的重点放在了花田俊典、石川巧教授的近代文学课上。在收集文献的过程中,我发现中国留学生的关注点大多在芥川与中国的关系上,于是我也开始注意这一问题,并重点阅读了关口安义、单援朝、邱雅芬等人的论文、著作,从中获得不少启发。在硕导林少华老师的指导下,我把题目定为《芥川龙之介的中国认识——以〈中国游记〉为中心》,完成了这篇 7 万多字的硕士论文。在林老师的大力推荐下,我有幸在天津师范大学王晓平老师的指导下攻读博士学位。虽然博士论文与芥川关系不大,但我在课余时间还是发表了 3 篇关于《罗生门》《竹林中》《南京的基督》的论文。2008 年 6 月博士毕业后,我来到杭州师范大学日语系任教,在教学之余也发表了几篇关于芥川在中国的论文。

在之前发表的论文基础上,我新写了第一章,修订了其余三章,因而有了这本小书。需要说明的是,第二章和第四章曾在《杭州师范大学学报(社会科学版)》《世界文学评论》《名作欣赏》《电影文学》《日语学习与研究》《唐都学刊》等学术期刊上发表过,这些论文在写作过程中曾得到武彩霞、赵世欣、叶林峰、李蕾、冯裕智等朋友的帮助,在此一并表示感谢。尤其需要感谢的是我的硕导林少华老师,因为林老师不仅指导了我的硕士论文,还在百忙当中欣然为本书写序,这为本书增色不少。最后,我还要感谢浙江工商大学出版社的编辑为本书的出版付出的心血。

由于本人的中日文水平有限,而且对芥川其人其文的理解还不够深刻,所以本书一定存在很多谬误之处,敬请各位专家、学者批评指正。这本小书只是我学习、研究芥川文学过程中的第一步,作为芥川文学的爱好者,我将在这条路上继续摸索前进。

孙立春

2017 年 10 月